阳江文學
YANGJIANG

果然风景不寻常

刘再扬 著

经济日报出版社

图书在版编目（CIP）数据

果然风景不寻常／刘再扬著. -- 北京：经济日报
出版社，2022. 12
　ISBN 978-7-5196-1269-6

　Ⅰ. ①果… Ⅱ. ①刘… Ⅲ. ①散文集-中国-当代
Ⅳ. ①I267

中国版本图书馆 CIP 数据核字（2022）第 255942 号

果然风景不寻常

作　　者	刘再扬
责任编辑	孙　榍
责任校对	蒋　佳
出版发行	经济日报出版社
地　　址	北京市西城区白纸坊东街 2 号（邮政编码：100054）
电　　话	010-63567684（总编室）
	010-63584556　63567691（财经编辑部）
	010-63567687（企业与企业家史编辑部）
	010-63567683（经济与管理学术编辑部）
	010-63538621　63567692（发行部）
网　　址	www.edpbook.com.cn
E－mail	edpbook@126.com
经　　销	全国新华书店
印　　刷	成都兴怡包装装潢有限公司
开　　本	710mm×1000mm　1/16
印　　张	18.75
字　　数	290 千字
版　　次	2023 年 3 月第 1 版
印　　次	2023 年 3 月第 1 次印刷
书　　号	ISBN 978-7-5196-1269-6
定　　价	70.00 元

中国科学院曾庆存院士的回信

再扬同志：

　　来信及书稿早已收到。因忙，迟回函为歉。

　　你的书稿写得很好，题材也好，且很有特色，可补地方志之所未备……

庆存

2021. 3. 5.

果然风景不寻常，人在漠阳江上。

吴有恒

有人说：记者的使命，是站在历史的长河旁边，冷静地看着它缓缓淌过，真实地记录下它流过的瞬间。

　　一位《华尔街日报》的资深记者曾说过，记者的使命就是让全世界了解事情的真相。

　　还有人说，记者的使命就是应该给后人留下可资镜鉴的信史。

　　我愿意做历史文化忠诚坚定的观察者、记录者、传播者和守望者！

作者　刘再朋

序 一

叶先沸

　　记者再扬同志将其在《阳江日报》上发表过的乡土文化方面的作品精选出来结集出版，嘱我为之作序。之所以欣然应允，盖因这些年亦算知其不浅。

　　在我的印象中，再扬是 2003 年进入阳江日报社的，当摄影记者，基本上跑社会新闻。他作品中的每一个元素都带着故事，会引起情感交织：留守麻汕的疍家人，阳江城区石湾南路上巡逻的武警官兵，三洲菜农凌晨 3 时用手推车将蔬菜推上渡船过漠阳江到城区卖，6 辆消防车扑灭环城三路制衣厂大火，都市里有个圩，山乡瓜咸村，小汽车撞断栏杆跌落河堤漠阳江，阳江最北——阳春市河塱镇新阳村山民生活，闸坡小子喜气洋洋用三轮车接新娘，警民合力抢救溺水小孩，沙扒干群冒着狂风暴雨抢修海堤……

　　从阳江南边的滨海小镇到阳江北部山区，再扬的足迹走遍了阳江市各县（市、区）的近 50 个镇和街道。他以自己的精神和热忱，手执照相机和笔，记录着阳江这座城市的百态风情，将一幅幅的新闻照片或视觉专题在《阳江日报》上展现。他的作品如同一锅老火靓汤，平和、醇厚、有味有根，定格悠长岁月里的感人瞬间。

　　稍后，我发现再扬在拍片之时，也写文字稿，与新闻照片一起搭配登载在报纸上。再稍后，他写了很多阳江革命故事、历史文化、风土人情、地方掌故等稿件，图文并茂地登载在《阳江日报》上，受到了读者的广泛好评。

后来，我陆续听到一些评说，说《阳江日报》记者刘再扬那小子真了不起，全阳江市各地都有他的线眼（报料人），他经常骑着摩托车到阳江各地采访，是高产记者，报道内容涉及经济、文化、民生等，有时也写评论。再扬是个干练、豪爽之人：综合知识比较丰富，与地方领导关系融洽，与基层干部们更是话题多多的"哥们"。这些，保证了当地一些重要信息、新闻选题、历史文化、风土人情等，均闯入了再扬的"新闻眼"，稿子因此源源不断。

这种"道行"，没有一颗红心，没有长期扎根基层的浸润，是绝对修炼不成的。由此可见，他的工作如鱼得水。

近10年来，再扬将主要精力放在深度报道和历史文化方面的采写。他沉得下心，经常吃住在乡镇，深入田野进行调查，广泛接触各阶层人士，挖掘采写乡土文化，其内容涵盖了当地历史沿革、人物、故事、风情等内容，成了乡土文化的观察者、守望者、记录者、传播者。他精心采写和刊发的如《改革开放后阳江服装业发展纪事》《钓月碉楼的烽烟往事》《那龙圩，繁华"小香港"》《西医这样传入阳江》等300多篇历史文化稿子，篇篇精彩，很有史料价值，可弥补地方志之所未备。

多年来，再扬有作品分别被中国地市报研究会、中国地市报新闻奖评选委员会、中国地市报新闻摄影学会、广东省新闻工作者协会、广东省新闻摄影学会、广东省新闻学会、广东省报纸副刊研究会等评为一、二、三等奖。成绩的取得，源于他的辛勤耕耘。

得知再扬从他发表过的历史文化稿子中选择部分精品结集出版，取吴有恒诗中"果然风景不寻常，人在漠阳江上"中的"果然风景不寻常"一句作为书名，觉得很恰当，阳江光辉灿烂的历史文化本身不就是一道不同寻常的美丽风景吗？

在为他高兴之余，有幸先睹其作，这确实是颇有个性、颇为精彩、看了还想再看的一本书。

在我看来，再扬之所以成为高产记者，除了具备"脚力、眼力、脑力、笔力"过硬功夫外，还得益于他不甘心困守记者分线跑新闻的条块之中，他长期处于"无线"状态，而"无线"正好令他视野开阔，对新闻线索的追踪处理更敏锐。一次，大家正在报社饭堂吃早餐，记者部主任接到一个报料电话，说城区某地失火，该主任正准备安排文字和摄影记者前往采访时，正在吃早餐的再扬站起来说，该地的大火已扑灭，现在去已经迟了，这个报道他已图文一起采访回来了。这种兼有"狗仔队"的闻风而动、快速反应的作风，为报社拿到了更及时更精彩的新闻。

多年来累积的资源和热忱、真诚的为人，在阳江地区，在很多时候，报料人都主动将"料"报给《阳江日报》的"刘记者"。再扬不愧是一个"脚带珠露，身沾泥气"的好记者。

希望再扬再接再厉，脚踏实地，继续采写出更多更好的精品佳作。

是为序。

2021 年春

（作者系阳江市人大常委会原副主任，阳江日报社原社长兼总编辑，阳江广播电视台原台长，阳江市关工委主任）

序 二

林 迎

　　走进刘再扬先生新作《果然风景不寻常》的意境里，我如同驻身一种浓浓的文化氛围之中。在书中，可接触到不少似曾相识的史料、传闻和故事，透过作者细腻客观的描画，我能感受到语言的形象生动和故事的谐趣多姿，从中得到莫大的享受。

　　深厚的历史底蕴，是该书的鲜明特色。翻阅集子，文史方面的题材占去了相当的篇幅。作为阳江人，作者不但叙写家乡的今天，还追溯了她的昨天和前天，从而引发人们深深的好奇心。翻开书页，人们热切关注的家乡的一些大事，几乎都可在书里找到印记。历经"阳江围歼战"而使家乡获得解放，在阳江人心中自然被涂上神奇的色彩，看到作者精心收集并撰写的《五张珍贵的解放阳江照片》，客观场面亲切可感，人物形象呼之欲出，印在书里的照片尽管已显得沧桑陈旧，但留给人们的影像却是清晰可见。

　　当然要想进一步了解阳江解放的全过程，还有更全面的文字记载。其中，《六位"老阳江"见证阳江城解放》最详尽不过。那是写于纪念阳江解放70周年的一篇纪实散文。为再现当年场景，作者采访了不少知情者，其中，有年已92岁、时任阳春县中区龙湖武工队队长的李海；有时年91岁、当时是广东两阳中学的高三学生卓伯权；有已过87岁、时为第八团那琴区驻阳江城秘工组成员的林鹏飞在内的6名老同志。他们都是离休老干部，是阳江解放的亲历者，尽管已隔70年，他们对"国军"败逃时的狼狈不堪、解放军入城时的纪律严明、阳江人民欢迎大军进城时的欢腾雀跃，仿佛都记忆如昨。深谙那改天换地时期阳江人民喜迎巨变的时代意义的读者，必会沉浸在几位老人历久弥新的故事与回忆中。

由于善于收集与积累，再扬作品给予我们的信息相当多。如果说，阳江解放可理解为家乡辉煌历史的昨天，那么，顺着作者的思路我们还可走进阳江城的前天。《阳江现代城市建设起步于1929年》反映出的是民国初年时的阳江故事。在时任县长姚之荣、李伯振治下，阳江人民用智慧和汗水规划和兴建了民初时的阳江城，无论是著名的中山公园，也无论是城区主街道南恩路，还是太傅路、龙津路等为代表的骑楼文化，以及作为"阳江外滩"的河堤景观等，都会给阳江人留下特别亲切美好的回忆。

谈及早期阳江人与外国人的交流，本书也留下过不少精彩的片段。如《阳江首张报纸〈公论报〉为美国牧师谭沾恩首创》，记述的是阳江历史上首份报纸创立时留传下的有趣掌故，反映出中外交流在家乡的早期实践。再如《西医这样传入阳江》，非常详尽地介绍了谭约瑟、都德信、谭沾恩、冯德力等异国友人和专家，前来中国介绍医学、发展医学的感人事迹，读后令人感动。

营造良好氛围，展示文化品位。为了凸显家乡特色，刘再扬对阳江文化事业的发展颇为重视，对外来文化名人如何影响阳江更是给予了多方的关注。20世纪60年代，到阳江参与"社教"的文化人士不下数十人。在书里，再扬精选了代表性人物让人们了解。

书中《"北京来的这个知识分子有本事"》记叙的是著名艺术家方成。作为一个蜚声华夏的漫画家，方成的成就有目共睹，他是怀着深厚感情融入阳江人民的生活和劳动中。除了积极劳动，他还凭借聪明才智，在建设水利工程项目中搞技术革新，大大提高了工效，成为知识分子与工农群众相结合的一个缩影，给当地群众留下了一段难忘的佳话。

对于在本地工作的文化人，作者也常常施予浓墨重彩。书中描述的阳江县文化馆长张若曼，是20世纪50~70年代阳江文艺青年心目中一个慈祥可亲的"大姐"。在洋洋洒洒数千言的《人民的文化馆长张若曼》里，作者以充满感情之笔，重点记述张若曼从 50 年代开始，悉心为阳江人办好文学刊物《春苗》，并以此为阵地，为阳江培育和输送了几代文化人才，像著名学者、作家林贤治等人的脱颖而出，都离不开她的悉心扶持。本文写作风格细腻，语言活泼，心理刻画和细节描写都非常突出。读后，张若曼那种关爱文艺青年，把自己的一切奉献于阳江文化的精神令人深深感动。

浓厚的家乡情结，是本书的又一特色。在作品中，作者用不少篇幅谈及自己深爱的家乡，回味缕缕乡愁。在《渐行渐远的麻汕疍家人》中，刘再扬以厚重之笔描述了麻汕乡亲的疍家习俗、生活习惯，宛如给人们在播一幕幕黑白电影。"街渡"，对于生活于 20 世纪六七十年代的人来说，是屡见不鲜的景观，随着现代公路事业的发达，这些风景已渐渐为历史云烟所掩，难得的是作者还记得那样清楚，并细述街渡的起源、功能、规模、便捷程度、昔时盛况等。甚至，还从"信息源"这个角度反映出"街渡"的特殊功能："'街渡'还是人们互通信息的一大窗口。大的'街渡'能载数十人，小的也能载 20 多人，搭乘'街渡'的人来自各地。在乘坐'街渡'的时间里，船舱成了信息交流站，哪个地方的商情如何？收成好不好？东家的芝麻、西家的绿豆，以至生活上的甜酸苦辣，全部倾泻在'街渡'上……"作者在《那远去的街渡》中娓娓道来，听者从中寻回了逝去的温馨记忆。

《凤凰树下的遐思》《麻汕圩，曾被誉为"小广州"》《那龙圩，曾经繁华的"小香港"》等，同样会让你对家乡的漠阳文化涌起暖心记忆。麻汕风情，包括疍家文化，都会撩起你心中的兴奋点。

讲好乡村故事，显示谐趣风情。阅读《果然风景不寻常》，觉得作品可读性非常强。在选材上，再扬十分重视民情风俗方面的题材。"乡居记趣"一辑述说了作者细心观察、长期积累的掌故，堪称是一本民俗风情集锦。如《男女老幼会游泳》《会捉鱼的家猫》《钓鱼王》《捕鱼能手和鸬鹚》等，家乡风貌与乡村趣闻之斑斓都进入了人们的视觉里。文字篇幅大都短小精悍，或写人，描述三面环水的小村庄，人人都会游泳的水乡画面，写乡中能撒网捕捉 80 斤大鲤鱼的捕鱼能手；或写物，如机灵出奇，不仅能捉老鼠，还会捉鱼的家猫。还有，比人还要灵活，时而潜跃水中，数十个回合便捕得百来斤鲜鱼的鸬鹚。作者把所了解到的民间传闻编成了小故事，形象生动，妙趣横生，透过几篇精粹文字，你会感受到浓浓的生活气息。

《乡下的簕古》《满村番桃树》《卖麻糖与拾银仔》《放水捉鱼与抓田鼠》源于作者亲历的生活，字里行间充满了活泼谐趣的童年记忆，那是处在困难时期一个孩子对物质的渴求，也有对文化知识的期望。当看到番桃子、包粽子的簕古、麻糖与放塘捉鱼这些字眼时，只要是从艰辛时代走过来的农村孩子，都会留下甜蜜而又略带苦涩的记忆。再看看《春节的记忆》《收音机里乐趣多》《奶奶教的阳江儿歌》等，同样感到清香扑鼻。"打掌仔，卖咸虾，咸虾香，卖老姜，老姜辣，卖……""麻雀仔，路边褒，阿娘晒谷你来偷，有日终归捉紧你，慢慢潜毛挂上钩。"听听这充满阳江特色的儿歌，你会觉得自己又回到了纯朴无忧的童年时代之中。

再扬的作品之所以具有吸引力，除了内容渊深，顺流溯源，涉及面广，给人们带来极大的信息量之外，在艺术构思方面也下了一定的功力。

高屋建瓴，纵深挖掘。刘再扬不但有资深记者及有关岗位的历练，还是阳江市中共党史学会副会长，对文史调研类题材有其独特的思考。这种历练和思维习惯，注定了他在采写文章时立意高远，能够从政治性、史料性、文学性多方面综合考虑，在题材的选择与意境的锻造上，他站得高，看得准，要求严格。他所提供的信息能给予人丰富的感观享受。诸如在"城市记忆"中提供了纵向性的想象，既侧重早期史实又溯源民初时阳江的城市建设，到改革开放之景貌也有所反映，既形成一定的脉络又有所侧重，令人读后收获满满。

在题材的选择上亦做到你中有我，你我有别，只有在比较中体察，才会感受到他们的细微差别和侧重点。例如"城市记忆"与"岁月追踪"两辑作品里有时间的交接，但前者更主要突出发生与阳江城相关的大事，后者则更多是藏匿民间的独特素材。又如"乡间纪事"与"乡居记趣"两辑作品均为讲述家乡掌故，之间又有区别，前者是较为全面地展示家乡人的民情风俗和生活习惯，后者则更主要是表现乡村掌故和传闻侠事，阅读起来更觉谐趣横生。

观察细致，表述生动。长期的记者生涯，良好的职业习惯，养成了他在表达方式方面具有感性的特点。很佩服刘再扬竟然会花那么多的精力，收集了这么多珍贵的第一手资料。据我曾经的学校同事，也是忘年交林鹏飞老师说，为了采访他和当年的战友了解当年"阳江解放"之掌故，再扬就采取个别聊、集体谈、电话沟通等形式，多次前往家访甚至到阳江解放时所在地去感受氛围，调研对比考证不下十来次。"为了掌握每一事件的细节，再扬可是竭尽了心力的。"林老师说。

至于其他方面，当然也表达了作者那种善于采访、观察细致、文笔活泼、形象感人之特点。例如书后面的"图说新闻"，作者就利用自己同时也是各个层次摄影记者的优势，融文艺性、新闻性和时效性于一体，在作品中体现了图文并茂、诗情画意、生动活泼等特点，给读者留下了深刻而美好的记忆。

结构精巧，可读性强。再扬纪实文字具有较深的吸引力，赖于作者有颇具功夫的叙事能力。翻阅 60 余篇文字，明显的感觉是可读性相当强，除了语言通俗、风情浓厚、知识点多之外，构思也非常巧妙，不少作品有较强的故事性。

还有一些短文，如在"乡居记趣"一辑中，大都是故事性、趣味性都相当强的小品文，诸如《会捉鱼的家猫》《象棋王》《麻糖佬》，"特色小吃"辑中的《阳江中秋的"佛仔"月饼》《簕古粽子别样香》等，都会让人阅后留下快乐的思考。

总体而言，读罢《果然风景不寻常》，能获得知识的增值与美的享受。应该说，再扬已具有了一定的文学修养，希望不要满足于现状，如今后特别在意境的锻造、文学语言的锤炼等方面再下点功夫，不断辛勤笔耕与探索创新，假以时日，再扬君一定会捧出更新更美的作品来。

2021 年 8 月 18 日

（作者系广东省作家协会理事、阳江市作家协会主席）

一 / 城市记忆

阳江，说不出理由的喜欢　　　　　　　　　/ 002

阳江现代城市建设起步于 1929 年　　　　　/ 007

中山公园原来计划建在北山　　　　　　　　/ 012

五张珍贵的解放阳江照片　　　　　　　　　/ 014

清同治年间阳江人"猪仔纸"惊现古巴　　　/ 017

阳江首张报纸《公论报》为美国牧师谭沾恩首创

　　　　　　　　　　　　　　　　　　　　/ 021

1933 年阳江盐业股票　　　　　　　　　　/ 024

西医这样传入阳江　　　　　　　　　　　　/ 026

龙津路，人说当年好风光　　　　　　　　　/ 035

阳江糖厂电影院，留给繁华记忆　　　　　　/ 041

那些年，那些不花钱的"文化聚餐"　　　　/ 045

塘边张街巷寻踪　　　　　　　　　　　　　/ 049

骑楼底下有故事 / 053

六位"老阳江"见证阳江城解放 / 055

启航浩浩荡荡强渡琼州海峡 / 064

奇兵突袭　南鹏岛解放 / 071

一道长堤接翠微 / 078

相思花开忆造林 / 089

熏风南来　繁花竞放 / 096

边海红旗今更红 / 105

二 / 名人与文化

"北京来的这个知识分子有本事" / 114

人民的文化馆长张若曼 / 120

传唱来自江海的声音留住乡愁 / 128

山歌好比春江水 / 136

风雨不改　戏迷情深 / 144

三 / 乡间纪事

渐行渐远的麻汕疍家人 / 150

那远去的街渡 / 153

凤凰树下的遐思 / 156

永远的橄榄树 / 159

四 / 古圩探秘

麻汕圩，曾被誉为"小广州"　　　/ 164
塘围圩，四百年繁华依旧风采迷人　　/ 177
那龙圩，曾经繁华的"小香港"　　　/ 183
田畔圩，往事难忘　　　/ 190

五 / 岁月追踪

春节的记忆　　　/ 198
大碌竹　　　/ 202
收音机里乐趣多　　　/ 205
爷爷的期望　　　/ 208
奶奶教的阳江儿歌　　　/ 211

六 / 乡居记趣

满村番桃树　　　/ 216
男女老幼会游泳　　　/ 218
会捉鱼的家猫　　　/ 220
钓鱼王　　　/ 221
捕鱼能手和鸬鹚　　　/ 223
野水鸭和家鸭蛋　　　/ 225
卖麻糖与拾银仔　　　/ 227

象棋王　　　　　　　　　　　　/ 229

村里也种红高粱　　　　　　　　/ 231

乡下的簕古　　　　　　　　　　/ 233

放水捉鱼与抓田鼠　　　　　　　/ 235

麻糖佬　　　　　　　　　　　　/ 238

七 / 特色小吃

咸圆子　糖圆子　　　　　　　　/ 242

细煎糍　大煎糍　　　　　　　　/ 244

阳江中秋的"佛仔"月饼　　　　/ 246

酥香的粉酥　　　　　　　　　　/ 249

簕古粽子别样香　　　　　　　　/ 251

八 / 图说新闻　　　　　　　　/ 256

后　记　　　　　　　　　　　/ 276

Chapter 1

城 市 记 忆

···

果 然 风 景 不 寻 常

阳江，说不出理由的喜欢

夏日漠阳江一景

20 世纪 60 年代的一个阳江解放纪念日的晚上，我出生在阳江城。正因为如此，父亲说，那就取名叫"亚阳"吧。十几年前，我离开阳江，先后在国内几个城市"漂泊"过，但始终还是觉得阳江好。最近，有不少朋友问我：你究竟喜欢阳江什么？我想了半天，却说不出来。

其实，很多东西，闭上眼睛的时候，也许看得更清楚，这绝不是故弄玄虚。喜欢一座城市与喜欢一个人是一样的。如果你曾经在一座城市里行走，不可避免地你将成为彼此不可割舍的一部分，不管各自走多远，却走不出彼此的记忆，总有些牵扯不尽的东西把你系在一起，比如我之于阳江。

游客南国风筝场放飞风筝

有人说"阳江"这两个字本身就美丽得可爱。而更加传神的还是一些发生在阳江这一方热土上的故事。曾被周恩来总理称为"中华巾帼第一人"的冼夫人，在阳江为维护国家的统一做出了卓越的贡献；在这里，世世代代的阳江人休养生息，创造了独一无二的"阳江话"，更创造了驰名中外的漆器、豆豉、小刀这"三宝"；解放战争中，人民解放军二野四兵团在阳江围歼了国民党刘安琪兵团近4万人，是解放广东最激烈和最大的一场围歼战。阳江解放次日清晨，四兵团十四军军长李成芳、粤中纵队司令员吴有恒等从南恩路东门进入阳江城，与阳江各界共庆解放。斗转星移，如今的南恩路已成了一条风情独特且十分繁华的商业街。走在这热闹的街上，一不小心，一个又一个各式的阳江美女就"撞入"了眼帘，让人在惊诧之余，真有像空手入宝山的感觉。

阳江城东风一路夜景

难怪有人说，阳江的美女在南国有名。

读中学时，我曾在市区南门街的塘边张住过，那铺着石板的古朴巷道，那淳朴的民风，给我留下了永不磨灭的印象。每当小巷里传出悠扬动听的"凉——粉，雪条""豆——花，豆花"的叫卖声时，大人小孩便围拢过去，争相购买。那情那景，多少年后，当我在云南听到"过桥米线"的叫卖声时，我总会回忆起故乡古朴的小巷道里传出的叫卖声。写这篇文章前，我还特意返回塘边张我曾经住过的地方看了一回，时值盛夏，"凉粉！凉粉"之声仍不绝于耳。至今仍居住在那里的当年阿公阿婆们认出了我，一声声的"阳记！阳记回来了"（阳江人叫人名后带"记"字的，有表示"痛爱"的意思，一般是年长者对年幼者才这样称。而前面父亲说干脆叫"亚阳"，则是为小孩起名字时做一般介绍的意思。

如今我有空回以前住过的老宅时，那些阿公阿婆仍叫我为"阳记"。我在阳江城出生，为纪念出生地，父亲为我起名"阳"。1986 年办身份证时，派出所弄错写"扬"，一直没改过来），在我听起来那声音依旧还是那么亲切和动听。

人说吃在广州，我却说吃在阳江。市区的河堤路至今仍在经营着的蚶子、南风螺、牛头皮、沙虫粥等风味小吃。在外地那么多年了，也吃过这些东西，但却始终吃不出阳江的那种味道。现在这些小吃也被在阳江工作的外地人所接受。采访中，我曾看到一些豪放的外省人，光着膀子，呼朋唤友在河堤路津津有味地品尝着蚶子等。今年初，一次参加同学聚会，一位在法院工作的同学问我，你尝过"一夜埕（情）"了没有？起初听起来以为是开"那种"玩笑，但弄清楚之后，才知道是一道阳江名菜。如今随便在市区的大街上溜达溜达，你便可看到，除本地特色酒店外，外省市、自治区和一些外国风味的饭馆酒店如雨后春笋，越开越多，但饭馆酒楼依旧食客如云，生意依旧红红火火。如果有空，约三五知己，上上酒店，时不时换一下各地的饭菜口味，那绝对是一件不可多得的惬意之事。

阳江城南恩路

夏日海陵岛闸坡大角湾

儿时在乡下，听那些没有多少文化的成年男女在田间地里、圩场、晒谷场、榕树下纷纷对唱一些叫不出名字但婉转动听的本地歌。长大后才知道，那叫作"阳江山歌"。如今市区的中山公园、人民广场和北山公园偶有一大群一大群的婆婆在那里摆擂对唱，其盛况甚为空前，成为阳江独特文化的一景。还是在儿时，每逢秋风乍起，乡下的大人小孩就放起了风筝，听天上的风筝在"呜呜"作响，爷爷告诉我，那叫作阳江"灵芝风筝"，挺有名气哩！后来进阳江城读书，每逢重阳节，北山公园上空那漫天飞舞的风筝

端午期间逆水赛龙舟

更是让我眼界大开。到如今，市区已辟有南国风筝场和风筝馆，专供市民和游客放飞和观赏风筝。前不久，一位同事的表哥表嫂以及部分亲属从国外来阳江旅游观光时，专程到南国风筝场进行了风筝放飞，我应邀为他们拍照。看到他们将风筝放飞上天空时一副欢天喜地、齐齐雀跃的模样，我虽没有参与其中，但那感觉特别好。

阳江城石湾南路

也不知从何时起，诗、书、画在阳江有着深厚的群众基础和文化底蕴。阮退之、邓琳、关山月则是这方面杰出的代表。在市一中的围墙旁定期举办的诗书比赛吸引了无数人参加，而市区的不少单位以及乡镇、村一级这方面的比赛也不少。市区一些书

画学院的成立，以及国内外一些诗书画名家经常光临阳江或办书画展，互相交流经验，切磋技艺，则起了共同进步和提高的作用，也推动和促进了阳江诗书画的繁荣。2004年，中华诗词学会授予阳江全国第二个"诗词之市"的称号，这样与原有的"书画之乡"以及即将在鱿鱼桥水岸城建立的诗长廊一起，将共同撑起阳江文化之乡的绚丽天空，对阳江市创建文化名城也是一个有力的推动力量。

　　写到这里，我还是说不出为什么我会对阳江如此念念不忘。但当我每天拿起《阳江日报》，目光触到"阳江"这两个字时，却总是欲言又止，对阳江的喜欢，真的是只可意会而无法言传。这些，就只好让读者诸君自己慢慢去体会感受了！

2004 年 8 月 31 日

阳江现代城市建设起步于 1929 年

　　市区马屋街 85 岁的梁崇岳老人对《阳江日报》2008 年 4 月 15 日刊出的老照片中的一张阳江城城门照片说："这是北门，在现在的北门街尾与苏屋街尾交会处出环城北路的地方。"梁伯的说法与美国南加州大学图书馆珍藏的照片显示的阳江城北门影像相吻合。

　　梁伯说，报纸上的北门照片应该是由城内向城外拍的，那时的北门中间装有一道长方形铁门，他小时候经常与一些调皮的小伙伴从牛角巷转苏屋街走北城门出城，沿今自来水厂方向到北山脚下的原阳江农校实验农场偷摘那里的橘子。

阳江城南恩路、太傅路和龙津路交汇的十字街

昔日的城墙如今已成为遥远的记忆，阳江城当年拆城墙建马路的情况又是怎样？连日来，《阳江日报》记者走访了多位"老阳江"，对此进行了追踪报道。

城市建设按规划进行

在经历了 1923 年前后几年的社会动乱后，阳江社会渐渐安定下来，加上现代武器的发明和使用，原来具有防贼防土匪功能的城墙已失去了作用。阳江周边的一些兄弟县，如台山、中山等地已相继开展了大规模拆城墙开马路

南恩路

行动，进行现代城市建设。1929 年，时任阳江县长的姚之荣根据当时广东省政府关于拆城墙开马路、建设地中海式和南洋式骑楼街的有关规定，到广州请了现代城市规划专家到阳江对旧阳江城的十二街（旧阳江城工商业全部集中于此，即现太傅路、渔洲路、龙津路和南恩路西一带）进行了详细的规划。专家们针对十二街"肩挑相遇则需侧身闪过"、两旁商铺可"隔街攀谈"的交通窘境，规划了几条整齐划一的马路，其中商业价值最高的是当年临漠阳江的河堤路、太傅路等，这几条街还规划了以西式的骑楼取代旧时的檐廊式建筑。

1929 年夏初，阳江城开始拆城墙，最先拆除的是西南城墙，先拆两边的墙，再将中间的泥土搬走，同步建设河堤路和环城北路。今年 94 岁的青云堂林秀英老人说，当时拆城墙时尘土飞扬，阳江城就像一个大工地。她家那时住在西濑，自己和一些人为了赚几个钱，到西城门整理拆下来的砖。城墙上面的是砖，下面的是花岗岩石块，花岗岩石块被人用牛车等运输工

具弄到河边用于修筑沿岸的长堤，城墙的砖则用作各马路砌水沟。

1929年冬，河堤路在紧张施工时，太傅路也紧跟着开始建设。1930年春节前，长475米、宽10.5米，路面用石灰、红泥和砂三合土夯成的河堤路建成。民众用醒狮和鞭炮热烈祝贺阳江城第一条马路建成。1930年冬，长345米、宽8.5米，路面用水泥砂石建设，后来被称为质量最好的太傅路建成。

李伯振任县长加快城市建设

1931年1月，阳江人李伯振接任阳江县长，其时河堤路、太傅路、环城北路和渔洲路已经完工。他采取了多种措施，对在建的南恩路，要求在保证质量的前提下尽快建成，积极推动未开工的兴仁路、龙津路、环城东路、环城西路和环城南路尽快动工，从而加快了阳江城拆城墙建马路的步伐。其间，南恩

图为1933年建成的南恩路南强酒店，在阳江矗立60多年（陈进杜 供图）

路路面质量太差，承包商曾被政府罚款。上述马路和中山公园在李伯振任内的1931年到1936年全部完工。

阳江当时进行有史以来规模最大的城市建设，所需的资金十分缺乏，政府那时效仿先走一步的兄弟市县的做法，向马路两旁计划建设的骑楼商户收取骑楼地价，其中太傅路作为当时的"商业地王"，收费最高，渔洲路、河堤路、兴仁路、龙津路和南恩路的收费紧跟其后。作为当年有"阳江外滩"之称的河堤路除了收取骑楼地价外，还按月向停泊在河堤路漠阳

江上的大小船户进行了两年多的抽捐（收停泊费）。这些措施的实行，较好地解决城市建设资金的不足问题。

阳江城各马路建成后，随之进行了骑楼等商住楼的建设。那时的阳江现代城市建设，正是世界经济危机开始的1929年，欧美等西方国家经济大衰退，工厂倒闭，商店关门，失业人员很多。我们阳江在那几年间开始进行那么大手笔的马路建设，约有千间骑楼等商住楼建成，需要大量的建筑工人和运输人员，农村因此增加了许多灰窑和砖厂，漠阳江上的航运十分繁忙，刺激了当时阳江经济的发展。

西门河河堤

城市规模领先粤南路十数县

临近漠阳江边带有"洋式店面"的独特风格同时具备商住功能的阳江城骑楼，成为漠阳江航运黄金时代最合时宜的历史承载体，从南洋等地运来的洋货土货从河堤码头卸下来，直接就进入骑楼的货栈，又从货栈流出，源源不断地通过漠阳江流向各地，使得早已是古商埠的阳江城，自然而然就成为当时阳江周边人气最为集中的商业"旺地"。

上了年纪的"老阳江"们都能把阳江城的热闹繁华形容得活灵活现，广州和香港的客人更是把阳江城说成"小广州"！在他们的记忆中，其时阳江城河堤路就有很多间茶楼夹杂在骑楼中间，本地的外地的一些粤剧名伶经常在茶楼献艺，车水马龙的食客和看客每天营造出人声鼎沸的热闹场面。

阳江城的城市繁荣从那时起，就一直领先于广东南路（即今广东阳江、湛江、茂名及广西北海、钦州、防城港6个地级市所辖的区域）的十几个县数十年。新中国成立后的30多年，前湛江地区每年需要召开的很多会议都部署在阳江城召开，南路不少的兄弟县还将阳江称为"一哥"（区域老大），应该说这与阳江的综合实力有关。

1929年，阳江城拆城墙建马路开启的现代城市建设，承载着阳江城的过去、未来、光荣和梦想。

2008年6月10日

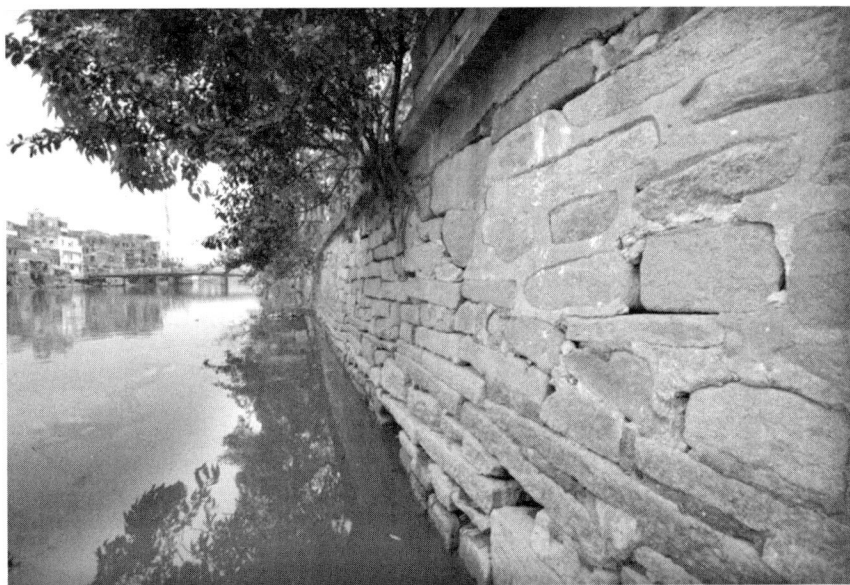

用城墙的花岗岩筑成的长堤至今仍护卫着河堤路

中山公园原来计划建在北山

记者 8 日携着当天的《阳江日报》报纸来到市区马屋街找到今年 85 岁的梁崇岳老人，请他辨认其中最大幅的一张阳江城花园照片是什么地方时，老人戴上眼镜一看，指着报纸中的照片惊喜地说："这是阳江城的中山公园，前面的是凤凰树，后面的亭楼是民权阁，这地方我从小玩到老，太熟悉了。"

梁崇岳老人，世居阳江城马屋街。新中国成立后在阳江汽车站工作，其间曾到过有关学校和机构参加工作培训，1983 年从阳江汽车站调度员的岗位上退休。数十年来，梁伯几乎每天都到中山公园休息娱乐。当日，他向阳江日报社记者讲述了中山公园建设时鲜为人知的一些故事。

梁伯说，他的父亲叫梁培枋，1931 年建中山公园时任国民党阳江县党部常务委员，负责协助李伯振县长建设中山公园。父亲曾经说过，起初，县里将中山公园选址在当时还处于郊外的北山，做好了规划并且已经动工（动工的地方在今北山烈士陵园一带）建设。这时，李伯振县长的老师，阮退之先生的父亲阮德光先生向李伯振说了自己对在北山建中山公园的看法。阮德光说，北山离城较远，周围又很荒凉，公园建在这么一个地方，除民众想来一次都困难之外，倘若一些不肖的男女来此做出一些有伤风化之事，败坏了社会风气，那将如何是好？李伯振觉得阮老师说得在理。在与有关方面人士沟通后，便改变了计划，1932 年转而选中了阳江城的游府衙续建中山公园。

　　梁伯还说，游府衙原是清代阳江地方政府治安当局所在地和驻军的地方，民国成立后弃用。梁伯家在马屋街，离此地很近，小时候常到那里玩，他清楚地记得，当时的游府衙门口有一个残旧的、形似今天江城一小门脸的牌坊。当年为了将中山公园建得大一点，当局还将原牛角巷邻近游府衙的一个医灵庙拆了，该庙附近还有好几棵大龙眼树。1933年初，中山公园建成，内建亭台楼阁，有民治亭、民生亭、民享亭、民有台、民族楼和照片中的民权阁，其中民族楼具有西班牙建筑风格，为当时阳江城书报阅览处。园内广种花木，池塘种莲，养有鸟兽等。公园建成后，成了市民娱乐的好地方。

　　梁伯接着与记者来到中山公园，在现孙中山先生铜像处，梁伯说，在抗战胜利后，政府在此处设有一座"抗日阵亡将士纪念碑"，后被拆。照片中的民权阁，梁伯说当年阁中有一个孙中山先生铜像，并立有"总理遗嘱"碑文，旁边还有一口大铁钟。民权阁周边有护栏，抗战前，梁伯和阳江城里学校选出的一些学生，每周一早上，必来到民权阁前，在县负责人的主持下，面对着孙中山先生铜像，开"总理纪念周会"、念总理遗嘱等。这些仪式完后，县领导还发表激昂的演说，对学生进行励志教育。

　　说话间，在公园休息的郑球等一班70岁以上的老人围过来，看《阳江日报》上刊出的照片，他们均认定照片中的阳江城花园就是中山公园。"我们从小就生活在公园附近，对照片中的民权阁、休闲椅和花草树木，那里的环境和风物十分熟悉，不会看错。"郑球他们说。

2008年7月

　　附记：该文获2008年度中国地市报新闻奖系列报道一等奖。

五张珍贵的解放阳江照片

　　阳江围歼战是除解放海南岛外（当时海南岛属广东省辖）解放广东最大的一次战役，由于多种原因，所留下记录阳江围歼战的图片只有此前发表过的4张大家熟悉的图片，不免有些遗憾。2006年10月，阳江日报社记者经多方打听和寻找，终于在阳江市离休老干部邓启安的相册中找到了5张解放阳江的历史资料图片。随着岁月的流逝，这些照片显得格外珍贵。

　　今年77岁的邓启安，阳江解放时是广东两阳中学高三学生，当年响应号召，投笔从戎。在阳江考入解放阳江的人民解放军二野四兵团第14军随营军政学校，并随部队来到了云南大理。1950年10月，14军战地摄影报道员（后称为随军摄影记者）文克英到军政学校采访学生的学习等情况，喜欢摄影的邓启安经常帮助文克英冲洗胶卷。在得知邓启安是广东阳江人，又喜欢摄影时，文克英拿出了自己一年前在阳江围歼战中拍摄的一些照片赠送给了邓启安，以作纪念。

　　据邓启安回忆，当时共有6张图片，除这5张外，还有1张效果特别好的14军举行阳江城入城仪式照片，威武的军队给邓启安留下了深刻的印象。从照片上的景物来看，文克英当时应该站在阳江城南恩路原艳芳照相馆旧址（早些年因建设市区新华北路已拆除）楼上俯拍。可惜的是，1956年，在邓启安即将转业前夕，这张解放军入城照片被到部队采访的《国防报》记者"借用"，一直未还至不了了之。剩下的这5张照片，邓启安小心翼翼地精心保存着，不管转业到大理的一家地方学校当教师，还是1982年调回阳江工作，直到1990年离休，这期间无数次搬家，邓启安都把这5张阳江围歼战资料图片带在身边，并保存完好。

阳江围歼战中，敌军举手向解放大军投降（文克英 摄）

解放大军在九姜（今阳江港一带）追歼逃敌（文克英 摄）

解放大军在阳江追上国民党军，并截获敌军兵车和敌军家属（文克英 摄）

阳江围歼战中，解放大军缴获的国民党军武器堆积如山（文克英 摄）

1949年11月7日，阳江各界在阳江县中学（今市区南恩路南恩学校）举行庆祝阳江解放、14军庆功、纪念苏联十月革命胜利日活动，照片后方的北山石塔依稀可见（文克英 摄）

2006年10月

清同治年间阳江人"猪仔纸"惊现古巴

今年初，阳春市民雷百安在古巴首都哈瓦那发现了多份清同治十年（1871）的劳工合同（即猪仔纸），其中有一份"猪仔纸"的签订者是一名年方25岁、名字叫黄德的阳江人，黄在澳门画押坐船去古巴当劳工。证明在141年前，阳江已有人漂洋过海出国谋生。这一份"猪仔纸"，为研究阳江华侨史提供了珍贵的资料。目前，雷先生已设法将其带回了阳江收藏。

所谓"猪仔纸"，是清代到民国年间的中国人为了谋生，被迫远赴海外谋生签订的合同。19世纪中叶，中国乡间形势动荡，民不聊生，此时正值美国和加拿大开金矿、修铁路，南洋（今新加坡一带）大开发，急需大量劳工，一些外国公司便把眼光投向了廉价的中国劳动力。那些外国公司到中国沿海寻找劳工时，要求签署条件苛刻的契约，一旦签下不得反悔，如同卖身，这份契约被称为"猪仔纸"。签下"猪仔纸"的人坐上简陋木船漂洋过海，条件之恶劣可想而知。当年的广东华侨称这些人为"卖猪仔"。签订的这份契约，就不能反悔，形同卖身，而其猪狗不如的劳作，就好像是卖出的猪仔，契约也俗称为"猪仔纸"。

容闳在《西学东渐》一书中记载了他当时看到的"卖猪仔"人间地狱般的惨状。"余初次归国，甫抵澳门时，第一遇见之事，即为无数华人，以辫相连，结成一串，牵往囚室，其一种奴隶牛马之惨状……"

《广东华侨史话》也有记载："那时从香港乘船到旧金山，要一个多月，这样长时间的折磨，往往一百个人中，有时竟死去三四十个人。有一次船到旧金山港口，船员打开舱盖，突然一股臭气从舱底直冲上来，七八个满脸血污的华工，横七竖八地躺着，尸体已经腐烂。"

外国人在当时的中国口岸如福州、厦门、海口、广州湾（湛江）设立秘密的卖"猪仔"机构，诱骗破产的中国人，让他们自己出卖自己赴南洋"碰运气""找财路"，不少人因此上当。还有不少人明知这是危险的事，但没有别的生路可走，也无可奈何地将自己出卖了！这就是震惊一时的"卖猪仔"惨剧。

"猪仔"的"卖身契"，一般是卖身做"猪仔"的人填写"自愿"往某地工作的契约（合同）。订明工作期限、工资待遇。

雷先生在古巴发现的这份中西文"猪仔纸"，中文基本上是白话文，文中的"员"通"元"，"二家"是阳江话，意即"两人"或"双方"。为了让读者看看当年的"猪仔纸"和保留历史资料，现将原中文直录如下。

合　同

立合同人黄德，中国阳江人士，年方廿五岁，今有亚湾拿哑星打度公司代办人啡难奴度东与我说合搭其所雇之船前往该埠当工，所有条款开列于左。

一、言明在古巴岛雇工，听从该先翁指使，如本行将合同转交别行之人，我亦应允听从别人使令。

二、雇工以八年为期，自到古巴，本人身上无病，即于作工之日起计年限，若身有病不能作工，自当俟身愈八日后起计。

三、所有城内城外，无论何工或出亩或村庄或家中使唤或行内用工或磨房或园圃或养马或种架，非各项工程指不尽名，悉皆听从指使。

四、凡遇礼拜日期即为停工之日，可任工人作自己之工，以为己益，但若在家中使唤，即礼拜日亦要东家之工，要照该处规矩而行。

五、每日二十四点钟，其作工之时不得愈十二点钟之外，但其工若为家务庄中之事，不论何事，听从而作。

六、八年工期内，执合同人所有事务作工人，不得藉端不作，亦不得图谋躲至避将银读工准照赎身，例而行可也。

哑星打度公司代办人啡难奴度东言明各款列后

一、八年之期按照合同于何日起计其工银，每月吕宋成员银四员或给金值银四大员该先翁，所担保即于此日起计，按月照给以满期毫，无拖欠。

二、每日食用发给卤肉八两，另杂项食物二磅半，均系好肉，可养人之物。

三、凡遇有病，不论日子多少，事主务必送入医院，令医生看病施药，病愈方止。但其病若系由作工而致，并非自作之孽，事主仍不得将工银扣除。

四、每月给衣裳两套，小绒衫一件，洋垫一张。

五、往亚湾拿所有在船用等费均该先翁等自出。

六、该先翁务必先给该工人银八员，如或给金亦抵银八员之数，以为预备行李及各样费用，以便行船，俟到亚湾拿，拿执合同人将先给之银。每月扣回工银一员，至扣足八员即止，不得藉端将工银多余。

七、下船之日给工人衣服，三套以及各项使用什物不在扣工银之内。

八、我在古巴做工应受此处法度保护于我。

九、满八年工期，任由我作工，人自便经营，事主万不得托言欠银及有约谷等名色延日推月强留作工。

今言明，按照第六款收到洋银八员（元）正，俟到古巴必照第六款给回。

今言明，日后难知或访问古巴，工人及奴才等工银比我所得更多，但我将来照约必受事主利益不少，则工银难为薄少亦无歧异。今唯依合同所定工银而已，该工人做满合同之期，不得住留在古巴埠，如再在古巴住留，必须再打合同，仍作旧业或习学工艺要师傅担保或雇工不论作田亩押在家中使唤，俱要事头担保，若该工人不依此而行，则限以自满合同之日起两个月后必要该工人自出使费迁出古巴埠。

除上各款外，现又言明二家于未画押之先，业已逐款究明朗，赎因此二家于合同内彼此所许者无不了悉，一切日后万不能托词，不知（能）再有他说，若有不遵者难免置义。

恐口无凭，二家立此合同，当中签名交执者为据。

同治十年八月廿三日　立合同人在澳门画押　黄德（签名）

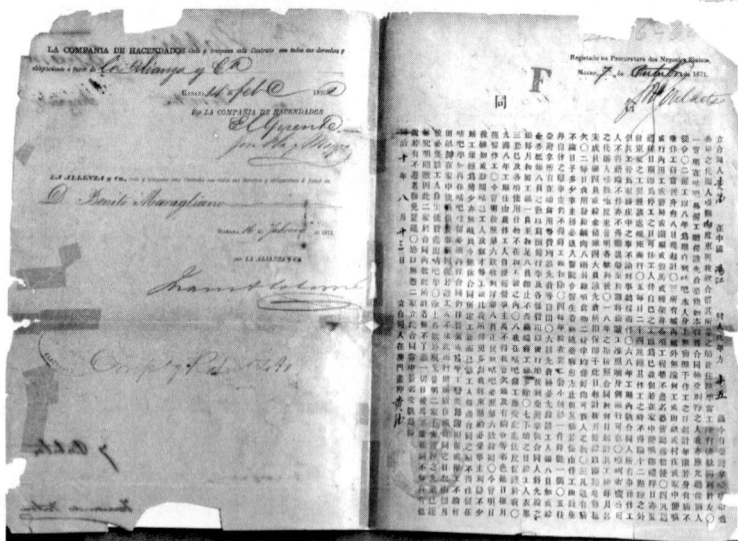

图为阳江人黄德的"猪仔纸"

2012 年 12 月 9 日

阳江首张报纸《公论报》
为美国牧师谭沾恩首创

近日，细读阳江商人雷百安先生从古巴带回的一张 1949 年 1 月 1 日阳江《大中日报》，发现了重要的史料：阳江首张报纸《公论报》为美国牧师谭沾恩首创，而非此前阳江地方流行所说的美国人都信德。

当日的《大中日报》刊出的"阳江即是阳江"一文中，披露了阳江新闻事业的创办历程，文中说："查阳江新闻事业，发轫于民国初年，首由基督福音教美国人驻阳江牧师谭沾恩与中国同盟会员许可信所首创，因牧师之父谭约瑟，亦福音教牧师，与总理孙中山先生有患难之交，缘因孙总理清代在伦敦蒙难时，谭约瑟为参与营救者之一。故谭沾恩称总理为世谊……有此渊源，时看到阳江同盟会分会与许可信联谊，每向许君表示，欲在阳江创办一新事业，即欲议创办一报馆。因孙总理亦基督信徒，又是同盟会领袖……加之创办报馆有利阳江文化，谭沾恩许可信达成共识……遂赴香港采购印刷机器，在港见孙总理，乃陈述在阳江办报之意义，大受总理嘉许，即拿以全国铁路督办用笺，亲笔书题：'主持公论'四字，并捐港币五百元，以玉成其事。后该报之命名，乃以孙总理题字'主持公论'四字中取义，名之曰《公论报》。聘邑人敖恭浦（公浦）为总编辑，许可信为主任采访记者，何栋甫为经理，林畅、许学彬等为记者……以后归办为党报，即今之《两阳国民日报》也。自此阳江新闻事业蓬勃时，曾先后有邑人谭秋舫、关鹤皋、何史华、谭竹铭、谭绥之、谭颂谊、谭惠宣、许可信、吴秩侯、赖逸麈、林洁予、佘仕清、杜幸安、范昌骏等，创办《阳江日报》《民声报》《江声报》《民报》《阳江商报》《商运日报》《建国日报》、民锋通讯社、《公言报》等。此为阳江新闻事业创办之历程。至现在仍继续发刊者有《两阳国民日报》《江华日报》《大中日报》《正谊三日刊》《两阳一月刊》，及正谊、新生、文化等通讯社。"

文中说《公论报》是美国牧师谭沾恩首创，与 1985 年《阳江文史》第 1~2 期合刊中"阳江解放前的新闻事业"和 2000 年《阳江县志》"报纸"一节所说的《公论报》是美国人都信德创办有出入。因上文通篇介绍了阳江新闻事业创办之历程，都没有提到都信德。又查《阳江文史》该文作者林华煜是 20 世纪 80 年代早期根据采访一些老人的记忆而写成的，时代悠久，记忆实在难免有误；查《阳江县志》又是根据《阳江文史》资料编写的。故笔者认为，上面报纸所述的《公论报》是由美国牧师谭沾恩在阳江创办的是为可信。

2012 年 6 月

附记：该文刊出后，纠正史料上长期说的阳江首张报纸《公论报》为美国人都信德创办之误，为史学界接受。作者观点被《民国时期广东两阳史》等书采用。

大中日報

總經理謝彥賞

敬告讀者

（八）新聞事業

《大中日报》报纸截面

1933 年阳江盐业股票

日前，笔者在阳春春城采访时，意外地发现市民雷百安先生有一张印制精美的新中国成立前的阳江盐业股票。当我打听股票的来历时，雷先生介绍，今年 1 月，他赴古巴探亲时，在一名华侨家意外发现的，他想到民国时期的阳江盐业股票一定很少，为了将之保留好，于是就说服华侨交于雷将股票带了回来。

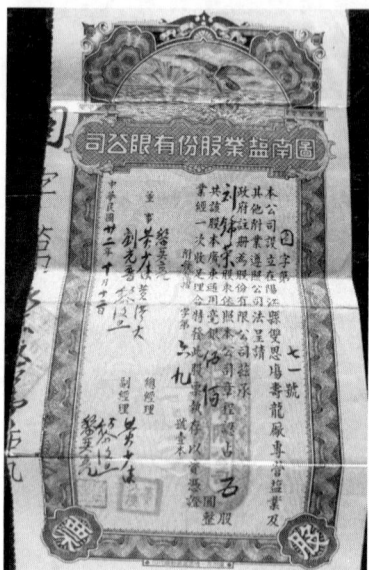

当年的阳江盐业股票

笔者看到，该股票为竖体长方形，花纹精美，上面图案为一只雄鹰飞翔于大海，然后是繁体字"图南盐业股份有限公司"，下面有"股票"两字，中间是竖体的内容："图字第七一号，本公司设立在阳江县双恩场寿龙厂，专营盐业及其他附（副）业，遵照公司法，呈请政府注册为股份有限公司，兹刘锦荣股东依照本公司章程，认占五股，共该股本广东通用银豪五百元整，业经一次收足理合，特发本股票执存，以资凭证。附发习折，字六九号壹本。董事有刘光普等五人，总经理黄少侠，副总经理黎汶旦、黎亮，中华民国廿二年十月十二日。"人名、字号、金额和时间均用毛笔填写。还印有公司和总经理、副总经理印，同时在左边股票留有存根印。最下面还标有股票印制单位：广州市一德路艺英制版代印。

笔者为此查阅了《阳江县志》，志载：阳江县盐业生产历史悠久，唐代已开始制熟盐，长盛不衰。到民国时，双恩场管辖沿海盐业产区闸坡和寿龙等14处，既煮熟盐，又晒生盐，产量很大，生盐产量以寿龙最多。有关资料也表明，1929年起陈济棠主政广东8年，1931~1936年李伯振任阳江县长，两人在广东和阳江均实行了一系列有利于经济发展的措施，加上这段时间广东社会相对比较稳定，经济因此比较繁荣。

阳江有关文史研究工作者看过该股票后表示，这类新中国成立前的阳江盐业股票，甚少出现，这对于研究民国时期的阳江工商业、社会经济等，具有较大的历史价值和文化价值。

2012 年 11 月

西医这样传入阳江

白色建筑物是 1932 年建成的阳江福民医院，背后山是望瞭岭（杜布森 摄）

新中国成立前阳江福民医院的两架抽水风车一度成为小城风景（杜布森 摄）

多年前，网上流传出许多清末民初时期阳江地区的老照片，其中有些展示了外国人办的医院。为了追溯来源，笔者曾经跟美国威斯康星等大学的图书馆有过联系，后来又在中山大学图书馆找到了部分资料，并且走访了一些"老阳江"，记录下了西医传入阳江时期的一些社会背景和关联的故事。

西医进入中国，最先进入广州

1835 年 11 月 4 日，美国医学博士伯驾（1804~1888）在广州十三行创办了广州眼科医局，是中国第一所西医医院，后来发展成为仁济医院。

彼时，"西学东渐"风潮初起，这一场文化传播，在哲学、科学、技术、艺术、政治、经济等多个方面，都对后来的中国产生了深远影响。对广大民众来说，至关重要的是求医方式的转变以及相应的健康观念等方面的变化。

1859 年 1 月，新来广州的美国传教士医生嘉约翰，修葺了在鸦片战争中被火烧毁的仁济医院，改名为博济医院（今中山大学孙逸仙纪念医院，也称中山二院）重新开张。在嘉约翰的主持下，依靠培养出来的广州青年医务人员，医院成绩斐然，声望日高，成为近代医学史上最有代表性的西医院。在博济医院工作的一些传教士医生于第二次鸦片战争后相继到佛山、肇庆、阳江等地开创西医治疗事业。

西医传入阳江的过程颇为曲折

当时位于广州以南 250 公里的广东阳江，严重缺医少药，很少有人能到大老远的广州博济医院看病。清光绪十三年（1887），受美国基督教长老会派遣，谭约瑟（1853~1926）以传教士医生身份来到阳江开设第一所西医馆。

谭约瑟，1853 年 4 月 10 日出生于美国俄亥俄州辛辛那提一个有苏格兰血统的家庭，先后在美国纽约大学和贝莱维医院医学院等校获得了文学硕士、医学博士和神学博士等学位，他于 1881 年 11 月 25 日抵达广州，在广州博济医院从医。1884~1885 年期间，谭约瑟曾担任该院院长。

对于美国医学博士的到来，阳江直隶厅同知十分热情地设宴招待了他。由于阳江对外交往很少，同知第一次接待洋人，按中国人的习惯摆上筷子，这让不会使用筷子的谭约瑟颇为尴尬。他通过翻译请求要一把小刀用餐。同知即令师爷出门找小刀。那时阳江民间生产的小刀已经十分精美，当师爷将买来的小刀放到谭约瑟面前，谭约瑟一下就喜欢上了。宴席结束后，谭约瑟向同知提出可否将小刀送给他留作纪念。同知立刻将小刀赠予谭约瑟，还自己掏钱叫师爷买了 12 把式样不同的小刀送给他。谭约瑟高兴得不得了，当晚亲自给同知送去一台自鸣钟表示答谢。

谭约瑟在阳江城县前街（现市区南恩路原第三市场附近）租下几间房子用来作礼拜堂和诊所，在一名中国助手协助下，相当顺利地开展医疗工作，施医赠药。第二年，他将诊所扩大成医馆。未料到的是，由于误会，一批当地民众趁他不在时冲击医馆，烧毁了部分建筑。

光绪十五年（1889），谭约瑟在阳江城东购买邓家园（原阳江县经委至东门垌一带），准备创建新医馆。当工程还在进行中，当地村民以种族和宗教不同为由，将正在兴建的医室纵火焚毁，并追打谭约瑟。谭约瑟被迫逃入阳江直隶厅，同知出面解决，事态才告平息。

不久，谭约瑟返国。美国教会派别安德来阳江接管教务。别安德在牛角巷（今新华北路）购得居民住宅一所，改建成医馆。光绪二十年（1894），又遭到当地村民反对，医馆再次被毁。

兴办教育使西医在阳江获民众接受

不久，别安德回国，马华盛来阳江接管相关事务。这次随同马华盛来阳江的，还有美国医学博士都信德和谭约瑟的儿子谭沾恩牧师等人。

清光绪二十八年（1902），美国人毕嘉罗来阳江接替马华盛工作。同年，都信德在阳江城东门外（原阳江县人民政府大院）购地 2 万多平方米，由他亲自设计建设新医院。建院过程中同样受到村民阻挠，最终在官府支持下建成"阳江化民博济医院"。医院建有大小瓦房22间，是当时阳江唯一的一所医院。

这段时间发生了一系列针对西医师和西医馆之事，使传教士深感单纯传教和办医院，并不能改变当时的阳江，因而改变策略，兴办教育与办医院同时进行。

1905年，美国人韦爱贞在牛角巷兴办男女学堂，同时在化民博济医院西侧办起了"光爱"女校和"证光"男校，她自任"光爱"女校校长。后来两校合并为"景光学校"，开设初中班。学校环境优美，师资优秀，韦爱贞引进美国教学体制和课程，采取中英文教学。当时阳江权贵人物，如国民革命军中将军长莫与硕女儿莫芳以及少将沙世祥子女等富裕人家纷纷入读该校，引领了社会重教风气。

化民博济医院创建伊始，虽是免费施医赠药，但来医院看病的人仍是少数。文化教育的传播，开启了人的思想。一天，一名失明男子在家人陪护下走进医院求诊。都信德诊断男子患白内障，手术治疗后，男子重见光明。西医从此令人刮目相看，逐渐取得民众的信任。

都信德医生的医术日渐出名，就医病人不断增多，医院开始收取药费。为了进一步扩大医院的规模和增加设备，都信德在20世纪20年代末回到美国筹集资金，得到了美国教会的支持和商界的资助。1931年，由懂土木工程的都信德设计，将医院原来的砖瓦平房改建为钢筋水泥结构的两层楼房，成为具有一定规模的新型医院。新建成的医院房屋通风又透光，门窗装上了弹簧开关和精致的纱网及玻璃。医院设特等病房10间，病床10张，其中有传染病室2间；一等病房12间（内有传染病室4间），病床12张；二等病房11间，病床11张；三等病房3间，病床28张。

鉴于化民博济医院名字引起阳江群众的反感，1932年医院扩建完成后，阳江知名人士梁方度、谭元昌等出面，建议将医院更名为"福民医院"。美国教会最终同意改名为"福民医院"。

从那以后，都信德等改变从前以医院为传教工具的态度和做法，把保证医疗工作的质量和效果放在诸项工作之首位。

"番鬼楼""抽水风车"成阳江城地标

为解决医院用水问题，都信德指导民工在福民医院东边打了两口深水井，并装有两架抽水风车，供应医院的用水。水井的水质很好，可直接饮用。

当时阳江人将弯钩鼻子的外国人称为"番鬼"或"番鬼佬"（正式场合则称为"西人"），两层楼房的福民医院被阳江民众称为"番鬼楼"。"番鬼楼"与抽水风车一度成了阳江城的地标。

"番鬼楼"内科可以处理常见病、多发病；外科可以施行胃修补、阑尾切除以及剖腹产手术。由于有都信德、许雅各、林华堂等名医坐镇，"番鬼楼"在阳江群众中有口皆碑。近日，96 岁的曾广雄等"老阳江"在接受记者采访时，说到"番鬼楼"，无不竖起大拇指。

三院合并为阳江县人民医院

1950 年 7 月，在福民医院当了三年多院长的美国人冯德力返回美国，国立中山医学院毕业的中国人王纯如从广州柔济医院（今广州医科大学附属第三医院）被借调过来接任福民医院院长。

当时考虑到多种因素，经过协商，并经粤中专员公署专员谢创批复同意，1951 年 3 月 16 日，阳江福民医院与书年医院及阳江县卫生院合并，以福民医院为院址，成立了阳江医院。王纯如任院长，茹皆彰、张和钟任副院长，雷启光任政治指导员。

从此，人民政府每年为阳江医院拨入经费，粤中专员公署卫生科从台山县动员陈元立、黄起琚两位西医生来院工作，县内一些社会医生和回乡少校军医林举超等也被动员来院工作。

1951 年 11 月，阳江医院更名为阳江县人民政府卫生院。

1953 年 4 月 4 日，省卫生厅正式发文通知阳江县人民政府，将阳江县人民政府卫生院更名为阳江县人民医院。

西医落地生根为人民健康服务

新中国成立后，人民政府十分重视西医发展，提出"走中西医相结合的道路"，在阳江乡镇设立卫生院，西医与中医一道，为维护人民健康事业发挥作用。

1954 年以后，省卫生学校毕业的一批卫生技术人员被分配到阳江各地，推动了阳江卫生医疗事业的发展。

1958 年，鉴于原福民医院地盘太小，满足不了阳江卫生事业的发展需要，县政府安排在阳江城东郊征地，建设阳江县人民医院新院区。1959 年底，一座占地 2100 平方米、建筑面积 4500 平方米的新医院建成。1960 年 6 月，阳江县人民医院整体从原福民医院搬迁到新院区。1988 年 2 月，阳江县人民医院升格为阳江市人民医院。30 年来，阳江市人民医院不断引进高素质人才，现已发展成集医疗、教学、科研、保健和康复于一体的三级甲等医院。

都信德在阳江工作生活 33 年

都信德（1870~1965），出生于美国新泽西州南部的威恩兰，毕业于华盛顿佐治大学，是费城综合医院医学博士。清光绪二十三年（1897），受美国长老会派遣，作为医疗传教士来到阳江。

为了交流的方便，都信德来阳江后很快就跟阳江人学会了讲阳江话，由于他的医术高明，尤其是白内障和阑尾炎经他手术治疗后，效果很好，阳江人亲切地将他称为"都医生"或"老都"。老都觉得西医在阳江城已为民众接受，而广大的乡村还是缺医少药。他将从美国买来的汽车、小电船和手摇发电的电影放映机带到阳江，平时将汽车停放在医院后面木工房旁的车库，小电船则系在北门拱桥老榕树下。每当各地圩日早或晚，他都会驾着船身喷有"福民医院乡村卫生船"的小电船沿漠阳江、那龙河，到达麻汕、北惯等圩，晚上在这些圩镇为民众放映电影，宣传卫生健康知识、自然科学等。夜间就睡在电船上。第二天，他在圩上设点为民众诊病治疗。一次，在麻汕圩为一名老妇人的孙子看病时，老都问："您孙子几岁？"其时乡下人习惯将几岁的小孩称为几百岁，意为长命百岁。老妇人将2岁的孙子说成了"200岁"。老都惊讶中随意说了一句："200岁怎么还没死？"这中西不同文化的碰撞，虽引起了短暂的不愉快，但老都以后为小孩看病时也会说："果个400岁的细佬仔系感冒，吃了我的药无事个（这个400岁的小孩患感冒，吃了我的药没事的）。"

都信德先后4次担任福民医院院长，在阳江生活了33年，与阳江人民结下了深厚的友谊。最近，热心市民刘先生将家里保留了77年之久的一块《阳江化民医院剙（创）立人都信德医生纪念碑》送给了市人民医院，碑文正文900多字，除高度赞扬老都为西医传入阳江做出巨大贡献外，还记载了他在阳江一些鲜为人知的故事。

谭约瑟重访阳江　五千人集会欢迎

1919年，谭约瑟从美国回到中国后，重访阳江，他的儿子谭沾恩和家人在阳江将父亲开拓的事业继续下去。热情的阳江民众举行了一个特别的福音大会，欢迎他的归来，当时有将近5000阳江人参加了欢迎大会。

从刚来阳江施医时被人追打，到1919年重访阳江受到5000人欢迎，不能不说西医在阳江已经深入人心。

纪念碑文后面列出了96名立碑人的名字，除了知名人士梁方度、项仙侣、谭元昌、邓石等外，还有"陈二姐""雷姐""十婶""李芬芳师奶"等平民百姓，以及青云路礼拜堂同人、书年社同人和景光学校同人等。

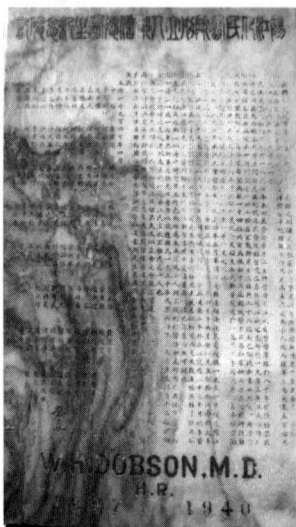

当年阳江民间为都信德刻的纪念碑

《阳江化民医院枒（创）立人都信德医生纪念碑》碑记全文如下：

我国新文化事业与基督徒有不可分离之关系，是不能否认之事实，彼等无国界，无种界，乃至无自己；不为权，不为利，乃至不为名誉，抛弃家乡，远涉重洋，坚（艰）苦卓绝，埋头工作，只是为主，只是为全人类，而彼亦为大众永不能忘之人，如都信德先生亦其中这之一也。

先生美国之纽约省人，于一八九七年奉西差会派委来江主持医务。阳江之有新医学虽于八十年前谭约瑟牧师等已开其先，而桢基之确立则自先生创设化民医院始。医院位置在阳江城之东郊，于一九〇三年落成，初时规模尚临，仅有男女病室各一所，割症室一所，小诊症室数所，男女病床共二十八位而已。嗣后加建女病室一所，乃将原有女病室改作第二男病室，每室病床一十四位，共有病床四十二位，故就医者日益加众，供不应求之憾，时复难免。而先生努力于本院之发展，则无时或懈，于是现今美轮美奂之新医院，遂于一九三二岿然成立，盖本院自开创以至重新，其筹款、设计、经营、缔造无一非先生一手一足之烈也。

先生自一八九七年来江主理医务，至一九三四年五月奉调往连县，遂解除化民医院职。一九三六年复返阳江，旋于合山、北惯、雅韶、双捷等乡推行卫生事业，并轮流施医布道。至一九四十年西差会以先生服务期满，命于是年五月离江返国。计先生来江前后共四十三年，其间除休假归国八年，在连县二年外，在江实历三十三年，其经手医疗人数不下三四十万，盖不谓伟大事功不可（没）也，至卫生方面，虽尚未见若何结果，而先生既广播其种子，他日萌芽苗长，推原功首舍先生其谁与归。先生于吾江新医学史中实占首届一指之位置，殆无可疑也。

先生抱如火之热心，似海之博爱，其工作也无非为主，无非为全人类，不独对于医务如是耶。对于其他亦莫不如是，如吾江一九一七年南北军之战，先生奋勇以救护难民，一九二〇年民军与防军之冲突，先生挺身而出任调解，皆此一贯精神之表现者，此先生所以为吾江民众永不能忘之一人也。

西差会既命先生归国，同人等即设法挽留，第先生以差会之命既不可违，而年将百岁之老亲尤须终养，故不获再作留计，因决定届期即赋归欤。

同人等交先生久，惜别情怀依依不尽，而先生素视吾江为第二故乡，视江人为最良朋友，吾知先生身虽归国，心必常念阳江，从今以后当与先生天涯团契心心印也。谨勒此石，以归荣主，敬祝先生万岁。

参考：《中国近代西医缘起与中山大学医科起源》《美国传教士谭约瑟在中国的行医经历》《阳江市人民医院院史》。

2018 年 3 月 31 日

附记：

1. 该文获 2018 年度广东省报纸副刊文化专题优秀作品三等奖。

2. 2018 年 7 月 3 日，阳江日报社编辑部接到从美国加州传来的电子邮件，内容是《一个海外游子给阳江日报社编辑部的一封公开信》，发件人张汝逢情真意切地写道："前段时间，我在贵报上看到《西医传入阳江追记》这篇文章，可知作者做了大量详细的调查研究，十分了解阳江医学界的发展。很多连我都忘记的阳江老一辈的名医都有提起，令我们十分激动。文章中提到医院成立时的三位院长王纯如、茹皆彰、张和钟，也勾起了我们对老一辈的回忆。我是张和钟的大儿子张汝逢，中山医学院病理研究生毕业，在国内从事医疗、教学及科研工作，在肿瘤研究方面，做出过一定的贡献。30 多年前和毕业于中山医学院后任职于中山附属医院的妻子一起移居美国。在美国我作为美国病理学会细胞学技师，从事细胞学的诊断及研究……多年来，我一直关注着家乡的发展，留意着有关阳江方面的报道。现在《阳江日报》越办越好，报道形式有所创新，报道内容越来越精彩。"

"回忆父亲行医往事，记忆犹新。父亲早年毕业于广州光华医学院。当时阳江医药事业相对落后。经历过日本飞机的轰炸、鸦片烟的毒害、霍乱瘟病的流行，父亲成立过救护队、戒烟所、霍乱病院，坚守在抗病的最前线。我们这代人现年事已高退休多年，仍有侄女等在老家为阳江的医疗事业贡献力量……"

龙津路，人说当年好风光

我的脑海至今还有这样一幅画：20世纪70年代初，在阳江城红卫路那个熟悉的骑楼底下，一帮玩伴在你追我赶中穿门过户，古旧铺面的大木门"吱吱呀呀"作响，骑楼底挂着晾晒的衣物在飘扬，门前老人悠然自得地拉扯家常。在木门铺面背后，是几户人家共用的厨房，在这狭小的空间里，装满了大大小小的故事，丰盈得比电影《七十二家房客》有过之而无不及。这就是我小时候曾经住过的地方。

改革开放后，红卫路恢复旧名"龙津路"，但我们已搬离了那里。最近，听说当年我们住过的那间骑楼商铺就是阳江城解放前赫赫有名的"贻记商店"时，便有了写一写龙津路的冲动。当我匆匆赶到曾经住过的地方时，看到那里已经面目全非，原来的木门骑楼商铺已被拆建为3层的水泥钢筋石米楼，周边见证阳江城昔日风土人情的一些老式骑楼虽然还在，但那些木门不知道跑到哪里去了。

龙津路，记载着小城曾经走过的足迹，承载着小城人们最深厚、最质朴的记忆。

昔塘基头　乱势赌烟馆云集

在阳江城原龙船阜至原利津街的一些地方有一些鱼塘，人们因此将之称为"塘基头"。1923年左右，社会动荡，阳江乡村各地出现相当数量的土匪，他们乘着天下大乱，纷纷瞄准乡村一些有钱人家，利用强攻或者伏击等手段，进村强行抓人。凡被抓到的人，不管多么熟悉，每人至少要交大洋"三个六"，方可释人。阳江乡村俚语"事事熟熟三个六"就是那个时候传下来的。

龙津路骑楼

事实上，交大洋"三个六"后放人是很少的，大部分人被土匪勒索后变成了穷光蛋。因此，乡下不少生活还算可以的人家十分惊恐，纷纷拖男带女跑入了有城墙保护的阳江城塘基头一带租屋躲避。一时间，塘基头聚集了很多逃难的人。

有人看到商机，在塘基头一带增开了不少赌馆和烟馆。逃难到此的相当一部分人一时闲着没事干，便结伴到赌馆里"碰运气"。在输了想搏回本、赢了想赢更多的赌局里，一些人赌得天昏地暗，这样没有规律的日子让不少人患上了胃病。望着胃疼痛的赌徒，有人说，鸦片可以止痛。这些人便上烟馆吸鸦片，胃虽不痛了，但因此沾上了鸦片瘾。又赌又吸的日子，不但让一些人用光了积蓄，还吸坏了身体。那时的塘基头烟赌之风甚嚣，乌烟瘴气。

开启里程　龙津路一度繁盛

1929 年，阳江城开始拆城墙建马路，开启了阳江现代城市建设的新里程。到 1936 年，阳江城的几条街道全部完成，其中的龙津路、太傅路、南恩路、河堤路、渔洲路建成了能遮阳挡雨的骑楼商铺，龙津路一头连接十字街，另一头接着环城北路。《江城文化之城》一书上说"由原龙船阜至原利津街一段，街名叫作'龙津路'"。

今年 89 岁的离休干部卓伯权说，新中国成立前他家住在龙津路，距贻记只隔一个商铺，他爷爷买下这商铺后，带着他父亲，雇有五六个伙计开"晋来"饼铺，生产龙凤饼、切酥、福肉、粉酥、佛子、月饼等糕点。同时，在隔自家铺面十几米的地方，另租来一个铺面，取名"永祥"，又雇了几名伙计，开杉木栏，做杉木生意。这个铺有三四十米长，铺头临龙津路，铺尾近漠阳江。那时候，从阳春沿漠阳江下来的木排一排又一排，源源不断地运到这里销售。这个地方，有十几间铺在经营阳春杉木，有些还开有木铺，制作木屐、木盆、木桶等。铺头接单收钱，铺尾发货。

卓伯权说，从他家往十字街方向走来，有"贻记"和"富盛"两家大油糖酒米、京果杂味店。在"晋来"的斜对面，有新中国成立前阳江城最大的龙津市场，里面的农副产品、鱼肉禽蛋应有尽有，十分丰富，市场比 20 世纪七八十年代的阳江城大市场还要繁荣和热闹。每天下午三四点钟，晚水鱼上市，鱼贩们从龙津市场摆出了龙津路骑楼两边百米长的摊位，人声鼎沸，交易兴隆。

龙津路还有酿酒、打铁铺等作坊，由于临漠阳江，水运发达，沟通四方，商业一度十分发达。

1941 年"三三"事变，日军侵略阳江城，烧杀抢劫，无恶不作，搬得动的货物都被抢走了，商户损失惨重。

卓伯权说，他家的两间铺本来已经经营得很好了，遇此劫难，再也没钱复业，他父亲回到雅韶潮浦乡下，做了好多年的盐田苦力，才渐渐有了些积蓄。到抗战胜利后，"晋来"改为"晋祥"，改做油糖酒米生意，一直到阳江解放。

军政名流　龙津路上好风光

"太傅路是有钱人的地方，龙津路则是当官人的地方。"在龙津路采访时，一些老阳江人指着龙津路 158 号街面的旧式骑楼商铺和商铺后面青砖碧瓦的 3 层洋楼说，那是国民党阳江县长陈修爵的商铺和家宅。这些仍保留着民国时期辉煌印记的建筑物，依稀能感受到其主人显耀的身份。

"对面那一片新中国成立前是沙世祥（沙云卿）的，人称'沙公馆'，现在新建的楼房与他没有关系，但这些新楼旁边还有那一排新中国成立前修建的瓦房，听说以前是沙公馆下人住的。"今年 75 岁的李姓阿婆说，新中国成立初，她的家婆在龙津路买了房子。1958 年李姓阿婆结婚过门时，听家婆说阳江解放时，沙公馆和她家附近的一些房子都住有很多解放军。她的家婆在家里开缝纫铺，经常有解放军拿着衣服前来缝补。

1938 年广州沦陷后，蔡廷锴任广东民众抗日自卫团统率委员、常务委员。11 月 10 日午后 2 时多，蔡将军一行乘 3 辆汽车从新昌到达距阳江城还有 10 华里时，遇日机摧毁。所幸蔡将军及随行人员事先跳车未有伤亡。

今日龙津路

傍晚 6 时，陈修爵司令和黄县长各派一辆小车将蔡将军接到龙津路沙世祥公馆休息。陈修爵、沙世祥等为蔡将军举行招待晚餐，黄逸民县长、陈元泳、莫赤珊和姜自沛等作陪。

饭后，蔡将军在沙公馆闲谈。11 日凌晨，蔡将军一行在龙津路跟陈修爵、沙世祥等道别，秘密乘小电船通过漠阳江前往阳春。

张之英（1891～1954）是广西钦州小董镇那兰村人，毕业于广东陆军学校，与陈济棠、沙世祥等为同学。陈济棠主政广东时，民国少将张之英出任广东海军副司令兼江防舰队司令。

1942 年 12 月，应沙世祥之邀，张之英携家眷来阳江，住在龙津路沙公馆，到 1946 年 3 月返回广州，时间长达 3 年之久。沙世祥之女沙业礼与张之英第三子张士澄因此结为夫妻，成为一代佳话。

【市井故事】

逃避壮丁赚钱的庆棠

在龙津路居住过的阳江市政协原副主席容振标说，庆棠生活在民国时代的龙津路杨屋巷，他姓什么没人记得了，但他在龙津路演绎的市井故事却被那里的人们传了下来。

庆棠能说会道，处事灵活。从小在漠阳江上练就了一身好水性，据说他会多种游泳技巧，在没潜水设备的情况下，潜入水的时间特别长，没人能赢他。

民国时期的征兵制度有点奇特，推行的是"三丁抽一"或"二丁抽一"制度，群众称之为"抽壮丁"。被抽中不愿当兵者，家里出钱请人代替，可逃避兵役。即使这样，也没多少人愿意当兵，地方征兵人士，常为不能很好完成任务而头痛。

有次，庆棠领人钱财代人当兵，在河堤上船开往前方的路上，他乘人不备，抓住时机，在原阳江船厂对面河船上跳河并快速潜水逃跑，领兵的人对河开枪也没打中他，他却通过潜水一直潜到塘基头才爬上岸来。征兵人士睁只眼闭只眼，每次让其代人当兵好完成任务。而庆棠中途借机逃回龙津路，如此反复达 30 多次，前来带兵的人，每次都有不同，拿他没办法。

【风情】

龙津青年漠阳江上高声放歌

20世纪70年代初期，在今马南水闸一带，那时的河面很宽阔，河水十分清澈，岸上翠竹婆娑，蕉树挂果累累。龙津路六七名穿着上白下蓝服装的男女青年经常在河上划船唱歌，放飞革命理想，成为那个时代的一道风景。

船中间一名持着手风琴的青年站了起来为大家伴奏，在悠扬的琴声中，青年们齐声高歌《让我们荡起双桨》《我们走在大路上》《台湾同胞我的骨肉兄弟》等歌曲。嘹亮的歌声回漾在漠阳江上，成为那个时代永恒的青春靓影。

（2017年8月）

旧中国时期龙津路民居

陈修爵的3层洋楼

龙津路特色骑楼

阳江糖厂电影院，留给繁华记忆

曾经的繁华成了几代人的集体记忆，阳江糖厂电影院，曾给我留下了难以磨灭的记忆。

20 世纪 70 年代末 80 年代初，我经常会到阳江糖厂去，不为别的，只因为那里有一个风光无限的电影院。依稀记得，糖厂电影院的票价永远只需一角钱，比县人民电影院的票价要少几分钱。

糖厂像一个大型社区，除了车间和职工宿舍区外，还有学校、幼儿园、医务室、招待所、储蓄所、舞厅、饭堂、冰室、游泳池、运动场、商店、理发店等等，整个厂区特别整洁、有序。如逢榨季，连空气都弥漫着甜甜的味道，特别好闻。所以，在那里工作生活的人们常常显得特别的神气。

记得那时候，国家恢复上映了一批"文革"前的优秀影片。于是，糖厂电影院轮番上演，如《大浪淘沙》《舞台姐妹》《青春之歌》《早春二月》《秘密图纸》《老兵新传》《北大荒人》《三进山城》《东进序曲》《铁道游击队》《野火春风斗古城》《革命家庭》《冰山上的来客》《小兵张嘎》《我们村里的年轻人》《今天我休息》等等，这极大地激发了人们看电影的热情。那段时间，在糖厂电影院看电影的人数之多，用场场爆棚来形容也毫不为过。而我，基本上将这些电影看了个够。

在这里，我还看了新拍的一些优秀电影，如反特影片《黑三角》、1979年上演的《保密局的枪声》、陈冲和刘晓庆主演的《小花》，还有《生活的颤音》《挺进大别山》《甜蜜的事业》《苦恼人的笑》《瞧这一家子》《他俩和她俩》《从奴隶到将军》等。这些思想性、艺术性都很高的电影，从某种意义上来说，对我的人生都有影响。

后来，我在外地上学、工作，再回到阳江，也经常看电影，但永远也闻不到阳江糖厂那种特别的甜甜味道了。

近日，我重回到阳江糖厂，眼前所见恍若隔世。好像变小了的糖厂电影院静静地站在那里，岁月经年，风雨冲刷，门前的阶梯长出了不少野草。旁边曾经热闹非凡的小卖部依旧存在，但已是门窗紧闭。

据原阳江糖厂工会副主席郑辉志介绍，20世纪70年代初，阳江糖厂职工和家属有数千人，那时职工娱乐文化生活很贫乏，糖厂因此参照阳江人民电影院的建筑模式，建起了阳江糖厂电影院，有前座和后座，还有楼座；楼座有9排，前座后座共有32排，每排有32个座位，共有1312个座位；碰到好看的电影，往往还会在一些通道上加位，多的时候达到1600个座位。

糖厂电影院建好以后，置有两台35毫米的电影放映机。除了满足职工和家属看电影的需求外，同时对外开放，满足社会层面的文化需求。那时，附近城西一带的村民甚至阳江城里都有不少人跑来看电影。

尤为难忘的是，1976年9月9日，毛主席在北京逝世，阳江糖厂电影院暂时拆除了全部的座位，设置灵堂，供广大干部职工和那西、东钵等村的群众前来举行悼念活动。

20世纪80年代初，广州著名的相声演员黄俊英、杨达率省里的艺术团体多次来糖厂电影院表演节目。杨达、黄俊英一高一矮的搭配，加上极度诙谐的粤语相声，引起一浪又一浪的欢呼声。有一次，他们表演一出叫《中非友谊万岁》的粤语相声，两人的配合相当精彩。当黄俊英说道"万吨巨轮满载着非洲人民的友好情谊返航"时，杨达扮作非洲人的模样说了一声："孩呢呢！"黄俊英惊奇问："'孩呢呢'是什么意思？"杨达非常自豪地回答："是非洲话'再见'的意思。"顿时，场上"孩呢呢"和"再见"此伏彼起，喊到精彩处，相声戛然而止，观众席中爆发出热烈的掌声。

1984 年春，阳江糖厂电影院迎来了有史以来规格最高的艺术团体——中国东方歌舞团带着当红歌手成方圆来了，为广大职工送来了一场高水准的演出。成方圆演唱的《童年》《游子吟》《大海啊，故乡》等歌曲感情丰富，东方歌舞团演艺人员的劲歌辣舞，高潮迭起，让糖厂人眼界大开，极大地丰富了职工的文化生活。

　　"那时年轻人晚上经常骑着自行车去看电影。几乎每一部新片上映，电影院里都坐得满满的。"糖厂的一位老人告诉笔者。

　　"记得 1982 年上映《少林寺》的时候，一天放映好几场，连续放映 3 天，还要在影院的通道临时增加 200 多个座位，盛况空前。"现在仍然居住在糖厂里面的一位中年人，忆起往事清晰如昨。

　　"几乎每次放电影，爸爸妈妈都牵着我和弟弟的手一起去电影院。我清晰地记得那些曾经非常经典的电影，如《少林小子》《木棉袈裟》《海市蜃楼》《自古英雄出少年》《云海玉弓缘》《乱世英雄乱世情》等，那里有我童年和少年时的全部记忆，每每想起，尤觉温暖。"一位糖厂子弟说着说着就沉浸在当年的幸福当中了。

　　"每当有新片推出，阳江糖厂电影院和阳江人民电影院、解放影剧院、人民礼堂剧院等轮回走片。负责走片的人员骑着自行车，将拷贝及时带到，保证了放映进行。"

　　"20 世纪七八十年代，阳江糖厂电影院成为人们休闲、教育、恋爱的最佳场所。可以说，看电影是当时一种非常热门的休闲方式。那时电影票价也很便宜，前座只卖一角钱，后座和楼座只卖一角五分钱，而且每隔一段时间，厂工会都会发电影票给干部职工。"郑辉志骄傲地回忆着。

　　糖厂电影院的历史始于 20 世纪 70 年代初，在 80 年代末 90 年代初达到全盛。

　　到 1998 年，电影院因糖厂的衰落而关门。那些光影历史，与繁华一起成了人们永远的记忆。

顿钵云霞中，曾经代表繁荣的两座糖厂烟囱仍然引人瞩目

一度繁华的阳江糖厂电影院，如今布满荒烟蔓草

2015 年 1 月 18 日

那些年，那些不花钱的"文化聚餐"

——说说阳江城曾经的阅报栏

20 世纪 70 年代末，物质仍然匮缺，人民的生活水平很低。人们的文化娱乐生活基本上还是看电影、听收音机，偶尔看几场大戏。而这些都需要花钱，那时个人订报纸看的凤毛麟角。因此，不花钱的阅报栏很受人们的欢迎。报栏虽然很简单，也并不美丽，但报栏留给我的记忆却是美丽的。在我青少年成长时期，阳江城至少有 3 个地方的报栏给我青春的心田注入了许许多多的营养，至今记忆犹新。

南恩路县文化馆阅览室和太傅路邮电所报栏

为了让市民获取信息，了解国家大事，在阳江城南恩路人民电影院旁的阳江县文化馆（这个地方现在已成了商场）设有报刊阅览室，太傅路唯一一间邮电所门口，也设有报栏。

20 世纪 70 年代末，这两处每天展出新到的《人民日报》《解放军报》《光明日报》《南方日报》《文汇报》《解放日报》等报纸，免费向社会开放，吸引了无数市民争相前往阅读，看那一双双渴望了解外面信息的眼睛，至今令我无法释怀。在县文化馆报刊阅览室，那里节假日都没有关门，工作人员每天 8 时准时开门，准时更换新的报纸，阅报的人还有椅子坐，环境要比太傅路邮电所门口报栏好得多。因此，每到节假日，我都会到县文化馆报刊阅览室去看报。在那里，我发现看报的人数虽然很多，但很安静，只听到"沙沙"的翻报纸声。我发现，那时的我，常常是阅览室里最小的读者。我还发现，有一名40多岁、脸和手上显现古铜色的农民，背着顶草帽，身上挎着个洗得发白的军挎包，每天都会准时到阅览室去看报。当坐下来看报时，该人从挂包里取出一个本子和笔，在不断地记录着。有次，有张报纸前坐着和站着很多人在一起阅读，而这位农民手握本子和笔，站在一旁，踮起脚，看一段，记一段，成为阅览室一道另类风景。那情那景，当时如果有相机记录下来，照片应该会获个什么摄影奖。多年以后，那位古铜色农民汉子进城看报的情形一直在我脑海中萦绕，挥之不去。

每次经过太傅路邮局门口的报栏，我发现，那个并不长的报栏也引得很多人常常驻足而读。除了喜欢报纸的新闻外，报纸设的文学版面让自幼喜爱文学的我如鱼得水。那时的上海《文汇报》，每日虽然只有一张报纸4个版，但他们还是辟出园地，定期刊出一些上海大学生、中学生和小学生的优秀习作，这些习作紧紧地扣住了我的心弦，那些读起来十分来劲、十分精彩的文章，让我受益匪浅。

这期间，恢复高考，进行拨乱反正以及被迫进行对越自卫反击战，实行对内搞活、对外开放政策，设立深圳、珠海、汕头、厦门4个经济特区等一系列大事是我们国家政治经济生活走向正常的开始，报纸上的信息量很大，这两个地方进入有史以来最活跃的时期，阅览室和报栏前坐和站满了迫切希望了解各种政策信息的人群，那情那景叫人难以忘怀。其中陶铸的女儿陶斯亮在报上发表那篇著名的《一封终于发出的信》，最让人落泪，不少读者眼含泪花读完报纸。对越自卫反击战期间，大批大批的人群云集那里，通过报纸了解战争的最新进程……这时的报纸真的实现了名副其实的洛阳纸贵。

在那个文化生活枯燥乏味的年代，这两处报栏展出的报纸成了不少市民享受"文化大餐"的好去处，成为当年阳江城一大文化景观。

阳江糖厂宣传阅报栏

20世纪80年代初，形势在一天天变好，濒临港澳的阳江，首先在穿衣打扮上，明显比内陆地区先行一步。在街上，常常见到一些男青年披着长长的头发，穿着喇叭裤和花花绿绿的服装，手持时尚的8080录音机，放着"靡靡之音"，招摇过市。

本来，出现这些事情并非坏事，说明迎来了新的多元化的生活方式。但问题是，有些人乐此不疲，玩过了头，把主业都丢了。

如何引导这些青年人？像以前一样禁止、压制，已经行不通了。这个问题，在青年人比较多的单位，显得尤为突出。

那时的阳江糖厂，青年工人很多。我惊奇地发现，当年的阳江糖厂出了一个高招：在临近阳江糖厂电影院的一个地方，设有一个长长的宣传阅报栏，每天除了更换新到的上面提到的几份报纸外，还留有一处做宣传专栏，那里因此成为人员密集的地方。

一天，这宣传专栏展出了一组画得很有美术功底、很有骨力的连环画。

第一幅画是，一群长着长头发的青年人，每人分别穿着喇叭裤、花花绿绿的上装，戴着墨镜。其中一人手持录音机，放着"靡靡之音"在徘徊。路旁边车间有个青年工人在台灯下铸件，表明这是上班时间。这幅画的下面写着："别人工作，我们去消磨时光。"

第二幅画是，3个穿着时装的长发青年在手持鸟枪打鸟，旁边学校教室有个女学生在认真学习。这幅画的下面写着："别人学习，我们去打飞鸟。"

第三幅画是，将第一幅画里的一群人画得年老一些仍在街上招摇过市。画的下面写着："时间过了二十年，胡子长得又老长。"

第四幅画是，第三幅画里的人看到以前在认真工作学习的人，如今坐上飞机驰骋世界，自己一无所获，觉得很后悔，很懊丧。画的下面写着："不学无术，现代化文盲。"

听说很多青工看到这组连环画后，很受启发，改变了人生态度。

这组短短的连环画和寥寥数语，包含着内容十分丰富的教育意义，令我的记忆十分深刻。早段时间，我一直打听这组连环画的作者，包括向原阳江糖厂的一些老领导了解，但一直没法弄清作者是谁。希望看到这篇文章的知情者，为我提供线索。我想，这名作者一定还有别样的精彩。

2015 年 6 月 10 日

阳江城以前的 3 处阅报栏，只有南恩路县文化馆阅报室原址还在，其他两处已面目全非

塘边张街巷寻踪

塘边张是阳江市区东西走向的一条老街，东接南门街，西连新华南路。未建新华南路前西连朗星坊，长约 300 米，现为 250 米左右。

说起塘边张，人们一般以为是"塘边樟"。据说，古时代，在现在的牛圩和旧党校一带，是阳江城的码头，出南门头后很快就到了码头。环城河是那时阳江城的城池，环城路附近一带建有护城墙，建护城墙时在城内挖泥留下有不少的水塘。传说，在现临南门街附近一些水塘的塘边，来了不少的"张"姓人家携儿带女在那安营扎寨谋生。生活安定下来之后，便有更多的"张"姓人家前来生活，这些原住民渐渐地在那自发形成了一条街，人们便称之为"塘边张"。后来，在那生活的人虽然来了百家百姓，但街名一直沿用至今。

有意思的是，"文化大革命"期间，当时的阳江城很多条街都改成了有"革命色彩"的街名，如南恩路改为"解放路"，龙津路改为"红卫路"，南门街改为"兴无街"。但塘边张依旧叫塘边张。

塘边张现 25 号门牌房屋的背后，有一座据说是阳江最早的妈祖庙，又称祖创宫。据民国十四年（1925）的《阳江县志》记载："祖创宫传自宋创建。每岁春秋仲月上癸日致祭，祭品未有定例，仪注与文昌庙同。"该县志同时记载，塘边张的妈祖庙多次重修。清光绪十二年（1886），妈祖庙是有史记载以来最近的一次重修。阳江即补知府佘培轩撰的《重修祖创宫碑记》标志："工始于光绪十二年七月十二日，竣于十二月十二日。"那时的妈祖庙，一代代的善男信女络绎不绝，相继前来朝拜，香火鼎盛。

1916 年，英国人黎约翰夫妇来阳江传教，教名叫"阳江浸信会福音堂"，在塘边张租民房作会址和住地开展传教工作。有人说黎约翰租借的地方就是祖创宫，教徒每逢星期天在那里聚集，听讲圣经。后来黎约翰过世，他的女婿女儿英国人柯里德夫妇来阳江接手打理福音堂，据说教徒最多时有 200 人。1949 年，阳江浸信会福音堂停止活动，柯里德夫妇回国。

1958 年，妈祖庙原址分给了居民居住，早 10 年已无人居住，现在已经破烂，大门紧闭。妈祖庙的周围目前已建了不少四五层的现代楼房，狭窄的巷道，令我的照相机镜头无法将妈祖庙现在的全貌拍摄下来。

20 世纪 70 年代，塘边张住着来自社会各阶层的人们。有卖凉粉制饼的，有裁缝制鞋的，有国家干部和职工，还有领导干部等。阳江著名的眼科大夫黎家玉先生曾居住于此。黎大夫的后代相继从医，其中黎国平曾任阳东人民医院院长，其在从医之余还搞起了摄影创作，如今已成为阳江市一位颇有名气的摄影家。

20 世纪 80 年代初期，我在塘边张住过，对那里的环境和风物至今仍不曾忘怀。石板巷、古水井、青砖屋、木楼梯、明水沟，清脆的自行车铃声夹杂着"凉粉、凉粉""雪条——豆花"等等的叫卖声，至今回想起来依旧亲切。还有一些类似北方的小"四合院"，这便是塘边张留给我的印象。

塘边张街坊的人情味很浓，你家来了亲戚，由于尚未下班或外出未归，邻近的一家就肩负起了招呼进屋坐坐喝口水乃至吃饭的任务。那时的居民，做饭还没有煤气，用的多是木柴。一个星期

塘边张横巷的一口古井

天，有几个小伙伴为了帮助家里解决柴火问题，结伴骑着自行车下乡打柴，打柴过程中，一个小子贪图便利拿了当地大队的木柴，被群众发现，随后被抓起来。小伙伴们相继上前去为小子说情认错，诚恳的态度竟能获得人家的谅解。回来的路上，要上下几个陡坡，大家凭着齐心合力，将载满柴火的自行车一辆一辆地推了上来。

塘边张还有一个不到 10 岁叫"庆仔"的小家伙，人小"鬼马"大，常常表现得像个老练的大男人。街头巷尾的人们甚至他父母哥姐都称其为"老味庆"。一次，"老味庆"带着几个小伙伴不知从哪儿找来的钓鱼工具，溜到江城八小（今江城区图书馆文化馆）对面的鱼塘（今填了建房子了）边"嘎啦、嘎啦"地钓上了不少的罗非鱼。那时，罗非鱼十分美味。"老味庆"他们下的鱼线很快钓起了很多的罗非鱼，引来了不少人的围观，人们望着这几位小小少年有着如此技艺，惊叹不已。待鱼钓到有半水桶时，"老味庆"他们收起钓竿，提着那半水桶鱼"雄赳赳"地回到塘边张。在街口，小伙伴们把鱼分了。

屈指算来，"老味庆"和上面的那些小伙伴们，今天应是 40 岁的人了，他们几家早在 20 多年前已陆续搬离了塘边张。听说他们后来有的人考上了大学，有的在阳江办工厂开公司，分别在各自的岗位上风风火火地纵横奔驰，并且都做出了不俗的成绩。但愿他们工作得心应手，生意兴隆，家庭幸福。

改革开放初期的一天，忽然一首叫作《小城故事》的台湾歌曲从塘边张的一户先买了录音机的人家家门口飘出，吸引了不少的街坊驻足倾听。"小城故事多，充满喜和乐，若是你到小城来，收获特别多；看似一幅画，听像一首歌，人生境界真善美这里已包括；谈的谈，说的说，小城故事真不错，请你的朋友一起来，小城来做客！"那生活气息十分浓烈且极富穿透力的委婉动听的歌声，深深地打动了围在一起听歌的大人小孩，听罢那美好的歌，人们不约而同地说："这歌怎么唱得就像咱们的塘边张！"

塘边张路牌

塘边张仍有以前古建筑

塘边张小巷（一）

塘边张民居

塘边张小巷（二）

骑楼底下有故事

　　20世纪70年代初，大舅一家住在阳江城红卫路（现在的龙津路）的一个骑楼连体房子的二楼上，那里是一个大集体住房，一、二、三楼都住有居民，几户人家在一楼合用一个大厨房，记得那里的厨房特潮湿。后来看电影《七十二家房客》时，觉得那个地方与电影中住户的住处很相像。屋背后是临河堤的漠阳江。房子在龙津路的临街部分全部为骑楼，每个门口都是木门结构，并且很相似，稍不留意，就有可能认错。那年春节，母亲背着年幼的大妹带上二弟从乡下搭乘"街渡"出城来探望大舅一家。

　　对城里生活充满了好奇心的二弟，看到骑楼外红卫路上川流不息的一辆辆汽车和一茬茬的人流发了呆。一不留意，他就忘乎所以地从大舅家门口的骑楼底下追逐着响个不停的汽车，当二弟随着汽车转了一个大弯到达漠阳桥时，年纪小小的他这时才发觉走远了，并且已找不着北……

　　在大舅家的母亲突然间发现二弟不见了，顿时慌了神，忙背上年幼的大妹和舅舅同时冲出家门，分头在骑楼底下找了起来。母亲在急匆匆之中找到太傅路、渔洲路的骑楼时没有发现二弟的身影，大舅骑着那部公家配给他的上海产"永久"牌"赛跑仔"（24寸自行车）找尽了龙津路的骑楼到达拱桥，又到汽车站折回南恩路也没有发现二弟的踪迹。急坏了的母亲和舅舅几乎同时折回到漠阳桥头时，才看到二弟在一帮码头女工的安抚下在那里"呜呜"地哭个不停。

　　原来，在二弟穿越骑楼看热闹时，找不着回路的他试图走过漠阳桥往城西方向走时，一群有着丰富社会经验、在河堤路干活的码头女工把他截了下来，并耐心询问起来。迷了路的二弟只顾着哭而说不清家住在哪里，这样那群女工就把他看了起来，她们说，如被人骗到汽车站带到外地去，麻烦就大了。

　　当母亲和大舅从那群女工手中领回二弟时，母亲一个劲地对她们表示感谢。

2005 年 5 月

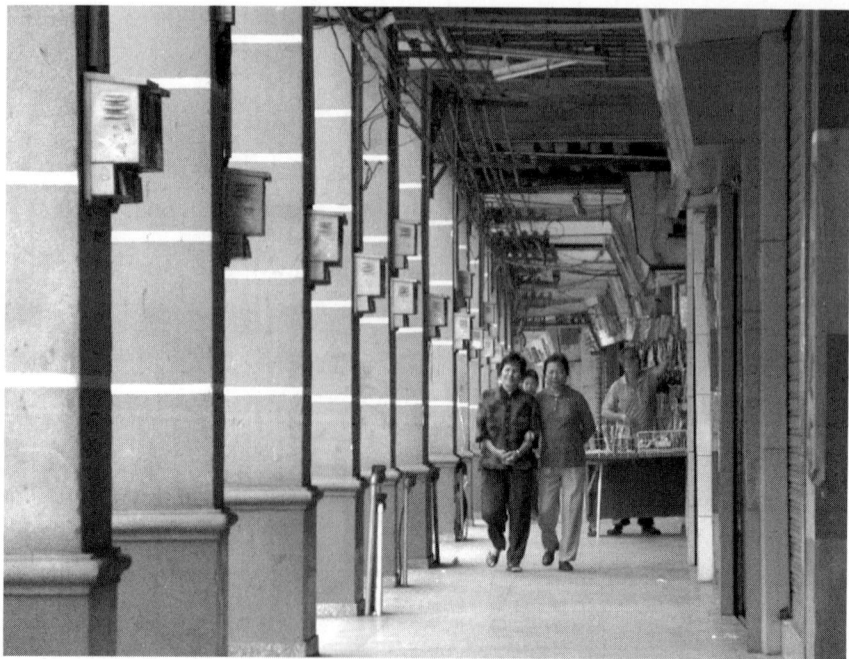

能避雨遮阳，具有岭南特色的骑楼为阳江城增添了古城风韵

六位"老阳江"见证阳江城解放

10月24日，是一个值得阳江人永远铭记的日子。70年前的这一天傍晚，人民解放军二野四兵团118团和122团攻进阳江县城，宣告阳江解放。历经血与火的洗礼，久经磨难的阳江人民从此站起来了，千年古城掀开了历史新的一页。

时光飞驰70载，阳江人民克服重重困难，取得了建设、改革和发展道路上一个又一个新成就。连日来，《阳江日报》记者先后走访了多位见证这一历史时刻的"老阳江"。请他们回忆当时的所见所闻，共同回顾那段激情燃烧的岁月。

群众星夜搬运稻谷支援解放军追歼逃敌

李海

李海，92岁，时任阳春县春中区龙湖武工队队长。

《阳江日报》记者在台山市台城采访离休老干部李海时，穿着黄色解放军军装的他，对春城解放时的情景记忆犹新。他说，1949年10月22日，他率领的武工队24人在春城头堡垌塘一带活动，将驻守蟛蟛蛤碉堡的 6 个敌人俘获。傍晚，神速南下的右路军进入春城约一个小时后，他率领的武工队从东边进入春城。在阳春县衙，看到很多解放军在那里休息。

"那时我们不会说普通话，只好笑笑向解放军敬礼，用粤语说了一些向解放军学习致敬的话，解放军也笑着还礼。"李海说，在县府大厅，见到了阳春县人民民主政府副县长陈枫，陈枫立即命令他带领武工队火速赶到漠阳市集中仓，协助春城地下党保护春城粮食仓库内的 8000 多担稻谷。

李海回忆，大军源源不断南下，春城区委随即组织动员群众星夜到仓库搬运稻谷，分送到各间米店连夜加工大米，舂米、做饭通宵不停，保证每个战士吃饱饭、装满米袋继续往阳江方向追歼残敌。

"那时的春城还保留着旧山城的样子，两层楼的房子很少，人口虽然只有 4200 多人，但都被动员起来参加迎军支前工作。"李海至今记得，10 月23 日，春城洗马街、大新街、雅铺街等主要街道，都挂上了"热烈欢迎南下大军解放春城""中国共产党万岁""中国人民解放军万岁"等横幅和标语，居民门前挂起了大大小小的五星红旗。地下党员、青年民主同盟盟员和工会会员组织群众在经过县城的各条道路上设茶水站，热情端茶慰劳解放军。雅铺街永生堂药材店（地下交通站）更是热闹非凡，人进人出，开展迎军支前工作。

"春城粮食仓库保护下来的 8000 多担稻谷，为阳春建政和支援阳江围歼战起了很大的作用。"李海自豪地说。

鱿鱼头桥方向火光冲天并不时传来枪声

曾纪诚，84 岁，时为阳江县中初二学生。

"阳江解放那年，我在阳江县中（今阳江一中）读初二，家住现在市区太傅路与环城南路之间的麦屋巷 36 号。"曾纪诚说，他父亲曾传荣当时是中共江城地下区委委员。

曾纪诚

回到阔别多年的祖居地麦屋巷，曾纪诚感慨万千。他指着两头的巷口说："临近阳江解放那几天，街上来了好些国民党军，为防止国民党进巷强拉壮丁和骚扰，麦屋巷街坊在两头闸门口白天都装上了弄子（圆木条），由巷内青壮年镇守，严防外人进入。"

"那几天，我看到父亲手里经常拎个包出门，与地下党联系迎接阳江解放事宜。"曾纪诚说，一天，父亲要求家里从事裁缝工作的祖父祖母和母亲放下其他工作，关起门来，连续工作几天几夜，赶制几套游击队黑布军装和一批红旗，为迎接解放军进城做准备。

23日，见大势已去，国民党阳江县长甘清池带着县府保警和一些随从百余人，携机枪3挺、长短枪百支声称出巡阳江西部。曾纪诚回忆，24日中午，地下党得知，地方绅士陈元泳、国民党退伍军官和阳江商界等二三十人集中在太傅路靠近南恩路的阳江商会二楼开会，密商"应变"对策。江城区委派曾传荣到会，向与会人士宣告：受解放军第八团委派，前来联系迎接阳江解放事宜，同时向他们派发布告和传单，要求他们严令"防剿区"士兵在解放军进城前切实维持社会治安，动员工商业工人起来保护工商业安全。大军进城后，商会负责保证生活必需品正常供应，碾米机和电厂照常开工，商店正常营业、买卖公平，积极支援前线等。大部分人表示遵照执行。

"24日晚天未黑，我在家里二楼看到鱿鱼头桥方向火光冲天，浓烟滚滚，不时还有枪声传来，甚是吓人。"曾纪诚说，后来才知道，敌刘安琪兵团从阳江城逃过鱿鱼头桥后，为阻止我军追击，将那里的浮桥烧了。

"那些天，我看到父亲和地下党一起，按照区委部署，联系各党支部，发动群众做好厂房和公物等的保卫工作，开展迎接解放等工作。"曾纪诚说。

卓伯权

卓伯权，91岁，时为广东两阳中学高三学生。

"那时我家住在龙津路，离十字街很近。24日晚上约6时，听到十字街上很嘈杂，我从家里二楼窗口往那边望去，只见一些穿黄色军装的解放军手持着枪在南恩路街两边骑楼底下躲躲闪闪前进。"卓伯权说，当时十字街中心有个岗亭，驻有国民党保安队，解放军发现那里有人，将枪对准岗亭，厉声喝道："你们是什么人？"对方被这气势吓住了，战战兢兢地说："我……我是……保……安。"在解放军严厉声中，3名国民党保安队员举枪走出岗亭向解放军投降。

卓伯权说，第二天一早，他起来时发现，南恩路、太傅路和龙津路附近的骑楼下，睡满了解放军。卓伯权走到环城东路时，看到一些穿黑色军装的游击队员在附近树林中休息。

阳江群众在南恩路列队欢迎解放军进城

钟家礼（左）、林鹏飞

钟家礼，88岁；林鹏飞，87岁，当时均为第八团那琴区驻阳江城秘工组成员。

钟家礼和林鹏飞时为阳江县中高三学生，当年暑假，与关礼、叶大典等一批进步学生参加了"第八团那琴区驻阳江城秘密工作组"（下称"秘工组"）。秘工组在阳江县立中学的负责人是钟家礼，钟家住青云路，是秘工组与游击区的秘密联络点。"距阳江解放10天，中共罗琴区工委委员钟勋来到阳江城，在当时松岗山（今百利广场一带）李其烈士墓上面的一个隐蔽的山坡，召集秘工组成员开会布置新任务。钟勋说，阳江即将解放，大家组织起来，开展护校、迎军、支前等工作。"钟家礼说，大家听到这个消息，心中甚为兴奋，曙光就要来临。

随后，秘工组成员分头买红布和纸，做红旗和标语。"25 日，当第一道曙光照耀阳江城的北塔时，秘工组 20 多名成员在青云路口打出了写着'欢迎解放大军''迎接解放大军''庆祝阳江解放'等标语的横幅。"钟家礼回忆说，我们的部队从南恩路东边进城时，群众纷纷涌上长长的南恩路，奔走相告，沿街两旁站满了喜气洋洋的群众，人们手持小红旗夹道热烈欢迎解放军进城，走在前头的是穿黑色军装的游击队，然后是穿黄色军装的解放大军。"70 年了，参与迎接大军这一幕一直印在我的脑海，挥之不去。"钟家礼说。

"阳江围歼战打响后，秘工组成员立即到福民医院护理解放军伤员。"林鹏飞回忆，这项工作一直持续到 11 月中旬，秘工组绝大部分成员响应党的号召参加 14 军随营学校，跟随解放大军踏上了"进军大西南，解放全中国"的新征途。

和同学制作五星红旗写标语庆祝解放

林恩葆

林恩葆，88 岁，时为阳江县中高三学生。

"当时我在阳江县中读高三，家住离县中并不远的北门街。"林恩葆至今记得，10 月 20 日开始，从广州逃跑出来的国民党军队陆续来到阳江，阳江城的学校驻有好些国民党军，学校因此停课。22 日，国民党军队强行进入县中学，驱赶学生出校。林恩葆将班上 30 多名农村同学带到北门街自己家一幢厅堂宽敞的老式院落安置下来，为迎接解放和支前做准备。

　　"那几天我们家大门紧闭，我们按照《华商报》上刊登的新中国国旗式样，制作了 3 面五星红旗，梁泽钦老师也前来和大家一起写迎接庆祝阳江解放的标语。"林恩葆回忆道，24 日上午 10 时，正在制作标语的同学们听到阳江城东边传来阵阵枪炮声，想到大军即将进城，人人心情激动。

　　"25 日晨，我和同学们走出家门，在东门车站（今东风一路建行一带）看到一些满身征尘的战士，一脸疲惫，手抱着枪在地上睡觉。政工人员在墙上贴标语搞宣传，炊事员在准备开饭。"林恩葆说，见此情景，他和同学们激动地带上 3 面五星红旗，组织了 100 多人到南门街的介龄小学，在学校操场上齐声唱响《义勇军进行曲》，升起五星红旗，嘹亮的歌声响彻阳江城上空。

　　接着，大家跟着去游行。林恩葆说，其时正逢后续的解放军列队进城，他们在南恩路夹道欢迎解放军，高举着"迎接解放军""庆祝阳江解放"等横幅，向着浩浩荡荡的解放军队伍挥手欢呼。队伍过后，民众自发在街上游行，他和同学们举着两面五星红旗与民众一起，欢呼阳江获得新生。

　　"游行队伍行进到南恩路春秋书店时，我看到书店二楼窗口用竹竿顶出一面红旗，上面写着：'它照着你们永远前进'。"林恩葆说，"70 年了，这个画面一直刻在脑海中。"

　　1949 年 10 月 25 日晨，二野四兵团 14 军军长李成芳（左三）和粤中纵队二支队司令员兼政委郑锦波、副司令员杨子江等进入阳江城（中共阳江市委党史研究室提供）

　　1949 年 11 月 7 日，阳江各界载歌载舞庆祝阳江解放，图为太傅路场景（张颖川 摄，中共阳江市委党史研究室提供）

1949年11月7日，庆祝阳江解放大会在南恩路阳江县中学大操场举行，图中北山石塔清晰可见（文克英 摄）

【历史】

大军分三路入阳江　三万人热烈庆祝解放

1949年10月14日，广州解放，人民解放军二野四兵团乘胜追击。国民党刘安琪兵团等向阳江逃跑，企图逃往海南岛，四兵团司令员陈赓决定：14军军长李成芳统一指挥冲在前头的14军3个师、15军2个师、13军1个师共6个师，分右、中、左三路，水陆并进，务必在阳江追上并歼灭敌人。

21日，右路军前锋进入阳春县春湾。22日，阳春解放。23日，右路军顺漠阳江而下，往阳江追歼敌人。傍晚，120团和125团乘船到双捷上岸，向江电公路的程村和白沙推进，切断敌刘安琪兵团的逃跑之路。24日晨，

125团在白沙猫头岭（今广东海洋大学阳江校区一带）截住敌人，打退敌人数次疯狂冲锋。我后续部队上来后，将敌人挡回白沙圩。24日早上，恩阳台独立大队与中路军在合山圩会合，向阳江城进军。同日，粤中纵队第二支队八团赶到双捷圩，该圩有大军42师指挥部，首长命令八团团长赵荣率部协同大军一起开赴公路两侧的罗琴山进行警戒。阳江县人民民主政府县长姚立尹率队在双捷圩全面组织支前工作。上午10时，我中路军和左路军在东铜锣湾（今阳东区东城镇）追上了殿后敌军，双方展开激烈战斗。下午4时，我军推进到阳江城东郊狮子山和九眼塘一带，国民党军无法抵挡我军的凌厉攻势，沿南排村边败退，从鱿鱼头浮桥逃往白沙。

24日晚6时许，我118团和122团攻占阳江城，阳江城解放。

25日，我军将刘安琪兵团包围在白沙圩至平冈圩之间。26日凌晨，我军发起总攻，中午战斗结束，除刘安琪率少数人乘军舰逃脱外，歼敌4万余人，取得了阳江围歼战的伟大胜利。

阳江围歼战胜利后，参战南下大军在阳江暂时休整。一连几个晚上，部队和阳江的文艺团体在阳江县中学大操场舞台上，举行了文娱晚会。

11月7日，"庆祝阳江解放，纪念苏联十月革命节，南下大军与地方部队胜利会师大会"在南恩路阳江县立中学大操场隆重举行。大会开始时，北山上鸣放礼炮，会上对解放阳江有功人员进行了表彰，号召人民将革命进行到底。喜气洋洋的阳江人民与英雄的人民军队一起，共同欢庆胜利。大会结束后，阳江城全城进行盛况空前的大巡游，城内主要街道张灯结彩，家家门口悬挂红旗和彩旗，3万多人兴高采烈地涌上街头观看舞龙舞狮表演，沉浸在庆祝阳江解放的欢乐气氛中。

历史资料参考：《粤桂追穷寇》《解放战争时期江城的地下斗争》

2019年10月24日

启航浩浩荡荡强渡琼州海峡

——阳江亲历者回忆 70 年前参加解放海南岛往事

今年 4 月 16 日，是解放军四野渡海兵团发动大规模渡海作战 70 周年纪念日。

70 年前，阳江人民为解放海南岛战役的胜利做出了历史性的贡献。1950 年元旦过后，华南分局要求地处沿海的阳江县征用民船，动员船工帮助部队进行海上训练。以县委书记杨子江为首的阳江县委迅速行动，一手抓剿匪巩固政权恢复生产，一手协助部队先后在东平、闸坡等渔港征用木帆船等 227 艘，动员船工 310 人，协助第四野战军 43 军 128 师和 129 师分别在九姜、北津、东平、沙扒和南山海等沿海进行为期 3 个月的海上练兵，将不习水性的北方人训练成海上精兵。训练结束后，一些经验丰富的阳江船工，驾船送解放军渡过琼州海峡，见证了令人震撼的战斗场面。

70 年过去了，当年的亲历者所剩无几，为了记录那一段珍贵往事，连日来，《阳江日报》全媒体工作室记者辗转走访了我市部分参战人员、参战人员后代和知情人。

我在海上教解放军学习航海驾船技术

92 岁的老人林绍，当时是平冈镇沙头垅村的船工。读过 3 年小学的他，在阳东区东平镇渔业办主任任上退休。在东平镇采访林绍时，老人清晰地

林绍（92岁，时为平冈镇船工）

记得，1950年元旦过后，人民政府工作队进村动员群众帮助找船，同时动员船工教解放军驾船等。那时刚解放，国民党特务和土匪活动猖獗，扬言"谁帮共产党就跟谁算账"，试图以此来恐吓群众。林绍和堂叔以及村里的3人拥护共产党，他们一起到位于平冈圩尊孔社的阳江县第四区人民政府报了名。

稍后，5人被派到九姜教一个连的解放军在海上学驾船，训练期间受到土匪骚扰。一周后，在九姜训练的解放军全部转到北津海域训练，5名船工跟了过来。林绍回忆，解放军一个团在北津训练，团部驻在北津村巫友兴楼仔，团长姓王，北方人。当时征调有十几艘船，在北津至东平之间海面上训练。船工约50人，一名船工培训20名官兵。时值隆冬初春，海面有时刮着六七级寒风，协助指导海练的船工，不怕冷，不怕苦，教战士们学习掌舵、撑篙、划桨、摇橹、拉帆、落篷、提放分水板，以及看风识浪等多种航海驾船技术。

为了防空和应对突发情况，解放军在驻村附近山头架起了重机枪。一天，部队正在北津海上训练时，突然从海南方向飞来两架敌机，气势汹汹飞到临近北津村海面时投下4枚炸弹，部队陆上船上的重机枪、轻机枪、冲锋枪、步枪等齐齐对敌机射击。敌机见势不妙，向北津港方向逃窜，又投下两枚炸弹。所幸未给我方造成人员伤亡，倒是炸死了很多海鱼。

3月，林绍等船工接到通知，从北津驾船载着部队前往徐闻，准备参加解放海南岛战役。"那天，从珠海和台山方向来了好些船只到达北津，和我们一起经过闸坡开往徐闻。"林绍说，到达闸坡渔港时，队伍住了一晚。第二天从闸坡前往河北时，海上无风，船队行驶十分缓慢。临近河北时，国民党军几架飞机飞来，在船队上空投下20多枚炸弹，船队周围溅起了水柱。船上各路解放军毫不畏惧，英勇反击，轻重武器齐齐对空射击。4架敌机被迫逃跑。

船队到达水东时，因为连日工作，林绍累坏了身体，上岸接受治疗，船队继续开往徐闻方向。

船工手把手教划船解放军用竹排练习海战

朱进雄（81岁，左）、陈维强
（87岁，右）（均为雅韶北津村民）

在阳东区雅韶镇北津村，朱进雄、陈维强两位老人将记者带到距村子很近的北津港。海风依旧，没见货轮。站在港口，可见滨海新区高楼林立，对面就是江城区对岸村。北津港口停着不少飞艇和小渔船，一些人拿着捕来的海鱼虾蟹到岸边小房子交易。

"当年的解放军官兵就在这一带的海域进行训练，我们村有5艘渔船被征用，人民政府动员渔船大工陈维雄等人上船，手把手教解放军用木桨扒船。"朱进雄说，一天，自己看到人民政府工作人员协助解放军从阳江城方向通过水路运来很多大竹到北津港口，扎成20多个竹排，放进港口。解放军三五人一组，各带着一个竹排，跳进海里，一只手抱着竹排，另一只手在海里扒水学游泳。解放军有时也将这些竹排用绳连在一起放在海上，然后沿着竹排跑，练习海上作战本领。

"当年解放军驻在村里和村小学，他们每天早上都在小学操场跑步锻炼，士气很高。"陈维强回忆，有时候解放军也在村子山脚两棵树间用绳子和木板做成"秋千"，军人持枪站在木板上"荡秋千"，模拟训练渔船在海浪冲击时也能站立射击。

"解放军团部驻扎过的巫友兴楼仔在1958年'大跃进'时期被拆了。"陈维强说。

我家住了一个班的人　被征用了两艘渔船

林符（93 岁，时为沙扒圩打铁匠）

在阳西县沙扒镇长堤路找到 93 岁的林符老人时，一听到我们采访解放海南之事，老人很兴奋。他站在家门口说，当时沙扒很小，解放军借住在北华街、中华街、南华街等几条街的居民家里，他家里也住有一个班的解放军。"当年，解放军就在今沙扒渔港至对面电白连头一带海域进行海训，我家里有两艘渔船被征用。"林符说，当时沙扒有十几艘渔船被征用，十几名船工每天在海上教解放军游泳、驾船等。

"连同在其他地方征用来的共有几十艘渔船，船工也有几十人，一直在海上指导解放军训练 3 个月。"林符回忆，为了使广大指战员尽快适应海上作战，部队作出了强化训练计划，边摸索，边试验，边积累经验，以实兵实船，先易后难，先近航、后远航，先单船、后群船等循序渐进的演练方法，展开了海上大练兵。在渔民船工的帮助下，参加海训的大军以船为课堂，海洋作操场，并以"敢于近战、夜战打敌兵舰"为训练重点。

林符印象深刻的是，解放军纪律严明，训练有素。在沙扒和居民相处的那段日子，他们每天都将街道打扫得干干净净，为老百姓挑水，做好事。有一次，林符看到一个解放军战士不小心将借用居民的碗打烂了一只，立即掏钱赔偿，令群众非常感动。

"老天都在帮着解放军"

"那时我家里住着一个解放军指导员，他一直向街坊打听谁家有渔船，哪些人会驾船。"许国威回忆，后来他知道指导员动员了自己认识的余土

许国威（82 岁，时为沙扒渔民子弟学校学生）

顺、林便、肖登等船工在海上教会解放军游泳和驾船。

约 3 个月后，解放军离开沙扒前往解放海南岛时，余土顺、林便、肖登等船工驾船送解放军经徐闻渡过琼洲海峡。

"后来我在沙扒渔业社参加工作，多次听过在沙扒搬运站工作的余土顺讲述驾船送解放军参加解放海南岛的故事。"许国威回忆，余土顺讲过，他们送解放军渡海时，战斗十分激烈，但临近海南岛时海上突然出现了 4 月份少见的大雾弥漫天气，借着大雾掩护，船队随海流漂到岸边数米的地方敌人都没发现，我军此时跳跃上岸敌人才有觉察，但为时已晚。解放军的轻重武器一齐向敌开火，直扑敌阵，成功登陆。余土顺听到敌人用粤语大声喊："救命。"

"余土顺和船工们都说，这是天意，天都帮着解放军，国民党哪有不败的道理。"许国威回忆说。

爷爷带领船工驾船载解放军渡过琼州海峡

赖娣（70 岁，右），赖李英（67 岁，左）（"渡海英雄"赖串孙女）

在阳西县沙扒镇北华街，今年 92 岁的林钦老人说，赖串对解放海南岛做出了贡献，那时在沙扒家喻户晓。"赖串是电白人，18 岁来沙扒渔船上打工，从打工仔奋斗到拥有 4 艘渔船，雇有几名船工出海打鱼。1949 年，我在跳米街打金银，赖串的家在我家斜对面。"林钦说，解放军来沙扒海训时，赖串带着自己的 4 艘渔船和船工教解放军官兵学驾船等。后来，赖串又带着几名船工用自家 4 艘渔船载解放军前往解放海南岛。战役结束后，赖串被授予

"渡海英雄"称号，林钦见过他的证书和奖章。

"爷爷赖串在1959年去世了，那时我们只有几岁。"赖娣和赖李英说，其时在沙扒公社胶网厂工作的父亲赖树恩，生前多次讲过爷爷那段"威水史"，余土顺等人就是爷爷渔船上的船工，爷爷他们驾船送解放军渡海时，渔船被枪炮多次击伤，所幸临到海南岛岸边时出现大雾，奇迹般夺取了战斗胜利。

"爷爷被授予'渡海英雄'荣誉时，父亲陪爷爷从沙扒步行到阳江城领奖。"赖娣和赖李英说，后来，政府向赖家赔偿了在海南岛战役中损坏的4艘渔船，日常生活多有照顾。赖李英不无遗憾地说，多年前，爷爷的那些奖章奖状弄丢了。

加入渡海兵团作战部队　参加解放海南岛战役

洪存学（92岁，时为四野44军132师通信班班长）

在市区屋背街，记者找到了洪存学老人，他说自己是江城对岸村人。1949年底，洪存学所在部队开进了雷州半岛的徐闻。洪存学从小生活在对岸村，在家时练就了一身游泳功夫和驾船本领，他积极将自己这两方面的经验传授给参加海训的兄弟部队。

1950年4月16日，在徐闻的灯楼角，四野渡海兵团千帆竞发，横渡琼州海峡，大举进攻海南岛。渡海兵团由40军和43军组成，44军部分通信班被调派入渡海兵团作战部队。"记不清是哪一天哪一批了，我率通信班十几人上了一艘渔船，与船队一起升帆强渡琼州海峡。"洪存学说，国民党军的飞机俯射和轰炸，军舰横冲直撞，我军土炮艇和船上的轻重武枪不停地对敌炮轰、射击。船队到达琼州海峡中段时，水流很急，一些渡海的木帆船被冲得摇摇晃晃甚至后退，驾船船工使尽浑身解数，灵活机动地操控着木帆船，船上的战士们也分别在船两边不停划木桨，经过艰苦的努力，我渡海兵团突破了国民党守军的防线，渡过了波涛汹涌的琼州海峡。

在琼崖纵队和先期登陆部队的接应下，渡海兵团冒着枪林弹雨强行登陆。洪存学所在的部队最终在文昌县的步虎登岛，与守敌进行激战，并攻上了铜鼓岭，随即向纵深进攻。

当被告知铜鼓岭目前是国家级自然保护区、海南省著名的景点时，老人高兴地笑了。

【历史资料】

解放海南岛战役

1950年3月5~31日，四野40军和43军各组织先遣部队分2批4次偷渡海南岛，途中冲破国民党军队海陆封锁和阻击，在琼崖纵队接应下，成功登岛与琼崖纵队会合。

4月16日晚上7时，四野40军和43军组成的渡海兵团，分乘木帆船和机帆船500余艘，从徐闻县海岸起航，浩浩荡荡强渡琼州海峡。渡海兵团庞大船队驶至海峡中流时，与前来拦截的敌舰队展开激烈海战，我方护航的土炮艇迅速冲向敌舰，利用敌舰火力死角，对准敌舰要害部位猛烈炮击，把敌舰打得仓皇逃窜。渡海兵团冲破了敌军舰队的海上封锁，摧毁敌陆海空"立体防线"，创造了中外战争史上木船打败军舰的海战奇迹。

4月17日凌晨，渡海兵团在海南岛北部海岸强行登陆。在琼崖纵队、海南岛人民和我先遣部队的配合下，歼灭了海岸守敌，并以排山倒海之势向全琼各地纵深挺进。5月1日，海南岛全境解放。

阳江县开赴前线参与渡海作战的船只138艘、船工39人，阳江县参加渡海作战船工袁志海、冯达基、陈祝瑶、曾纪芳4人立大功，18人立小功。

历史资料参考：《中国共产党广东历史》第二卷、《阳江县志》

2020年4月16日

奇兵突袭　南鹏岛解放

今天是南鹏岛解放 70 周年纪念日。

今日南鹏岛（谭文强 摄）

1950 年 8 月 9 日，中国人民解放军分别从台山广海和海陵岛东西两个方向出兵，渡海围剿海匪，解放了南鹏岛。连日来，记者走访了一些知情者，同时参考了相关资料，对解放南鹏岛的过程作了一次回顾。

深入虎穴探取情报，侦察员雷家明壮烈牺牲

1949 年 10 月 22 日，阳春解放；24 日，阳江城解放；26 日中午，阳江围歼战结束，歼灭国民党刘安琪部队 4 万余人。

11 月以后，随着我解放大军先后离开两阳地区，国民党反动派不甘心失败，他们通过在海南岛和港澳的特务机关遥控指挥，纠集了在阳江、阳春的潜伏特务、散兵游勇、土豪劣绅、流氓烂仔、经济土匪、海匪等，组

织了许多有政治性质的土匪组织，试图以南鹏岛为跳板，在两阳乃至云雾大山建立"反攻大陆"的游击基地。经过精心策划，各处海匪土匪，四处袭击和疯狂攻打各地区、乡人民政府，杀我干部，抢我粮仓，截抢过往商客，既抢车船又抢商店，还抢牲畜，强奸妇女，恐吓和残害群众，无恶不作，而且手段十分残忍，气焰十分嚣张，妄图颠覆我新生的人民政权。

面对严峻的形势，在党的领导下，两阳地方部队、公安、民兵和野战部队、邻县地方部队紧密配合，发动和依靠群众，开展了声势浩大的清剿土匪、肃清特务、保卫和巩固人民政权的伟大斗争。

2018年国庆前夕，时年92岁的阳江籍老公安、从广东省公安厅离休的谭菁，从广州返回阳江，向记者讲述了一段关于解放南鹏岛的往事。

1949年5月，谭菁参加了恩阳台独立大队北三东武工队。8月，以一艘旧木船做"海上商店"生意的阳江县大沟寸头村人雷家明秘密参加了革命，

前为谭菁老人

成为北三东武工队的队员，与谭菁成为战友。"海上商店"专为海上渔民和运输船供应大米、蔬菜、淡水等生活用品。雷家明参加武工队后，组织安排他利用"海上商店"作掩护，为台山县北陡、三岗乡以及阳江县东平渔港沿海一带的我党武装当交通联络员，并负责收集敌特和土匪情报。

阳江解放后，谭菁任东平警察分驻所（后改称东平派出所）探长兼武装排排长，雷家明也在东平警察分驻所任秘密探员（侦察员）。

1950年1月，为解放南鹏岛作准备，中国人民解放军阳江县大队大队长陈中福来到东平警察分驻所，与巡官朱明和探长兼武装排排长谭菁研究，物色合适的侦察员上岛，弄清敌特海匪兵力分布地点、番号、负责人姓名、人数、武器装备、平时戒备等情况。由于雷家明对海上等环境比较熟悉，

上岛侦察的任务自然就落在他的身上。

接受任务后，雷家明以供应大米、蔬菜等生活用品为由，上了南鹏岛。他的"海上商店"本就为很多人所熟知，在大家的眼里他一直是个小生意人，所以没有引起海匪的怀疑。他多次进岛，深入虎穴，将岛上敌方"广东华南沿海护渔纵队第二支队""广州绥靖公署西江指挥所独立第三旅"等多股反动武装的布防情况、海匪有关番号、人数、武器装备、所处位置和值勤等情况默默地记在脑里，回来后通过组织上报给阳江县大队。

3月下旬，雷家明再次驾船到南鹏岛执行侦察任务时，被上岛的叛徒容通计发现，雷家明因此被捕。敌人对雷家明进行了10多天的严刑拷打，但他始终保守秘密，坚贞不屈，最终被海匪残忍杀害并弃尸大海。雷家明牺牲时年方43岁。

兵分三路合围剿匪，两个半小时解放南鹏岛

"当时盘踞在南鹏岛上的400多海匪，以台山尾角人林贤富（林贵仔）、阳江平冈人敖昌端等为首，他们多次前来攻打东平，均被我们打退。"谭菁说，雷家明烈士生前侦察到的重要情报，为我军剿匪和解放南鹏岛做出了重大贡献。

经过1950年上半年的努力清剿，阳江县陆地上的各股土匪基本上被消灭。一些漏网土匪和从万山岛上撤退的土匪纷纷逃到南鹏岛，妄图踞岛继续负隅顽抗。这些土匪和岛上的海匪纠集在一起，继续不断袭击阳江和台山沿海区、乡人民政府，洗劫沿海村镇人民财物，抢劫过往渔船和商船。更为严重的是，国民党将在港澳训练的特务派到岛上，给海匪许诺、打气，还经常派人潜入大陆进行政治和经济破坏活动。

为了彻底消灭这股顽固的海匪，1950年6月25日，台山军分区成立阳江县剿匪委员会，由军分区副司令员阮海天担任主任，统一协调军分区、野战军474团，广东军区独立18、19、20团和阳江县党政军关系。为了早日解放南鹏岛，参战部队开展海上练兵，苦练海上杀敌和登岛本领。

1950 年 8 月 8 日，根据作战命令，阳江县大队在大队长陈中福的率领下，分别从闸坡和海陵神前湾乘机船和帆船出发，于 9 日凌晨抵达南鹏岛附近待命。

8 日下午 1 时，台山军分区领导率 8 艘电船和 30 多艘帆船，配上装备 20 门 82 炮和火箭炮、80 多挺轻重机枪等武器的主力部队，从台山广海出发，渡海 240 余里，于 9 日凌晨 3 时抵达南鹏岛附近，完成了对南鹏岛的包围。

在战斗尚未打响之前，阳江县大队派出熟悉地形的小分队配合野战军第 474 团 8 连，根据雷家明生前所探消息以及其他渠道的侦察情报，先从险要的蕉坑攀登上岛，成功抢占制高点，封锁了港口，并包围了南鹏岛中部一个土匪据点蚌壳窝。随后，8 艘电船和 30 多艘帆船摆开阵势，迅速驶向南鹏岛大环蕉坑沿岸。凌晨 4 时，我军发出总攻令，20 门大炮和 80 多挺轻重机枪一起向岛上匪窝点展开了全面猛烈的攻击。在奇袭上岛部队的接应下，1 个小时内，我军全部登上了南鹏岛，并迅速向岛上各个匪巢发起攻击。在我军密集火力打击下，岛上绝大部分土匪在梦中惊醒，惊慌失措，东躲西窜。早上 6 时 30 分，战斗胜利结束。

南鹏岛一役，歼敌"广东省人民反共抗俄忠义救国军南路第九支队""广州绥靖公署西江指挥所独立第三旅"等 10 多股武装土匪约 470 人，其中击毙海匪 10 人。除"广州绥靖公署西江指挥所独立第三旅"旅长敖昌端一人畏罪自杀外，林贤富、谭明华、陈永生、吴奕平、谢旭林、郑文广、蔡培等团级以上匪首 16 人全部被俘获；缴获敌六〇炮一门、轻重机枪 17 挺、步枪 110 支、短枪 48 支、各种子弹 10000 发、电船 1 艘、帆船 20 艘和其他军用物资一大批。

解放南鹏岛，标志着阳江县大规模剿匪斗争的结束。

驻岛部队巧施妙计，"守株待兔"收拾漏网土匪

近日，记者在阳东区东平镇采访了在南鹏岛土生土长的老渔民周新，了解到解放南鹏岛的一些故事。

周新在南鹏岛出生，南鹏岛解放时他才7岁。长大后，他多次听到父亲和一些老渔民讲过："解放军攻打南鹏岛前两天，林贵仔和敖昌端两股海匪在海上抢劫了一艘从广州开往海南岛的大型货轮，因货物很多，导致分赃不均，双方互不相让，产生了很大矛盾，互生怨气的海匪在一定程度上放松了对南鹏岛的警戒。"周新说，解放军此前曾派侦察员乔装成生意人上岛，摸清了岛上海匪的武器装备和防卫部署等情况，所以攻打南鹏岛时比较顺利。

"那一夜，我在梦中被密集的枪炮声惊醒，十分害怕，父亲安慰家人说，是解放军来解放南鹏岛，大家不出门，也不用害怕。"周新回忆说。

林智辉

今年89岁的离休老干部林智辉也接受了记者采访。1950年3月，林智辉从漠阳日报社调到阳江县看守所当管理教育干部，当时县看守所属县人民法院管理，在南恩路原阳江县公安局（新中国成立前是国民党阳江县政府）大门口右侧，占地1400平方米（长40米，宽35米），县看守所西面是二层楼房，中间是一幢三层的放哨楼，挨近放哨楼的是两层的办公室，南北两边分别是一层的瓦房。"我调入看守所时，管教干部含所长共5人，还有12名武装警员，负责管理俘获的200多名土匪。那里的土匪大多是重犯，戴着脚镣，也上了'弄子眼'。"林智辉说。

不久，剿匪部队抓了一名"中尉"女匪，名字叫李燕飞，生性凶恶，据说会飞檐走壁、双手打枪，擅长女扮男装，常常潜入我区、乡驻地窥探情报，暗杀地方干部，为人十分嚣张。"她三十几岁，颇有些姿色。当时被关在看守所唯一的女牢。没想到，她入狱不久，竟然使手段与看守所所长有染，被私放了出来。"林智辉说，李燕飞被放后多次进出南鹏岛，继续当匪。后来，剿匪部队再次将她逮捕法办。

"攻打南鹏岛之前，鉴于抓到的土匪越来越多，看守所另选了谭家祠等几个地方，用来作临时看守分所。县里也成立了处俘委员会，由独立19

团、阳江县大队和县公安局等单位派人组成。"林智辉回忆，当年自己被派到谭家祠临时看守分所管理抓来的土匪。解放南鹏岛时，抓到了400多土匪，其中大部分是阳江人，押回阳江县处理，剩下的押回台山县处理；重罪的土匪关在县看守所，罪轻一些的则关在看守分所。县处俘委员会根据土匪罪行轻重进行了分类处理，罪大恶极的逮捕法办，出身贫苦、罪轻无血债的，经教育后释放。

周新回忆说，他多次听前辈讲过，南鹏岛解放后，岛上群众向剿匪部队反映，还有一些海匪驾船外出抢劫未归。鉴于此，我军留下部分部队，随后用"守株待兔"之法收拾了多股漏网匪徒。据说，留岛的剿匪部队恢复了南鹏岛港口原貌，停泊港口的船上依然升起国民党旗帜。抢劫返来的海匪不知道南鹏岛已经解放，见岛上无异常，便大摇大摆进入了我军布下的"口袋"。剿匪部队同时收缴了海匪抢来的多种赃物。

1950年8月11日的《南方日报》报道："我军渡海解放南鹏岛，解除了广州、江门与南路航运的威胁，造成今后清剿粤中散匪的有利条件。"上海《文汇报》等报纸也作了《广东沿海我军解放南鹏岛》的有关报道。

"南鹏岛解放了，人民政府在岛上开办学校，我和岛上渔民的子弟纷纷上学了。南鹏岛的渔民也被组织起来，成立渔业生产队在海上捕鱼。人民政府接管了南鹏岛矿山，开始组织力量投入资金进岛开采优质钨矿，支援国家建设。"周新说。

本文部分内容参考：《阳江县志》《中国人民解放军阳江县大队史》

2020年8月9日

当年上海《文汇报》报道解放南鹏岛

一道长堤接翠微

——海陵大堤建设往事

导读

享有"南方北戴河"美誉的海陵岛，是大自然馈赠阳江的礼物。长期以

来，海陵岛孤悬海
上，来往陆地依靠舟
楫过渡。半个世纪
前，在时任中共广东
省委第一书记陶铸的
关心下，阳江人民肩
扛手提，历经8年奋
战，筑成海陵大堤，
近10里长堤将海陵
岛与陆地的联系牵引

今日海陵大堤（李向东 摄）

得更加紧密。去年，海陵岛大桥建设项目全线动工，随着明年工程完成，
海陵岛又将增加一条进岛通道，极大地改善对外交通。今日，《阳江日报》
推出特别报道，追忆半个世纪前海陵大堤建设那段往事，敬请关注。

帝子南来竟不回，海陵荒冢对斜晖；

涛声漫诉兴亡恨，风啸空增洋海威。

且喜望天勤水利，更惊穷垌养鱼肥；

千斤亩产期明日，一道长堤接翠微。

——陶铸《访海陵岛》

这是 1958 年 2 月，中共广东省委第一书记陶铸首访海陵岛时作的诗。也就是这一次，陶铸代表省里作出了建设海陵岛大堤的决定。1958 年 12 月 8 日，海陵大堤动工兴建，阳江人民以气吞山河的气魄，历经 8 年的艰苦奋战，于 1966 年 7 月 1 日，全长 4625 米的海陵大堤建成通车。大堤建成半个多世纪以来，有力推动了海陵岛的发展。

孤岛灭旱灾　面貌初改引起省委第一书记关注

那时的广东省，其行政区域包括今天的广东省和海南省以及广西的东兴、防城、钦州、北海、灵山、合浦几个市县。大广东 100 多个大市县，日理万机的省委第一书记陶铸怎么会注意到当年地处偏僻的海陵岛，并做出了一系列建设海陵岛大堤的指示？市政协提案委员会主任黄思惠向记者解开了这个谜。他说，原市政府秘书长梁坚（1957 年 8 月任海陵区副区长）生前跟他说过，这里有一段鲜为人知的故事。

新中国成立前，海陵岛孤悬海上，岛上没有一条河流，没有一个湖泊，全岛 42000 多亩耕地中，有八成终年受到干旱和咸潮的威胁。在这样的生态条件下，即使是最好的年景，水稻亩产也只有 200 多斤。对此，中共海陵区委提出"破山引水，消灭干旱"的口号，党和政府带领人民在海陵岛通过逐步筑海堤，开展以挖平塘为中心的大规模兴修水利运动。特别是通过 1955 年冬到 1957 年春的奋战，在全岛只有 1 万名基本劳动力的情况下，每天竟出动了 13000 多劳力奋战在工地上，连六七十岁的老人及毛头小子也参加了兴修水利劳动大军，干部群众一日三餐吃在工地上。在全岛受害最严重的近万亩"望天垌""丹济大垌"，每天都有四五千人参加劳动。在最困难的时候，区委书记和区长将自己的办公电话搬到了工地上，边参加劳动边指挥全区的工作。夜间大垌一片灯火，21 名青年人组成的突击队从凌晨 2 时开始一直劳动到晚上 10 时，起到了很好的先锋模范作用。

经过干部群众的艰苦努力，在海陵岛全岛数万亩干旱耕地上开挖出大大小小 1200 多个 3 米多深的平塘。此后，又通过在有山溪的地方筑了 48 个山塘和 38 个陂坝，拦蓄山水，修建了 200 个引水工程。通过兴修水利，有力地促进了农业生产的发展。1957 年，海陵岛全岛水稻平均亩产达到了 530 斤，当地的生产生活发生了可喜的变化。

1957 年秋，海陵岛通过兴修水利挖平塘等办法抗旱的经验在湛江专区各市（县）中引起了强烈的反响，中共广东省委、广东省人民委员会和中共湛江地方委员会相继作出了《关于学习海陵岛消灭了干旱的经验的决定》。随后的一个多月里，湛江专区各县先后派出代表，组织参观团约 2000 人前来海陵岛参观学习，中共湛江地方委员会组织海陵区 4 名干部到湛江专区各县作巡回报告，在各县的党代会上作海陵人民消灭干旱的经验介绍。据统计，湛江专区直接听报告的有一万多人，各县代表在参观和听报告之后，无不为海陵岛人民不怕困难艰苦奋斗、用穷办法消灭旱灾的精神和事迹所折服和感动。各县纷纷联系实际，学习海陵岛经验，比干劲，比速度，掀起了兴修水利的热潮。

当年 12 月，省召开党代会，阳江县自成一个分团参加大会。县领导孙正述等到省参加预备会，其间汇报了海陵岛打平塘抗旱救灾的经验，省委办公厅决定将海陵岛的经验写成书面发言作为党代会的文件资料。因此，电告梁坚（其时已从海陵区调入县委办公室）赶到广州写汇报材料，梁坚用了 3 天时间便将初稿写出来了，题目是《用劳动的双手，创造我们美好的家园》，县领导阅稿后略作了修改。材料送到大会秘书处审查，出乎意料的是，该稿最后竟成了大会正式发言稿，令全县到会的领导和党代表十分惊喜。在省党代会上，海陵岛的这个发言，不断被掌声打断，陶铸 4 次站起来插话，肯定海陵岛打平塘的经验，并表态会后一定要到海陵岛去看一看，并挥手说了"海陵岛是英雄岛"之言。会场响起了雷鸣般的掌声。

初访海陵岛　陶铸拍板作出建设海陵大堤决策

1958 年 2 月，海陵岛的隆冬如同春天一般秀丽。2 日和 3 日，中共广东省委第一书记陶铸、省长陈郁、省委书记李坚真等同志来到被陶铸称为"英雄岛"的海陵岛访问。他们从海陵岛西南角到东北角，步行 45 里。陶铸一行看到海陵岛上遍地绿油油的冬种番薯和小麦，全岛 1280 多个平塘基本解决了农田的灌溉，塘上还浮游着鹅群，从平塘随手捞上的大鲢鱼有 5 斤重。通过大积基肥，有的峒稻谷亩产已达 800 斤，岛上一个村庄二次将田峒改名，一次是土改分田时将"望天峒"改为"送穷峒"，有水灌溉以后又将"送穷峒"改为了"富裕峒"。岛上开始栽种橘子、荔枝、黄皮等果树。

陶铸一行在海陵岛看了丰产的冬种作物和有关水利设施，也看了"望天峒"和"送穷峒"，在向当地干部群众了解生产生活有关情况后，他鼓励当地干部群众要多方努力，将海陵岛建设为鱼米之岛、畜产之岛、绿化之岛、水果之岛和有文化讲卫生之岛。

当时海陵岛是个闭塞落后的孤岛，上岛、出岛都要靠坐渡船，丰富的海产品销售有困难，极大地阻碍了海陵岛与外界的交流发展和群众生活的改善，海陵岛的干部群众热切希望建设海陵大堤，变孤岛为半岛。在这次考察访问将结束时，陶铸代表省里作出了"将拨一笔款来，帮助海陵岛人民实现'孤岛变半岛'计划，在海陵岛东北端的'海陵头'，与隔海相望的平冈，建设一条'海陵大堤'，把海陵岛和大陆连接起来"。

历八年苦战　经几多艰难几多挫折大堤终通车

省里作出建设海陵大堤的决定，阳江县人民深受鼓舞，从多方面开始着手做海陵大堤建设前期准备工作。2008 年冬，记者应邀为阳东区红丰镇麻汕小学编写校志，在阳江市区猫山采访时已退休在家的该校新中国成立

后第一任校长黄思康（已于 2011 年去世）时，意外地了解到，他是 1958
年建设海陵大堤的设计师之一。黄思康说，新中国成立初，他在麻汕小学
短期从事教育工作，随后组织将他调到了水利部门工作。1951 年和 1952
年，黄思康参加过漠阳江中下游捷东堤和捷西堤的设计建设，积累了比较
丰富的堤围建设经验。建设海陵大堤时，黄思康参与设计与建设。

说起当年建设海陵大堤的日日夜夜，黄思康感慨万千，他说那是一场
漫长艰苦的战斗。1958 年 6 月，当时在阳江县水电局当技术员的黄思康接
到任务，要他带领一支 30 多名技术人员的队伍到海陵去，在一月内完成海
陵大堤建设的数据测量工作。那个时候正逢"大跃进"，黄思康不敢怠慢，
他将技术人员分成两支小队，一支到漠阳江出海口北津一带，另一支到溪
头对面的暗龟村进行潮水、水深等数据测量。那时仪器设备简单，大家克
服一切困难，在齐大腿深的泥潭里进行人工测量。通过日夜赶工，20 多天
后，终于获得了所需的数据。

黄思康高效率的工作获得了领导的赞赏。上级认为他熟悉情况，调黄
思康参与海陵大堤的设计工作。此后，黄思康和十几位技术员蹲在海陵又
是一个月，翻资料、看地势、观潮汐等，最后与设计人员一起敲定将海陵
大堤建设成为"宽 8 米，可两车对开，堤面高出潮水最高点 1 米"的长堤，
预计用土 100 万立方米、石头 40 万立方米。

黄思康还说，根据县委的要求，海陵大堤设计建设时预留有水利渠道，
计划将同时期建设的双捷拦河坝引水工程通过青年运河，将漠阳江河水引
入海陵岛，彻底解决海陵岛世代干旱难题。"只是后来双捷拦河坝引水工程
建好以后，该坝原来设计的蓄水水位导致阳春县一些地方受浸面积过大，
上级调低了蓄水水位。"黄思康说，调低水位后，双捷拦河坝的水就进不了
海陵岛，但海陵大堤设计建设时还是预留有水利渠道。1992 年，海陵岛经
济开发试验区成立，海陵岛现代化建设全面铺开，从江城铺设自来水管道
进入海陵岛时终于用上海陵大堤预留的水利渠道，节省了大笔的费用。

已经 84 岁的周炽彬在接受记者采访时回忆，当时刚成立不久的两阳县
在海陵岛暗龟对面的平冈黄村搭棚设立了海陵岛大堤建设指挥部，中共两

阳县委常委、宣传部部长卫生秀兼任指挥部总指挥，在县文化馆工作的周炽彬被抽调到指挥部做宣传报道工作。

1958年12月8日，海陵大堤正式动工兴建。建设海陵大堤的地方，当时海水较深，包括从阳春来的很多民工分别在大洲、暗龟、平冈等三个工地大筑海堤，工地上每天有民工数千人参战。平冈一侧、海陵一侧到今海陵中学处，搭有很多的棚子，民工们晚上就吃住在棚子里。开工头几天，就出现了问题，当天倒下填海的石头和泥第二天就被海水冲走了，那时候大家心都凉了，放下去的材料都没了，这么长的海堤还怎么筑？指挥部赶紧组织负责设计和施工的人员"开诸葛亮会"。最后决定请县里协调水运公社，请他们派出一批批即将被淘汰的驳船来支援。当满载着石头的驳船开到筑堤处，就凿穿驳船，让船和石头一起下沉。实践证明，这个办法可行，后来整条大堤都是这样建设的。

周炽彬经常在工地上负责拍摄工程建设进程和采写报道工地上的好人好事，然后编辑出版《工地快报》。这份定期出版的手工油印快报贴在工地的各个小阅报栏上，极大地鼓舞了民工的斗志。

那时施工工具十分落后，几乎全部用人力肩挑运泥，修堤条件异常艰苦，建设者们吃住在工地。筑堤需要大量的石头，工人在海陵一侧山头日夜用炸药炸石。一次，海陵公社党委书记庞积通来检查工作，正逢工人放炮，打石工人在石窝点燃炸药后跑出来躲避。时间过了好久，仍未爆破，庞积通自己要下石窝去看个究竟，被大家死死拦住。一会儿，石窝传来了"轰隆隆"的大爆破声。时隔50多年了，一位陈姓老同志说起这事，仍心有余悸："当年幸好拦住了庞书记。"

后来县委提出了"开展高工效运动"，工地大搞工具改革，提倡"一人一工具"，试图提高工效，早日完成修筑海堤任务。如石塘生产区赶搭装泥码头，民工半夜不休息赶制三轮车和牛车。有人还想出了"空中运输线"，从山上到修建海堤处搭建索道，利用工具载泥顺着索道搬泥填海。海陵公社提出了"三十化"，即"运土铁路斗车化，牛拉列车化（一只牛拉几部牛车），木轨火车化，海上运输船众化"等等，海陵公社党委副书记戴如春还创造了"一人牵牛拉三车，人牛同出力"的经验。旧冲工区创造的"海上车子""海上滑板"等工具，将车子和滑板浮在海泥上运土。

周炽彬回忆说："'大跃进'时期，人们的主观愿望很强，上述一些所谓提高工效的做法，除了手推车坚持到大堤修好外，其他方式由于不切实际，用了没多久就无法用了。"据统计，为修建海陵大堤，海陵岛有3座山被挖平，用了47万立方米石块，泥土也动用了118万立方米。

1965年，经过万名建设者的努力，大堤原本可以通车了，但7月15日和9月27日接连来了两场强台风夹着暴雨，大堤反复被水冲断和被台风狂雨拦腰掀断，露出沉下的驳船和石头。有些民工栖身用的棚子也被掀翻，不少人哭了起来。

困难吓不倒阳江人民，风雨过后，建设者们又日夜奋战在大堤上……

1966年7月1日，长达4625米的海陵大堤终于正式通车。"一道长堤接翠微"变成现实了。

周炽彬十分遗憾地说，当年他拍摄了大量大堤建设场面的照片，拍摄了县委第一书记孙正述等县领导，指挥部第一任总指挥卫生秀、第二任总指挥莫顺钦，海陵公社党委书记庞积通等人在工地上劳动的照片，由于多次搬家，这些珍贵的历史资料已经遗失。

【小故事】

陶铸写出《访海陵岛》

黄思惠回忆，1979年他在闸坡公社当干部。一天，时任闸坡公社党委书记陈俊调往县农委任职。在离任告别会上，陈俊饱含深情地向在座的干部说，1958年2月，他任中共闸坡镇党委书记，住在三层的镇办公大楼（该楼已拆）二楼最偏的一个房间。2日早上，陶铸一行从阳江城河堤坐电船来到闸坡。那时闸坡的接待条件十分有限，陈俊将自己房间稍加整理后，腾出来给陶铸在海陵岛考察期间休息用。当天晚上，陶铸回来休息。第二天继续访问海陵岛。陈俊在整理房间时发现桌面上的一叠信笺上面一页留下苍劲有力的钢笔痕迹，他拿到外面一看，原来是陶铸写的《访海陵岛》四句诗（上阕），字迹仍清晰可见，钢笔写的那张应该是陶铸的秘书拿去了。陈俊赶忙将有钢笔痕迹的那张信笺保管起来。第三天，陈俊又在那叠信笺上的钢笔痕迹看到另四句诗（下阕）。这就是陶铸写的《访海陵岛》。陈俊将那两张陶铸写的有钢笔痕迹的信笺保存下来。

1959 年 9 月 11 日，陶铸在《南方日报》上发表这首诗。发表的诗上有序说，此诗是作者 1958 年春与陈郁、李坚真访问海陵岛时所作，看到诗中的期待正在变为现实，将旧诗发表借以对海陵岛干部群众干劲十足、艰苦奋斗的精神表示敬意。陈俊拿出保存的信笺一对照，正是这首诗。

灯光闪闪十里明

阳江市区一名资深的老文化人近日对记者说，在建设海陵大堤的日日夜夜里，阳江一万多名建设者不顾酷暑严寒，日夜奋战在近 10 里的大堤上，吸引了省城文学作家和珠江电影制片厂的注意。省城文学作家前来建设工地深入体验生活后，用浪漫主义的笔触写出数千字的报告文学《灯光闪闪十里明》于海陵大堤正式通车后在《羊城晚报》第四版上整版刊出，热情讴歌阳江人民追求幸福生活的凌云壮志，当年在社会上引起了轰动，阳江有不少中学生用手抄本抄下了这篇美文欣赏。

珠江电影制片厂派出一个电影摄制组来到海陵建设大堤，将阳江人民气吞山河、干劲冲天的多个建设场面拍摄下来，制成纪录片，在全国放映。

2017 年 12 月 28 日

1958 年 2 月，陶铸一行在海陵岛了解岗星社修建的小型水库（翻拍于 1958 年《南方日报》）

附记：

1. 2018 年 1 月 10 日，在中共阳江市委七届五次全会上，时任市委书记陈小山表扬了这篇深度报道。他说，《阳江日报》做了件大好事，该报记者通过深入采访和挖掘整理史料，将 50 多年前阳江人民在党的领导下，不怕艰难险阻，用了 8 年时间建成海陵大堤。这种"海陵岛精神"值得我们今天发扬和学习，希望同志们找报纸认真读一读。

2. 原阳江县委办公室副主任、阳江市政府原秘书长梁坚回忆录：

1958 年陶铸访问海陵岛前前后后

1957 年冬天，全省召开党代会，阳江县自成一个分团参加了大会。当时县委第一书记是孙正述，书记是李恩荣和李军，县长是余坤。在他们到省参加预备会期间汇报了海陵岛打平塘抗旱救灾的经验后，省委办公厅决定要将海陵岛的经验写成书面发言稿作为党代会的文件资料。因此，电知我立即到广州大会驻地（东山）报到。县领导很重视，在见到我时即将意图要求讲明，命我一个星期时间交稿，结果我仅用了三天时间便将初稿写出来了，题目是：用劳动的双手创造我们美好的家园。他们分别阅稿并略加修改后，由我再抄正。当该稿送到大会秘书处经过审查后，出乎意料，竟改为第十八号大会正式发言稿，而不是第九十八号书面发言稿，令全县到会的领导和党代表十分惊喜。大会正式开始，海陵岛的发言不断被掌声打断，陶铸当场四次站起来插话，肯定海陵岛打平塘的经验，并表态会后一定要到海陵岛去看一看……

……因我不是党代表而作为大会工作人员凭证入场听报告。第二天各县进行讨论时，陶铸到了阳江组看望党代表时，当场问及写海陵岛发言稿的是谁？他们都把手指向我，陶铸很高兴地过来拍拍我的肩头说："小伙子不错，好好干啊！"我那时竟不知如何作答，只是点头，笑笑而已。

陶铸也是个守信之人，到了1958年春，他真的带了大批人马来了。县委决定由我做向导。来前两天整个江城总动员，大搞清洁卫生，那时阳江县城居民不多（只4万人口左右），老百姓又很听话，街上一尘不染。

陶铸一行40多人，其中包括陈郁省长、省委书记李坚真以及省各部、委、厅、局的负责人，还有一批各大报编辑记者和警卫等等。在阳江县第一招待所过了一晚，第二天早上就出发，从县委会（即现在的旧武装部——东门酒店附近）步行到车站（即现时的人民广场西）时，许多老百姓出于好奇（多数为乘客）站在那里看望着。陶铸看到一档在卖碗头蒸，问我们那是什么，我们告知他这是阳江特产时，他高兴说要全部收购，带到船上去给每人加点料。

那时正是早上7点多一点，街上很干净，行人也不多，五步一岗，十步一哨，我也背了支勃朗宁手枪，（往南恩路）跟着左边骑楼行走到河堤码头落电船直向海陵岛出发。我与侍卫们坐在船面，船至"暗龟"海面时，省长陈郁突然冒出头来，看到海上许多捉鱼工具（如绞争、黑廉等），也看到渔民在海中捉鱼，他便向我发问："小鬼，你们这里有没有鲈鱼？"我说有，他又说："那个鱼很好吃，大革命失败后，我逃到香港时吃过一次。"可见他对鲈鱼的印象极深了。

第二天一早出发去看太傅庙（宋朝末年宋太傅张世杰兵败新会崖门后，率残部向西航行，海上遇飓风坏舟，溺死于平章山下。太傅飘至海陵头而立庙），陶铸带着班文人墨客诗兴大发当即吟诗，其名曰"帝子南回（七律）"，后来广东各大报章都发表了。

回程仍走旧路，当日落到大岭达顶时休息，陶铸突然提出要如何才能改变海陵岛孤岛与陆路相联的问题，孙正述书记立即将准备从平冈海边起与海陵两岸最接近而又最浅水的地方，把它截起来，使之变成通道的设想作了汇报。陶铸听了不断点头，并问要多少钱。孙书记如实说还未作出预算。陈郁先开口，同意给100万，分期拨款，土石方及人力由地方自行解决，就这么定了。到"大跃进"时期，日夜苦战，终于把这段海截住了，成了今日的海陵大堤通道。

当日回到闸坡已很晚了（中途还到大角海边，李坚真、欧梦觉和他们的秘书等人看着海边的各式贝壳高兴得要命，只怨自己的皮包布袋装不了那么多），翌晨照样坐电船回到了江城，他们领导碰了一下头，便开车到茂名、湛江去了……

（梁坚同志亲属、阳江市政协原提案委主任黄思惠提供）

相思花开忆造林

——揭秘阳江一段鲜为人知的造林绿化往事

春夏之交，海陵岛的台湾相思树又进入盛花期，漫山遍野的黄花汇成一片金灿灿的花海，许多摄影发烧友和游客慕名而来欣赏美景。在阳东区东平镇和阳西县上洋镇，大片相思林的花朵也在海边盛放，甚是壮观。这些相思树何时所种？又有着怎样的"美丽故事"？连日来，记者走访了阳江市几位"老林业"，听他们讲述了新中国成立70年来，阳江一段鲜为人知的造林绿化往事……

"莫说巨虎，就算小虎也藏不下啊"

阳江沿海为什么有这么多成片的相思林？在阳江几位老同志的帮助下，记者费尽周折，终于在市区找到了当年阳江县林业局技术员、今年79岁退休在家的吴健明。他亲历了阳江飞机造林的全过程，参与和见证了阳江林业的建设。谈起往事，吴健明难掩心中的激动。

吴健明

1963年，阳江还是县级建制。这年夏天，吴健明从华南农学院湛江分院（广东海洋大学前身）毕业，分配到阳江县林业局工作。不久，吴健明被组织派到钦州学习飞机喷洒消灭林业害虫技术。

20 世纪 50 年代末 60 年代初，广东省委第一书记陶铸多次到阳江或途经阳江到湛江视察，发现广湛公路阳江段那龙到儒洞 120 多公里道路两旁山头光秃秃的，全县还有不少荒山没有绿化。一次，阳江县林业局一名叫申巨虎的副局长汇报工作，陶铸笑着说："莫说你是巨虎，阳江的荒山多，就算是小虎也藏不下啊。"他要求阳江尽快搞好荒山造林绿化工作。

阳江县宜林荒山面积大，高山远山多，人工造林比较困难。1956 年，吴川县开展飞机播种造林，成本低见效快。经调研后发现，阳江的地形地势也适宜飞机播种造林。1963 年，省林业厅在阳江林场儒洞分场进行飞机播种造林试验，面积约 6 万亩。"可惜的是，当年因遇上了百年少见的大旱，故未能成功。"吴健明回忆说，因为他到钦州学习过飞机喷洒消灭林业害虫技术，组织安排他参加飞机造林工作。

大规模飞机播种造林绿染荒山

1966 年，在省、地、县勘测队和林业技术员的努力下，阳江对全县飞机飞播造林工作作出了林地规划。"造林种子选用马尾松和台湾相思树。"吴健明回忆道，之所以选用台湾相思树，是因为它耐干旱与土地贫瘠，适应性非常强，在各种环境中都能正常生长，是良好的防风生态树种。加上其自身有较强的固氮特性，长期栽种还能改善土壤条件。

为此，广州民航和省林业厅在合山公社建设飞机场，徐闻、海康、吴川等兄弟县为阳江支援了种子。吸取儒洞飞机造林失败的教训，飞播造林选在阴雨绵绵的 3 月份进行。"天旱时种子不易发芽，4 月以后雨季到来会将种子冲掉。"吴健明说，1967 年 3 月，阳江县开展了有史以来大规模的飞机播种造林运动。

当年一些场景，吴健明至今记忆犹新，种子是南路兄弟县收购来的，为了预防虫蛀，往里面混放了"六六粉"农药。台湾相思种子由于有一层蜡质，种皮坚硬，播种前需要用 70℃～80℃的热水烫浸 25 分钟，再捞出放置 24 小时晾干备用。在合山示范分场，工人将台湾相思种子边倒入热水边搅动，农药挥发出很臭的气味。

"当时飞机上有驾驶员和副驾驶员，每次带上马尾松和台湾相思种子飞上蓝天。"吴健明说，飞机最早在大八、新洲和东平等地按每亩 0.3 斤种子的标准混播。在离地面七八十米高时，飞机将所定区域的荒山都飞播了一遍。这一年，完成飞播造林面积 51.4 万亩。

1968 年和 1969 年的 3 月，在阳江沿海海陵岛和山区，如大八的烂头岭、珠环山、五点梅、溪头、织簧、上洋的龙高山，新墟、塘口的飞天燕、四方顶、石磊山、田畔的刘三尖，新洲的紫罗山播区都重播两三次。

1972 年，广州民航和省林业厅在阳春县潭水设置临时机场，以后几年，在阳江、阳春继续进行飞机播种造林。飞播后，实行封山育林 5 年，不准人进山割草放牧伤害幼苗，严防山火。至此，阳江县有 100 多万亩荒山已长出新林。

"实践证明，飞机播种造林是大面积造林绿化荒山的好方法，效率高，成本低，当时成本一般每亩约 1 元。特别是海拔 600 米以上绿化难的远山和高山，飞播造林的优势更明显。"吴健明说。经过几轮飞播，阳江全县有 18 万亩海拔 600 米以上绿化难的远山和高山实现绿化，对保持水土、涵养水源、改善生态环境发挥了良好的作用。阳江成为全省飞机播种造林面积最大和成效最好的县之一。

台湾相思树是制作木炭的好材料，山区一些村民将树砍来烧木炭卖钱，造成山区相思林逐渐减少。"沿海一带出于防风和生态的需要，不批准将之砍伐。如今，成片相思林成为阳江沿海花海，这在当年是没有想到的。"吴健明说。

林业部召开现场会推广阳江造林经验

今年 85 岁的何世友老人也是阳江绿化的大功臣。他 1957 年参加阳江林业工作直到退休，1991 年曾被国家绿化委、林业部和人事部评为"全国

造林绿化模范"。老人激动地说，1975年，他
和张秀喜、谭朝明3人到北惯公社东莺、赤
光、那霍、金村等4个大队，利用广湛公路沿
线两旁的荒山搞湿地造林点，面积1万亩，连
片集中种植。张秀喜和谭朝明负责林地测量及
图纸设计，他负责育苗。

他们先在东莺大队搞4000亩样板林，用
图解几何法绘制地图，用图解方格块确定造林
树穴位，做好现场规划，每个造林方格块是50
米×50米，在格内按株行距2.5米×2.5米每亩

何世友

106株规定位置定穴，由东莺大队组织劳力完成，栽下的树苗横直成行。
树苗种下后，前来参观的人无不赞扬："这片林子了不得，横直成行，比拉
线定穴造林还要直，林木成活率高，基本见不到一棵死苗。"此后，国营田
畔分场派技术人员来这里学习小方格测量及造林施工方法。

何世友介绍说，根据造林年度设计出来的图纸，确定下年度作业施工
面积，造林工人严格按照作业图纸实地拉线定穴、挖穴，这种做法统称
"工程造林"或"工程林"，确保造林一片成林一片。

1981年春，北惯公社万亩湿地松林如期完成。何世友回忆，当年下半
年，省林业厅总工程师朱志淞多次深入现场考察，对这片湿地松林给予高
度评价："北惯湿地松造林规格测量水平高，横直成行。苗木生长快，保存
率达98%，值得树样板向全省推广。"他多次向省林业厅分管营林工作的领
导建议："若全省各地都有阳江北惯的湿地松样板林，全省湿地松就会迅猛
发展起来。"为了更好地推广北惯造林样板，阳江县林业局按朱志淞的意
见，编制了《阳江县境内广湛公路120公里沿线两旁5公里山地发展40万
亩湿地松造林基地(1982—1987年)规划》。

何世友说，省林业厅很快批准实施该规划，连续4年每年拨款50万
元，要求完成造林8万~10万亩。在县委县政府和沿线公社党委的大力支
持下，经过林业工作者和广大农户的艰苦努力，5年时间全部按时按质完

成栽植湿地松和桉树工程林任务。

北惯万亩工程林的造林成功,吸引全省各市县林业干部前来参观。1984 年,江门市林业局在阳江县召开工程造林现场会,在全市推广阳江县工程林的做法。1985 年,省委省政府作出了"五年消灭宜林荒山,十年绿化广东大地"的决定。同年 10 月 22 日,省委省政府在阳江召开全省林业现场会,对阳江县工程造林成绩作了充分肯定,并向全省推广阳江经验。1985 年 10 月 23 日,《南方日报》发表了《工程造林就是科学造林》的评论员文章。文章指出,阳江各级党委和政府高度重视,通过落实林业政策,稳定山林权属,划定自留山,推行林业生产责任制,发展林业专业户,大大促进了林业生产的发展,造林绿化工作抓得一年比一年紧,一年比一年好。"阳江县的经验,对提高广东省造林效益具有重大的现实意义。"

1988 年阳江建市,市委市政府多次召开会议研究造林绿化工作,开展群众性植树造林运动,加快了林业建设。何世友回忆,1989 年 2 月下旬,国家绿化委员会副主任、林业部部长高德占组织在京参加全国绿化委员会第 8 次(扩大)会议的 100 多位代表来阳江开现场会,参观了双捷镇、程村镇等地大面积荒山造林、良种栽培造林点。参观队伍进入儒洞镇的鹰山岭,看到一望无际集中连片的桉树林和湿地松林时,高德占十分高兴,即席挥毫题写"鹰山林海"4 个大字,期望阳江绿色长驻、兴旺发达。

经过全市各级党委、政府和干部群众坚持不懈的努力,1992 年,阳江全市林业用地栽植率 96.4%,绿化率 81.5%,提前 3 年实现省绿化达标。

创建国家森林城市　让城市拥抱森林

1994 年开始,阳江市逐步实施森林分类经营战略,按照林地所处的地理位置,遵从因地制宜、因害设防的原则,把森林划分为生态公益林和商品林两大类。同时,出台一系列鼓励非公有制造林和支持林业产业化的政策,林业产业快速发展。

2004 年 9 月 30 日，阳江市全面启动林业生态市建设，把优先推进生态建设作为林业工作的主要任务，把创建林业生态市、林业生态县作为推进阳江建设"生态绿城"的一项主要举措。2014 年 1 月，阳江市成功创建国家园林城市。2017 年，阳江市又提出了在 2020 年实现创建国家森林城市的目标，宗旨是"让森林走进城市，让城市拥抱森林"。根据方案，阳江城市生态系统以森林植被为主体，城市生态建设实现城乡一体化发展，实现"城在林中、人在景中"目标，植树传播绿色理念，全民享受绿色成果，享受高品质生活。

市林业局提供的资料显示，到 2018 年底，全市有林地面积 591.44 万亩，森林覆盖率 57.72%，活立木蓄积量 2510.85 万立方米。阳江市创森办项目负责人陈瑞炳告诉记者，阳江在环珠三角地级市中首个提出创建国家森林城市。通过近两年的努力，以六大主题行动为支撑，我市各县（市、区）目前已完成创建工作量的七成，明年有望实现创建国家森林城市的目标。

挖掘"相思"文化　做好旅游开发文章

中山大学教授司徒尚纪在接受记者采访时说，一些地方利用花海吸引游客有成功的案例，比如华农的紫荆花、武汉大学的樱花等。阳江的闸坡和东平本来就是旅游景区，加上"相思"这两个字有诱人的文化魅力，挖掘整理好相关文化内容，规划建设和利用好当地现有的相思林花海，使之成为特色品牌。

数据显示，目前海陵岛上的成林台湾相思树达 5 万亩，超过全岛绿化面积一半。广东石油化工学院旅游和历史系副教授淦凌霞认为，海陵岛的滨海旅游可以融入相思树的文化意蕴，建设海陵岛相思树生态景观林区和园林景区；还可以开发以山岭为载体的相思树风光风情游，组织相思花期赏花诗会和节庆活动，并建设相思树文化博物馆，以动漫、绘画、文字、照片等形式多方位展示相思花艺术作品、相思树的种植历史。

"期待让每年漫山遍野的台湾相思花，为海陵岛旅游事业增风姿、添神韵。"淦凌霞说。

2019 年 5 月 10 日

阳西县上洋镇相思花开景观

熏风南来　繁花竞放

——改革开放后阳江服装业发展纪事

　　52 岁的阳江人谢前进，从事制衣行业有 34 年了，现在阳江风度制衣厂当厂长。几乎每天，他和员工一起通过物流发货到设在广州火车站旁边壹马服装广场的工厂门店。像谢前进这样的工厂，阳江目前有 300 多家，这些服装企业长期在广州设有门店或办事处，以此为窗口，将阳江服装源源不断推向世界。

　　20 世纪 80 年代，阳江乘改革开放的春风，得风气之先，依靠邻近港澳的优势，经过短短几年的发展，逐步形成了"乔士""歌达漫""波士发"等一批拳头服装品牌。一段时间内，大大小小 400 多家制衣厂遍布城区，"阳江服装"浩浩荡荡挺进广州，行销全国。搏击潮头的"阳江服装"也成就了很多人的"财富梦"。但从 1996 年开始，"阳江服装"逐渐被国内一些地方超越，一度进入沉寂期。进入 21 世纪，阳江服装企业再度放眼看世界，在激烈的市场竞争中积极谋求转型发展，又迎来行业的复苏。

熏风南来　蓄势待发

　　活色生香的服装，历来是时尚变化最灵敏的风向标，是一个社会、一个国家、一个时代最为鲜活生动的形象记录。

20 世纪 70 年代，人们买服装、棉布和日用纺织品除了要钱，还得有布票。而衣服款式不但单调，还千篇一律。在城乡，无论大人小孩、男人女人，穿的衣服都是以绿、蓝、灰三种颜色为主。"新三年，旧三年，缝缝补补又三年"，就是当时穿着的真实写照。

1978 年 12 月，十一届三中全会召开，作出了"从 1979 年开始，把全党的工作重点转移到经济建设上来"的重大决策。1979 年 4 月，国务院提出要加快发展"投资少、见效快、积累多、换汇率高"的轻工业，服装行业是当然的选项。早在 20 世纪 50 年代成立的华新制衣厂等企业，培养了一批制衣技术工人，为阳江服装业的发展打下了基础。1980 年春节，一批阳江籍港澳同胞返乡探亲访友，他们穿着时尚的喇叭裤和色彩鲜艳的太空楼，给人强烈的新奇感觉。在阳江城当时最高档的南恩路南强酒店，一些年轻人还跑来这里，好奇地看港澳同胞穿的新式服装。

1980 年秋，彩色故事片《庐山恋》在阳江热播。当红电影明星张瑜饰演从美国归来的青年女华侨周筠，先后穿着 40 多套时装出现在电影中，极大地震撼了阳江人。

在一片深蓝灰绿之外，阳江人看到了外面色彩缤纷的服装。从那以后，有"南风窗"关系的一些阳江人率先穿上了港澳喇叭裤和牛仔裤。不少青年男女通过多种途径，想方设法托人从港澳买回这样一些时装。一时间，手提播放邓丽君歌曲的录音机，穿着喇叭裤牛仔裤的"潮男潮女"出现在阳江城的大街小巷。那情那景，好像瞬间换了时代。

模仿起步　服装云集

那时候，从港澳传入的尼龙布和牛仔布，让阳江人觉得很新鲜。更重要的是，购买这些布料，不用布票。阳江城不少青年买到这些布料后，从熟人那里借来港澳喇叭裤和牛仔裤，带到私人服装制作店，请裁缝师傅照样仿制。

阳江的服装制作水平本来就不错，裁缝师傅仔细研究一番后，就仿制出港澳喇叭裤和牛仔裤。这些服装穿起来合体，有时代感，很快风靡阳江城乡，深受男女青年喜爱。阳江城一些有名气的私人服装制作店增加人手，日夜加班，赶制这样的港式服装。

阳江对新式服装的巨大需求，让一些头脑灵活的人看到商机。1981 年开始，阳江城太傅路有人摆卖香港布料，还有人拿着从香港买来的时装，雇请私人服装制作店代为仿制，成品在太傅路出售。这些服装刚上市，就被抢购一空。随后，越来越多人加入这一行列。不久，政府批准在太傅路上设置临时夜市，阳江服装夜市开启。

1983 年底，24 岁的阳江个体户梁明刚结婚不久，他太太会做服装。头脑灵活的夫妻俩，到中山小榄购进一些香港女装布料，运回家里仿制。这一年，政府宣布取消布证，设在太傅路的临时服装市场整体搬迁到青云路。

时光飞逝，梁明今年已经年近六旬。他说，当年的青云路工业品市场长 100 多米，聚集了阳江最早的一批个体户，沿街店铺卖的几乎都是服装、布料、录音带、手表等。这些东西价格比国营商店便宜，深得群众喜爱。当国营百货公司的售货员们坐在柜台前卖衣服的时候，青云路的店铺已经开始让顾客自由试穿，既批发又零售，还承接定做业务。几十个店铺的服装生意，比国营商店红火得多。

这些家庭小作坊很有办法，仿制的港式"高尔夫"男装西裤，3 米布能做出 4 条裤，销售火爆。还有些人从广州拿些服装回来批发，阳江城里青云路工业品市场吸引了阳春、电白、恩平、台山等地个体户前来拿货，摊档增加到 100 多个。

几大品牌　引领潮流

阳江服装业快速发展，催生了"乔士""波士发""歌达漫"等一批服装品牌，成为阳江服装的代表。

1984 年的一天，已经从阳江农机一厂辞职下海的工人梁文来到弟弟梁明家，发现服装生意特别好做。经过调查后，兄弟俩合作，分别在卜巷街和青云路附近租赁几间房子，买来制衣设备，雇请五六十名工人，生产衬衫和机恤（夹克），同时承接香港客商的订单加工时装。工厂日夜开工，产品仍无法满足客户需求。

1989年，梁文在岭东建设厂房，向国家工商总局申请的"波士发"商标也批了下来，专门生产衬衫和机恤。时装厂的工人增加到380多人，由于产品销路好，工人经常要晚上加班加点。

"波士发"商标

20世纪70年代中期，平冈人梁华在广州服装研究所学习服装设计制作和布料制作。1985年，他看准时机，在阳江城沿江北路租房办厂，雇了30多名工人专做西裤。梁华懂技术，经常到香港参观学习，生产的西裤紧跟香港服装潮流。往往是那边出现了新款式，没过多久就会在梁华厂里见到同款的男装西裤。质量和口碑在阳江排名前列，成为同行学习的榜样。后来，他在市区滘头租赁港商留下的制衣厂，雇请工人近200名，扩大生产规模。

梁华还根据收集到的国际最新布料流行趋势，到南海西樵等地找到当地布料生产厂家，与技术人员一起参与布料研制，掌握流行面料的主动权。1990年前后，梁华申请了"歌达漫"商标。"歌达漫"西裤在大陆同行业中处于领先地位，带动了阳江西裤生产销售和发展。

"歌达漫"商标

1983年，阳江城34岁的个体户彭崇经营塑料厂，为当时的明星企业广州白云山制药厂生产塑料瓶子。由于业务关系，他经常跑广州，接触到穗港两地商家，目光敏锐的彭崇意识到，服装行业蕴藏无限商机。1985年，彭崇进军服装业。他靠着30多部衣车和40多名工人起家，开始生产西装、机恤、衬衫。1987年，彭崇在城区建设路购地1500平方米，建起4层楼的服装厂房。同年，注册"乔士"商标。"乔士"品牌系列衬衫紧跟时代潮流，深受市场欢迎。此后，彭崇大手笔投资设厂，更新设备，招兵买马，生产蒸蒸日上。20世纪80年代末90年代初，晚上黄金时段，中央电视台和广东电视台播出"乔士，甜蜜的选择"广告，阳江"乔士"品牌服装广为人知。"乔士"品牌西装、机恤、衬衫等入选"中国十大服装"。

"乔士"商标

1988年，阳江撤县建市，民营的阳江服装在国内异军突起，带动人们思想观念的转变，也提高了阳江的知名度。

在"乔士""歌达漫""波士发"等品牌服装企业的带动下，阳江涌现出大大小小400多家制衣厂。每天早上，阳江城东、西、南、北四大入城路口，来自农村的小伙子和姑娘结伴骑着自行车，浩浩荡荡进城务工。而在这些人当中，几乎有一半人在制衣厂打工。

"乔士""歌达漫""波士发"几家企业买回先进的德国制衣设备，请来原阳江县二轻缝纫一社、二社和华新制衣厂一些经验丰富的制衣骨干做师傅和领班，服装产品升级换代，质量在中国大陆处于领先水平。阳江品牌服装进入广州、上海、北京、沈阳、西安等国内大城市，在国有大百货公司的货柜出售。"国内一些城市的商人带着一麻包袋的钱来阳江抢货。那时候，谁有办法拿到阳江服装，谁就发财。"梁明回忆说。

谢前进说，1990年，阳江最好的单位月工资收入五六百元。而在"乔士""歌达漫""波士发"等制衣厂当工人，每月有1000~2000元的收入。那时候，对阳江人来说，能进大服装厂做工，是件很有面子的事。阳江不少服装厂的老板，率先进入改革开放初期"先富起来"的那批人行列。

1993年，阳江服装的龙头企业"乔士"年产值破亿，成为全国明星企业。20世纪90年代头四五年，阳江服装业在中国大陆稳居前列，进入全盛时期。阳江品牌服装成为国内服装行业的风向标。

十年沉寂　错失良机

从 1997 年开始，外省服装业开始超越阳江。行业内有人认为，阳江服装业开始走下坡路，这一沉寂期达 10 年左右。最低谷的时候，全市仅有衬衫厂大约 10 间，休闲裤和西裤厂大约 150 间。

阳江服装业被同行反超，据不少企业老板介绍，其原因是多方面的。

从市场层面分析，阳江服装业在 20 世纪八九十年代取得很大成功，吸引了江浙一带的注意。他们后来居上，打造了"雅戈尔""柒牌"等服装品牌，对阳江服装造成挤压，导致阳江服装市场份额迅速缩水。这是一个外部原因。1996 年以后，国家对国有企业进行改革。当时阳江服装在全国数百家国有商场及纺织品公司代售，因为国有百货公司分转给小商户个人承包，导致阳江企业无法追讨欠款。这又是一个原因。

从企业层面说，当时阳江服装企业普遍"粗放式"经营，财务制度管理存在严重漏洞。一些企业家被巨大的成功冲昏了头脑，在原材料进货、成本控制等方面疏于管理，从而引发危机。有的企业盲目投资并不熟悉的领域，连累了原来蒸蒸日上的服装企业。譬如，阳江某服装企业老板，本来在服装领域做得顺风顺水，产品在全国很有影响力。1994 年以后，他在广州招待有关商务人员时，每天在酒楼花费数千元。看到酒楼生意红红火火，他认为酒店经营好赚钱，便抽走企业流动资金在广州投资酒店行业，结果因为不熟悉行业等原因连年亏损，错失了将服装业做大做强的良机。

2007 年，阳江几百家服装鞋帽企业结束单干，走向联合，成立了阳江市服装鞋帽商会。在服装行业摸爬滚打了整整 30 年、现任市服装鞋帽行业商会会长彭晓明总结，1997 年以后，阳江服装渐渐被外地超越，主要原因是当时没做到"居安思危"。"市场经济时代，竞争永远存在，企业不进则退。"他说。

主动转型　迎来复苏

2006 年前后，阳江服装业开始复苏。此后，阳江服装厂家的经营模式以贴牌代工、三来一补、自主品牌三种方式为主，主要产品有衬衫、西裤、休闲裤等，大多数阳江服装企业在广州几大服装批发市场长期设档展销。近几年来，出现了"羽威""风度""喜路""卓士""古斯顿""维奇奥""鲨王""丹比奥"等一批自主品牌，但以替国内外品牌服装代工生产居多。

金鹏公司自动吊架生产线

贴牌代工是阳江服装企业成功转型的一条重要经验。"现在的代工生产和以前的来料加工有很大不同。"市风度制衣有限公司总经理谢其良说。他解释说，来料加工是商家把设计好的样板和布料给企业，企业帮客商生产出来。而代工生产则是从研发、设计、选料、生产都是由企业来做，只不过生产出来的服装贴上别人的品牌，层次不一样。"贴牌代工利润会小一些，表面上看来是'为他人作嫁衣裳'。但是，做品牌需要很大投入，风险也很高，而做贴牌代工则风险小得多。这是适合阳江服装企业发展的一条路子。"谢其良说。

彭晓明创办的阳江市金彭制衣发展有限公司，目前是阳江服装企业当之无愧的"老大"。彭晓明对这个行业有着深层次的研究，经常外出考察，了解行业最新信息，吸取前辈的经验教训，同时积累了丰富的商战经验。在他的带领下，金彭公司专走贴牌代工路线，成功实现转型。目前，该企业拥有 4 个生产厂区和 4000 多名技术工人，在国内同行中也颇有影响力。

而昔日的龙头老大"乔士"，除生产衬衫、机恤、西装系列产品外，新增了 T 恤、商务时装、大衣等在内的男装系列产品，款式达数百个，在广东、广西各地设有统一标色的专卖店，品牌影响力仍然存在。

这些年，阳江服装企业通过组建研发中心，加强内部管理，引进加拿大产世界先进的"服装自动吊架生产线"，组成了"智能车间"，自动计件自动计酬，劳动效率不断提高，生产成本降低，在激烈的市场竞争中逐渐站稳脚跟。据统计，目前阳江有服装生产企业 300 多家。

阳江市金鹏制衣发展有限公司车间一角

2001 年闯入服装业的阳江皇玛制衣有限公司总经理郑大志说，他的企业走自主品牌和代工贴牌并举之路。虽然竞争很激烈，但由于阳江服装品质和口碑很好，企业接到的订单很足。

一个好消息是，为了扶持阳江服装行业做大做强，有关政府部门正在谋划建设阳江服装产业园，将阳江服装企业集中入园发展。

　　"没有改革开放，就没有阳江服装业的发展。"回顾过去，彭晓明感慨万千。他说，经过 30 多年的风雨洗礼，目前阳江服装业在研发、设计、品质等方面仍然处于全国前列，行业发展前景光明。阳江服装界期待乘新一轮改革开放的东风，扩大阳江服装在全国的影响力，重振阳江服装的雄风，让"阳江服装"这块牌子叫得更响。

2018 年 5 月 31 日

边海红旗今更红

——毛主席批示 65 周年之际走访儒洞镇边海村

2020 年 7 月 4 日航拍的边海村，村庄、稻田与水产养殖基地构成一幅美景（张德逊 摄）

核心提示

"这个乡的党支部是一个模范的支部，它领导群众做了许多英勇的斗争，获得了群众的拥护。" 65 年前的今天，即 1955 年 12 月 27 日，毛主席在《中国农村的社会主义高潮》一书中，对广东两阳地区边海党支部的事迹写下按语，肯定了边海党支部带领群众攻坚克难，与自然灾害作斗争的英勇精神。

连日来，《阳江日报》记者深入阳西县儒洞镇边海村，走访当地干部群众，重温那段热火朝天、激荡人心的革命往事。我们深深感受到，时间并没有让"边海红旗"褪色，65年来，"带领群众走上幸福生活"的"边海红旗"精神，始终深深刻在边海党员的心中。

战天斗地改变落后面貌　创造"边海红旗"精神

冬至时节，记者驱车从儒洞镇区经边海大桥来到边海村，看到四通八达的村道全部实现了硬底化，村民几乎都住上了楼房。今天的边海村，处处生机勃勃，洋溢着浓郁的时代气息。

"边海村有今天，全靠党的好领导、优越的社会主义制度和边海人自强不息的奋斗。"68岁的老党员陈成贤说。

陈成贤从小在边海村长大，熟悉村里奋斗史。他介绍，新中国成立前，边海村是南海边上一个三面濒海的盐碱地，"五天不雨成小旱，十天不雨变大旱"，全村两三百户，长年累月遭受严重自然灾害。土改后，群众生活虽有所改善，但受制于恶劣的自然条件，仍无法摆脱贫困，部分家庭要靠政府救济。

1954年春天，边海村（当时建制为"边海乡"）党员陈庆宜牵头成立农业生产合作社——边海第一社。同年，边海村成立党支部，蔡叱任支部书记。陈庆宜、蔡叱等4名党员带领全村村民，发誓要在这片盐碱地上开垦出良田。

《中国农村的社会主义高潮》一书有这样的叙述：1954年，从立春到立夏，大旱40天，村民每种一亩花生、早稻，要挑水120担。经过千辛万苦，种下了50多亩。后来大雨40天，儒洞河汹涌而来的河水三度冲击边海村。5月3日晚上洪水几乎漫过堤顶，陈庆宜和党员一起带领村民苦战两天两夜，加固后排除了 7 处险段，终于保住了堤围。插在堤围的边海红旗在抗洪斗争中高高飘扬。小满以后，一连 84 天滴雨未降，在党员带领下，在盐碱地上奇迹般挖出了淡水平塘，从早稻中耕到晚稻插秧，大家一起车水灌溉。红旗插在车水棚上，不管白天黑夜，村民不断轮流奋战在车水机上，累了困了就地露宿。旱了 84 天，抗旱 84 天，终于战胜了旱患。农历八月初一的一场 12 级的台风卷起巨浪，把边海海堤冲崩了 700 多丈，海水淹没 1500 亩水稻和坡地上的农作物。面对如此灾情，在党员带动下，大家没有灰心，修复海堤，排出海水，全村行动起来，补禾苗，抢种番薯、萝卜等。又大搞副业，增加养猪和养鸭数量，开展打绳和开窑烧灰等工作，增加收入。

虽然遭遇如此灾害，但在党员的带领下，广大群众艰苦奋斗，创造了边海奇迹。当年，边海早稻收入比上年同期增加三成六，晚稻收入比上年同期增加二成八，由于有副业，每户收入都增加了，没有发生外出逃荒现象。

而在 12 年前的 1942 年，边海遭受过同样的自然灾害，不少人外出逃荒，还出现过饿死人的情况。

两相对比，村民跟党走的意志十分坚定。1955 年初开始，村党支部带领群众加固海堤，进一步提高海堤防洪防海潮标准，获得大家的积极响应。

"后来村里派部分人到距村 25 里外的白坭（今沈海高速沙扒出口一带）开垦出荒地 176 亩，种上农作物。又在盐碱地挖了多口淡水平塘，用于抗旱。"陈成贤回忆道。跟着，又在儒洞河上筑水坝，抬高水位，引水对盐碱地进行改造，为农业丰收提供了保障，群众生活逐渐改善。

陈庆宜的女儿、今年 78 岁的陈永凤回忆，1954 年，为了改变村的落后面貌，父亲和村里党员带领群众，像铁人一样没日没夜地干，父亲因此落下了严重的胃病，但他毫不在乎。"父亲常常说，作为党员，就要战斗在第一线为人民群众谋幸福。"陈永凤说。

陈庆宜后来被评为广东省特等劳动模范，到北京开会，受到毛主席等中央领导亲切接见并合影留念。边海人备受鼓舞，发展生产的干劲更足了。

陈永凤说，当时好不容易在儒洞河筑坝成功引水灌溉，后来水坝数次被水冲垮，每次都是父亲和村里的党员带头修复。

1959 年，边海遇到 40 多天大旱，陈庆宜带病领着村民日夜抗旱保苗。就在抗旱即将胜利之时，在深水里摸泥堵河的陈庆宜胃痛剧烈，许多人劝他回家休息，但他始终带头坚守岗位。最终，陈庆宜因病情加重晕倒在抗旱第一线。"那年农历九月初九，不到 60 岁的父亲永远地走了，村里不少人含泪前来送父亲最后一程。"说到这里，陈永凤潸然泪下。

党员群众接续奋斗　为"边海红旗"增光添彩

边海村村民浅海捕捞船

自那以后，"边海红旗"精神便在这片土地落地生根，成为引领边海发展的一座灯塔。

长期以来，边海人到镇里县里办事，要绕道电白，非常不便。村民期盼早日解决这个难题。1992 年，边海村党支部学习小平同志南方讲话精神，加快边海经济发展步伐，在十分艰难的情况下，决定建设横跨儒洞河的边海大桥。当时经济情况较好的党员上万元地捐款，没钱捐的就带全家上工地参加义务劳动。在上级的支持下，筹资 265 万元，于 1993 年 10 月 28 日建成了长 217.5 米、宽 6.4 米的边海大桥，圆了边海村几代人的心愿。

2000 年 5 月初，接连下了几天大暴雨，儒洞河水急涨。5 月 10 日，还有 30 厘米边海海堤就要漫顶时，正在海堤巡逻的党员突击队发现，多处海堤出现缺口，最大一处缺口达 50 多米。这场事后被标记为 50 年一遇的特大洪水汹涌而入，大堤岌岌可危。紧要关头，时任村党支部书记陈富和村

委会主任陈伟权带头，和
20多名党员一起，跳下缺
口，齐齐高声喊出"人在
堤在"的口号，打木桩，
填沙包，不顾个人安危，
用血肉之躯在缺口奋战4
小时，洪水终于渐渐退去，
堤围保住了……

边海村墙上巨幅抗洪宣传画

　　"看到党员带头跳下缺
口护堤，不少群众也跟着跳了下去。一些群众还将准备建房的木料和砂子
也拉到工地，支持护堤保家园，边海人是好样的。"陈广深情回忆道。他当
时是村党员，一起参加了这场保卫家园的战斗。

　　2017年，陈广任村党支部书记兼村委会主任。作为土生土长的边海
人，他在村里有30多亩鱼围养鱼苗，任村干部后，心思集中在带领村民搞
发展上，难免顾不上养殖生意。面对家人的不理解，陈广说："我是党员，
搞好家乡建设，是我的本分。"

　　2017年以来，边海村以"满足群众需要，维护群众利益"为根本出
发点，聚力精准扶贫，大力推进乡村振兴。2018年以来，全村共投入13
万元对农村生活设施进行大整治。在边海采访当天，记者看到，从村里
通往水产养殖基地的1.7公里长的泥土路正在进行改造，将建成3.5米
宽的水泥路。

新时代传承红色基因　"边海红旗"更加鲜艳

　　在"边海红旗"精神的激励指引下，在村党总支的带领下，今天的
边海村已经形成了种植业、养殖业、浅海捕捞业"三驾马车"齐头并进的
产业发展模式。昔日的"灾害窝"，发展起种植业，如今变成了"米粮
仓"——村中万亩国家级水稻优良品种示范基地，种植的"一村一品"优

质丝苗米，亩产超千斤。昔日的滩涂，由于有海堤护卫，建成了鱼苗和虾养殖基地，面积 2200 多亩，有 400 多个家庭在经营，还有 5 户人家在海边养母鸭，生产著名的红心海鸭蛋。村里还有 27 艘船从事浅海捕捞业，取得了不错的成绩。

进村入户，一路听，一路看，边海村民的喜悦和笑容，温暖着这个冬天。

在水产养殖基地，村民陈南正在管理鱼苗。他告诉记者，自己经营着 50 多亩鱼围，在村中陈伟权等党员专业户的带动下，基地生产的鱼苗销售一直很好，今年又是一个丰收年。

在上屯自然村，村广场新建了凉亭、灯光篮球场，配备了体育健身器材，村子进行了绿化美化，池塘四周建起了仿木护栏，池塘设置有音乐喷泉。今年 80 岁的陈海是村中的五保户，住在政府出资为他新建的房子里看电视，屋里还装有空调。"衷心感谢党和政府的照顾，让我老有所依。"老人说，他每月领取 1000 多元生活费，每年政府出资帮助办理合作医疗，党员和村医等常上门看望他。

45 岁的杨旭华是下屯自然村村民，他在村里经营养殖业赚了钱，2011 年花了 80 多万元，在边海村建起了第一幢别墅。入伙当天，很多村民前来参观和祝贺。此后，一些富起来的村民也在村中相继建起别墅。

边海村民新建的别墅

记者走进杨旭华的别墅看到，里面装修有一个漂亮的舞厅，有配套音响。"有空时约村中乡友来跳舞唱歌，释放一下工作压力。"杨旭华告诉记者，去年他将儿子送到部队，告诉儿子在部队好好干，为保卫祖国做贡献。

"以前，有人常说，海边的盐碱滩寸草不生，发展农业生产比登天还难。"陈广深有感触地说，"今天的边海村，传承了前辈艰苦奋斗精神，创造了实实在在的'红色奇迹'。"他介绍，2019年，边海村集体经营性收入12.39万元，家庭人均年收入13200元。

在边海村桥头西侧，今年初开建的边海党建教育基地竣工在即。村干部介绍，基地将于12月27日毛主席批示边海红旗65周年纪念日正式对外开放。基地用地总面积5300多平

边海村新建的党群服务中心

方米，包括边海红色展馆、边海村新党群服务中心、戏台和文化广场等，一方面展示边海光辉历史，另一方面展示新时代阳西县"党旗红"党建成果，并可以开展党员干部教育培训，引导广大党员从红色基因中寻根溯源，传承"边海红旗"精神，以红色旅游带动边海村实现产旅融合发展。

2020年12月27日

Chapter 2

名人与文化

果然风景不寻常

"北京来的这个知识分子有本事"

——漫画泰斗方成 60 年前在阳江参加锻炼的往事

今年 8 月 22 日，中国著名漫画家、漫画理论家、杂文家方成在北京逝世，享年 100 岁。而在逝世前不久，他刚刚庆祝了自己的百岁寿辰。方成是中国当代最具代表性的漫画家之一，与华君武、丁聪并称为中国"漫画界三老"，其作品以构思奇特、思想鲜明见长。一代漫画泰斗走了，但大师用幽默见证了半个多世纪中国的变迁，他幽默风趣的作品根植在人民心间。

近日，《阳江日报》全媒体工作室记者在采访中了解到，1957 年冬，在《人民日报》当美术编辑的方成，曾下放到阳江县良洞乡担任过高级社副社长，时间长达一年，与当地干部群众结下了不解之缘。连日来，在有关知情人的帮助下，记者深入今阳东区东平镇良洞村，找到当年接触过方成的老人，了解漫画大师当年在良洞的工作和生活经历。

积极参加社里劳动　头脑灵活制作肥料

1957 年，为了在和平环境中整顿作风、改进工作、改造干部思想，提高干部和知识分子政治觉悟和实际工作能力，发扬联系群众、保持艰苦奋斗这个优良传统，中央要求：凡是没有经过劳动锻炼、缺乏基层工作经验，能够参加体力劳动的各级干部和知识分子，每年都应该抽出时间，离开工作岗位，和工农群众一起参加短期的体力劳动。从那时开始，一大批国家机关和人民团体干部和知识分子分批轮流分赴全国各地农村、林场等，参加体力劳动，进行劳动锻炼。

"1957年冬的一天，我和群众正冒着严寒在清理鱼塘之时，北京一批知识分子带着简单的行装来到了我们乡。"时隔61年，原阳江县良洞乡乡长、今年89岁的退休干部李世俭仍然清晰地记得，这批知识分子带队的队长白原，副队长周毅之，队员有方成、柳邦、马祖鸾、阚殿义、马玉施等。白原在福平大队，其他人在良洞。方成他们住在乡办公楼，方成安排在良洞乡第一高级社任副社长，日常在社长李奇芬家里吃饭。

由于李奇芬已去世多年，当年方成在他家的具体细节记者已经无从了解。

李世俭回忆，当年在寒冷的冬天，从北京来的方成、周毅之、马玉施等人脱下袜子，卷起裤子和袖子，下到鱼塘，和群众一起参加了村里鱼塘的清理工作。马玉施是女同志，在清理鱼塘时，脚被塘里杂物划伤流血，群众将她拉了上来，到乡政府包扎。此后，马玉施与良洞乡妇联主任甄丽芳上山砍柴割草，两个人各挑一担柴草回来。

方成虽然在城市长大，但懂得施肥对农作物生长的重要性。那时，我们国家生产的化肥很少，进口化肥也不多，高级社发展农业生产还得靠自己积肥。一次，方成在村外不远处发现一块低洼地，看着那一片泥地很像书本上介绍的泥炭土。他原是化工研究人员，心里有了底。于是，他带着高级社一帮青年人将这些泥炭土挖起，然后一担担挑回来，加上农家肥和人畜粪便，混在一起做沤肥，沤好之后变干，像黑色泥土松软。社里的青年人将沤熟的肥装在小篮子里，用手抓起往田里撒放，又轻又方便。施过这肥的农作物长势良好。群众都称赞他："知识分子就是不一样。"

参与建设大岭水库　轨道运泥提高工效

1958年"大跃进"年代，到处掀起社会主义建设新高潮，人人争先为社会多做贡献。为减轻群众挑担之苦，县里号召改用独轮手推车。这工作由担任高级社副社长的方成牵头做。社里虽然有手艺好的木工，但要将担挑全改为小车，必须发动农民自己去做。方成先学着做了一架作为示范，然后让社员大家都来做。当时生产条件落后，那可是个不小的工程。方成指导木工根据资料做成了一架独轮车后，还缺车轮子。"他向我求助，我帮助找了一个未用过的大砧板，这才勉强做好了一架独轮车。"李世俭回忆道，在当时鼓足干劲、力争上游形势下，县上面开始要求一个月内或半个月内使社员全部实行"车子化"，这已颇为吃力了。不料后来还要鼓干劲，要求 10 天内完成，大家只好日夜赶工，车子质量就难保证了。后来县里又下令 3 天之内实行"车子化"，社员群众更急了，最后也没有办法完成任务。

初冬时节，记者来到良洞村，看到村里的多个晒场上到处晒满了金黄的稻谷。村里建起幢幢新楼，村口新建的高大牌坊上写着"良洞"两个字。一座三层楼高、四周布满枪眼的古老碉楼旁边，建筑工人正在建设一座新楼房。李世俭说，正在重建的房子原是 1958 年良洞乡政府三层办公楼，方成等人当年就住在这里，方成住在三楼。因年代久远，原乡政府办公楼已经成了危楼，需要拆除重建。

"1958 年，我们修建大岭水库时，方成做了一件大好事，减少了工作量，并最终建好了造福至今的大岭水库。"沿着弯弯的村道，我们来到距良洞村约 6 公里的大岭水库，面前一条大坝横截在两座大山之间，大坝中建有溢洪道。水库周围山岭郁郁葱葱，水面上鸭子成群，水库放养着罗非鱼。据东平镇水管会负责人介绍，大岭水库库容量 162 万立方米，目前仍灌溉双安、莲北和良洞 3 个村 2000 多亩田地。

当年修建水库时，要从山上挖大量的土下来筑大坝，用人力挑费时费力，也影响工程进度。参加水库建设的方成、周毅之和马祖鸾 3 人于是想到要做工具革新，以减轻劳动强度。

方成设计了一套运输工具，通过驳接杉木，做成长长的轨道，从山上铺下来，同时做好几个长方形的装土木箱，木箱装上土后顺着轨道滑下来，然后把土倒出来。木箱靠上一端拴着长绳子，由山上滑轮控制。上面把装土的木箱沿轨道滑下来时，顺势将倒空了土的空木箱提上去。如此循环，运土速度很快。

站在大坝上，李世俭指着一旁的山说，当年轨道就铺在这里，他对这件事记忆特别深刻。当时生产力落后，没有机械施工，方成发明这个杉木轨道运泥之后，减轻了劳动强度，现场引起了轰动，群众纷纷赞扬："这个有科学道理，大知识分子就是不一样。"当年用杉木等做轨道还是方成自己出钱买的材料。后来，阳江县委知道了这件事，除了表扬之外，还特意派人把买材料的钱返还给了方成。

痴迷画画深受欢迎　阳江留下一段友谊

"方成做事十分认真。当时县里要求农村推广沼气，派他到钦州取经学习。学习期间，他认真地画了很多建造沼气的图案回来，准备大干一场。"李世俭回忆道，可惜的是，由于当时良洞太穷，不具备推广沼气的条件，这件事最后没有办成。

"在良洞的一年，方成身上几乎每天都带着纸和笔，看到有趣的人和事就画下来。乡里人都说北京来了个会画'公仔'的人。"李世俭回忆说，方成的漫画十分有趣，他停下来画画时，常引得很多人围观。他也为李奇芬等人画过漫画像。当时良洞集体猪场养的猪很瘦，方成画了一幅漫画：画上是一个瘦小猪，还有一个画得比猪还大的老鼠。老鼠问瘦猪：你是哪里的猪？猪答：我是良洞的猪！他以漫画的形式劝乡亲要做好养猪工作。这一年，方成还看到许多令人兴奋的事情，他曾画过一组画登在早年的《漫画》杂志上，画中有农村乐队等。

"大跃进"年代，县里号召全体群众写诗歌颂"大跃进"。李世俭说，当时上面要求向诗乡学习，大家一起写诗，要做得轰轰烈烈，写出的诗要贴在墙上，做到诗歌贴满墙。那诗只求合辙押韵，像"不看不知道，看了吓一跳"也算。而且要求一两天内全社到处贴。当时社员会作诗的人不多，怎么办呢？周毅之想了个办法，就是找书找资料去抄。于是，方成和大家就连夜抄诗，抄一张贴一张，红红绿绿的也贴满墙了。

一次，高级社里缺红薯秧，要到别的社去取。方成和几位社员乘小艇出发。忽然，发现艇里有老鼠，社员很快捉到两只，拿到岸上。大约半个小时后，他们就端了一碟炒鼠肉给方成。方成没吃过鼠肉，夹了两块吃。后来回人民日报社上班时，他以这段经历写了篇文章叫《"鼠味餐厅"议》，登在《人民日报》上。这篇文章被收入杂文集《高价营养》中。

阳江出产的小刀很出名。刀是不锈钢做的，锋利得很，顾客买刀，先刮胡子试试，锋利才买。1958年12月，方成离开阳江时，买了好多把阳江小刀送给《人民日报》美术组的同事，每人一把。后来听华君武说，这把小刀太锋利了，他家人几乎每人都被这阳江小刀划破过口子。20世纪90年代，方成路过阳江时曾再次买过阳江小刀。

在良洞共同劳动和生活的一年中，方成与李世俭和良洞群众结下了深厚的感情。离开良洞时，方成将一把自己用了多年、不需要电池的摩擦小手电送给李世俭作为留念。"这把不用电池的小手电当时阳江很少见，我用了很多年。"李世俭说。

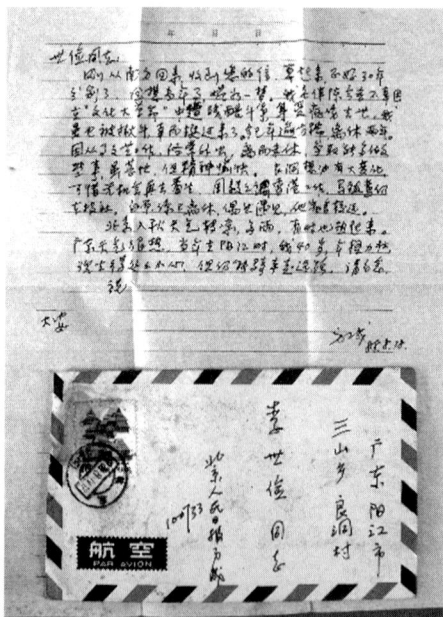
方成写给李世俭的回信

方成返京后，李世俭一直和他保持联系。有时李世俭打过去电话，方成会问，良洞今年生产好吗？收成有多少？李世俭还在《人民日报》上看到方成的作品，在电视上也看到过他。1988年7月，李世俭给方成写了一封信，表达了思念和问候之情。当年8月18日，方成写了回信，并用"航空"投递。李世俭将这封信保存到今天。

李世俭将这封30年前的信递给记者看，信中说："世俭同志，刚从南方回来，收到您的信。算起来，（我们）刚好分别 30 年……今已年逾古稀，离休两年。因从事文艺工作，经常外出，离而未休，争取能多做些事，虽甚忙，但精神愉快。良洞想必有大变化，可惜无机会再去看望。周毅之调香港工作，马祖鸾仍在报社，白原谅已离休，偶然遇见……当年在阳江，我 40 岁，年轻力壮，现在得处处小心，但仍能骑车走远路，请勿念。"

"方成的漫画也影响了我，退休以后，我也画起了画，虽然达不到方成那样的水平，但画画给我的晚年增添了无限的乐趣。"李世俭说。

今年 8 月 22 日晚，在电视上看到方成逝世的消息，李世俭很难过。"大师带着幽默和欢笑走了，我们良洞人民永远怀念他！"

【人物档案】

方成，广东省中山南朗镇左步村人，1918 年 6 月生于北京，原名孙顺潮，杂文笔名张化。漫画家、杂文家、幽默理论研究专家。1942 年，武汉大学化学系毕业。他在大学学的是化学专业，可是他酷爱漫画。抗战胜利后，从四川一家化学研究社离职，前往上海开启漫画生涯，取笔名方成。1947 年夏，被聘任为《观察》周刊漫画版主编及特约撰稿人。1950 年，任《新民晚报》美术编辑。1951 年起，任《人民日报》美术编辑。

在 20 世纪五六十年代，方成的作品以讽刺漫画为主。他创作了大批揭露帝国主义和霸权主义的漫画，深受欢迎。这是他漫画创作中的第一个高峰期。"文革"之后，方成迎来了他漫画生涯中的第二个高峰期，这一时期的作品以社会讽刺漫画为主。与第一个创作高峰时期相比，方成这一时期作品的艺术性更强，思想性也更加深刻。特别是《武大郎开店》风靡全国，成为中国漫画史上的经典作品。1980 年，"方成漫画展"在中国美术馆举办，这是新中国第一个漫画个展。1988 年，方成获我国漫画界最高奖——首届"中国漫画金猴奖荣誉奖"。2009 年，荣获"中国美术奖终身成就奖"。

2018 年 12 月 14 日

人民的文化馆长张若曼

为什么我的眼里常含泪水？因为我对这土地爱得深沉。

——诗人艾青

今年 11 月，是原阳江县文化馆馆长张若曼诞辰 93 周年。近日，原阳江春苗文学社的侯秩标、林恩葆、梁崇天和余宏龄等老社员，怀着敬仰之情，举行座谈活动，追思张若曼大姐为培育阳江文艺人才所做的一切。4 名老社员无限感慨地说："1957 年，我们参加张若曼创办的阳江春苗文学社，虽然时间不长，但树立了为人民服务的文学思想，所学的知识受益一辈子。"随着记忆的展开，50 多年前的一幕幕往事涌现在老人眼前……

革命青年　创办阳江第一家文学社

1955 年夏，在阳江城南恩路，经常有一个留着利索短发、穿着新潮短袖衫短裙、脚穿皮鞋、戴深度近视眼镜、夹着一个皮包的气质文雅的女青年知识分子在街上匆匆行走。那装束，那气质，在当时的阳江是少有的。一天，湛江专区党委在中山公园召开统购统销工作会议，参加的人很多，内容也很多，会议开到临近天黑才散会。"当时我在江城镇政府工作，会后匆匆跑回单位饭堂简单吃了点饭，就到县电影院看电影。"今年 87 岁的林恩葆回忆说。

电影播放之时，突然飘来一股饭菜香。林恩葆看到，隔他座位一排的位置，一名戴眼镜、手臂夹着个公文包的女子端个盘子边吃饭边看电影。林恩葆认出，这就是经常出现在街上的那位行色匆匆的女青年知识分子。"这同志工作好忙啊!"林恩葆心想。

那时，林恩葆在江城镇政府从事文教助理工作，与县文化馆有交集。稍后，他才知道，这位女青年知识分子名叫张若曼，在县文化馆当馆长。到县文化馆的次数多了，他与张若曼慢慢熟络起来。林恩葆发现，张若曼经常阅读《欧也妮·葛朗台》《红与黑》《高老头》《安娜·卡列尼娜》等外国名著。

后来，林恩葆从县文化馆了解到，张若曼是广西桂林人，生于 1925 年 11 月。1941 年在当地参加抗日宣传活动，后到苏北参加革命，在新四军文工团工作。1942 年参加中国共产党，新中国成立后在广东人民广播电台当领导。由于种种原因，后来调到阳江县工作。张大姐在长期革命斗争中养成了吃苦耐劳的优良品德，工作极其认真负责。

1956 年 9 月，党的"八大"召开，大会政治报告和决议对"双百方针"进行了阐述，指出为了保证科学和艺术的繁荣，必须坚持"百花齐放、百家争鸣"方针。党的"双百方针"像春雨一样，滋润着祖国大地，一股为繁荣社会主义文艺创作的新风扑面而来。

1957 年 3 月，阳江县文化馆馆长张若曼决定以此为契机，筹备成立一个文学社，将全县喜爱文学的青年集中起来，开展文艺创作，交流创作经验，从互相学习中逐步提高文艺创作水平，繁荣全县文艺创作。当月，成立了文学组。

张若曼在文学社成立前做了大量工作。她与文学组青年开展座谈，听取大家意见。张若曼说，文艺创作要源于生活高于生活，我们的创作应该为人民大众服务。只有深入火热沸腾的生活，才能创作出无愧于时代的作品，才能更好地为人民大众服务，为社会主义建设服务。

　　文学社定什么名字好？大家积极讨论。张若曼的文化素养高，长期从事宣传工作，又是见过大世面的老革命，要求很高。她考虑到参加文学社的都是朝气蓬勃的年轻人，上海新创办了《萌芽》文学杂志，我们可以将名字定名为"春苗"文学社，同时创办《春苗》文学杂志，以此为平台，作为刊登社员习作的园地。基本架构搭起来后，"招兵买马"工作紧锣密鼓进行。

　　"1957年4月，当时我在北惯石仑小学当教师，梁广柏介绍我参加春苗文学社文学组。记得我曾参加过文学组一次讨论会，内容系通报全国文艺界创作情况，讨论春苗文学社今后文学创作方向。"今年79岁的余宏龄回忆，一个月后，他写了一首诗作为第一篇稿，拿到县文化馆交给馆长张若曼。张若曼见到时年17岁的余宏龄，十分高兴地问："你看过马雅可夫斯基等外国人的诗作吗？"余宏龄说看过一些。张若曼鼓励余宏龄继续努力，搞好创作工作，还送了《拜伦诗集》和《雪莱诗集》给余宏龄。"从张大姐手里拿过这两本书，当时我很感动。"余宏龄说。

　　"1957年夏，我从朝鲜返国，复员回到家乡，在阳江县民政局工作。一天，我到县文化馆看书时，遇到张若曼同志。她问我在哪工作？喜不喜欢文学？"今年85岁的抗美援朝老战士梁崇天回忆，第一次见到张若曼，便被她诚恳可亲的态度折服，当即说自己在部队时是团部文化助理员，对文学很感兴趣。张若曼说，县文化馆有个春苗文学社，社员来自各条战线，就差部队的，你来后，工农兵学商都齐了。就这样，梁崇天参加了春苗文学社。

　　在张若曼的带动下，经各方努力，积极物色人才，很快就有了一批怀抱梦想、充满激情的年轻人参加阳江春苗文学社。这些年轻人来自县里的党政机关以及各条战线的文艺活跃分子，其中有抗日战争和解放战争时期的斗士，有土地改革的积极分子，有海外归来的忠诚赤子，有经历抗美援朝战争九死一生归来的最可爱的人，有以天下为己任的学子和人民教师。可以说，他们涵盖了那个时期社会各阶层。

经验可贵　省文化厅领导极力推广

参加文学社的年轻人在党的阳光照耀、雨露滋润下，沐浴着春风，深入生活，创作出大批反映时代的作品。

1957年7月15日，筹备多时的阳江春苗文学社在县文化馆成立，其主管单位为阳江县文化馆，同时出版《春苗》杂志，社长兼主编为张若曼，编委为：罗凌（纵横）、林学良（微莎）、李可升、张重华、林恩葆（艾虹）。文学组社员有林学良、林恩葆、张重华、黄贵深、罗凌、徐其凡、莫宏仁、余宏龄（夏山野）、叶其铃、莫益坪、程禹功、谭莹、梁崇天、黄世良、梁广柏、何向群、白谷、陈元章、茹蕾、侯秩标、杨华、李佳访、梁崇泽、姚维幸、黄达生、曾纪申、李可升；美术组社员有冯明、陈安华、何业强。

《春苗》杂志确定每月15日、30日各出一期油印刊物，由文学社买纸、自行刻印、校对、发行。第一期印有60多本，在春苗文学社成立当日发行，除社员人手一本外，也发给一些文教单位。

"春苗"破土而出，社会反响热烈，参加人数逐渐增多。一些农村小学教师和机关干部等相继加入，社员发展到50多人。张若曼当时说，希望更多的业余作者投来稿件，共同将"春苗"培育成祖国文艺大地上的一朵小花。

近日，记者从林恩葆手上接过保存完好的1至6期《春苗》杂志。尽管是油印的，看起来比较简陋，但内容丰富。第一期《春苗》封面是一名小朋友拿把小锄在除草，另一名小朋友拿起小桶往刚出土的幼苗浇水。里面有美术作品，有散文、小说、小品、话剧和诗歌等作品。如张重华小说《紫罗山上的战斗》，描写了新中国成立初阳江沿海民兵和群众英勇围捕特务的故事。侯秩标小说《陈股长的动员令》，则反映了当时一些单位的会议太多，挤占了上班时间和休息时间，带来一些问题，提醒提高会议效率。还有星火的《他们有祖国》，袁忠岳作词、罗凌作曲的歌曲《再见吧，妈妈》等。

从那以后，阳江文艺战线带来一股清新风气，大家将张若曼称为"张大姐"。社员们将作品送来后，在张大姐指导下，由编委提出修改意见，几个人轮流当编辑，美术组画出相应图案美化版面，然后刻钢板油印出来。

"当时没有经验，1~3期油印刊物质量不是很好，版式也不好看。到第4期才解决这些问题。"林恩葆回忆说。

1957年7月至12月，《春苗》杂志出版了6期，刊登各类作品共156篇。其中散文25篇、小说16篇、评论12篇、诗词85首，戏剧、相声、小品、歌曲等18篇。作品内容都是赞美祖国的美丽河山，歌颂人民的真善美，揭露人世间的假丑恶。

仔细翻看那些散文、诗词、评论，尽管风格各异，但都是放言无拘、对事真诚，令人感受到一股浩然坦荡之气，一片拳拳赤子之心，一种对国家、对民族、对时代的历史责任感和对道德精神的反思。如李佳访的独幕话剧《枉费心机》、茹蕾的诗词《相猫》、黄贵深的《动物篇》、林恩葆的《大雷雨》、李可升的《望夫山》、梁广柏的《仑河波澜》、曾纪申的《鼍城之夏》、黄世良的《雨夜》，也有文学批评和文学探讨方面的文章。

在50多名社员的共同努力下，《春苗》刊物越办越好，内容丰富、图文并茂，引起了社会各界广泛关注。不少年轻人主动来信来稿，同时希望加入这个团体。1957年底，省文化厅领导到阳江检查工作时，发现了这份小刊物，了解到《春苗》导向正确，在短时间内取得可喜的成绩，赞扬阳江文化馆的文艺普及工作做得出色，并计划将《春苗》列为省"文艺普及的旗帜"，在全省推广。

波光粼粼的漠阳江分外美丽。省文化厅领导的肯定和支持，给张若曼增添了动力。工作生活在这座充满故事和人情味的小城，张若曼决心用毕生精力将春苗文学社带入充满生机的理想境界，为繁荣社会主义文艺创作贡献力量。

"1957年底，我就听说省里准备从1958年开始，帮助扶持阳江县文化馆，将《春苗》杂志进行铅印，并申请全国刊号，先在广东省内发行。"余宏龄回忆道，当时听到这个消息十分高兴。上海也是在1956年才办起

《萌芽》，阳江的《春苗》几乎是跟着上海走，怎么能不高兴？

重返岗位　殚精竭虑培养文艺人才

1973 年，政治气氛变暖，张若曼返回县文化馆工作，主持全县文艺创作工作。"那时，我是新洲公社良洞大队农民文艺创作员。一次，我到县文化馆参加全县文艺创作会议，张若曼为我们上课，她的文学功底很深，讲课深入浅出，听了很是受益。"今年 67 岁的原阳东县文联主席李代文回忆，那时他是农村仔，经常挨饿，人很瘦，张若曼看了很心痛。一连几天在文化馆吃饭时，李代文发现，大家每顿都分得 4 两饭，而自己每顿则多分了 2 两饭。他正感到纳闷时，女炊事员解开了这个秘密："文仔，张大姐怕你吃不饱，特意嘱咐我将她自己的 4 两饭分了一半给你。""顿时，一股暖流传遍了我全身。张若曼大姐不仅在文艺创作上指导我，而且在生活上关心帮助我，使我进步很大。"李代文说，后来，他进城当上了专职的文艺创作员。数十年过去了，回想往事，张若曼的人格魅力仍然令他钦佩不已。

打倒"四人帮"以后，国家拨乱反正，张若曼得到彻底的平反，重新出任阳江县文化馆馆长，她百感交集。"那段时间，张大姐的工作很忙，她决心将失去的时光夺回来，接连召开全县文艺创作工作会议，为阳江培养文艺新人，像爱护儿子一样呵护阳江文艺人才，经常为他们精心修改文稿，做出点评，操心着他们的成长。"今年 85 岁的原阳江县文化馆馆长周炽彬在接受记者采访时说，张若曼同志是一位优秀的共产党员，对工作极端负责，从她的身上，可以学习的东西实在很多很多。

在张若曼的悉心指导下，林贤治、冯峥、陈慎光、李代文等文艺人才茁壮成长。林贤治后来调进广州花城出版社工作，张若曼等帮助做了大量幕后工作。

而张若曼的"旧部"——春苗文学社成员，也没有让人失望，大部分成员的文学梦想并没有因为那段不堪回首的岁月影响而破灭，他们当中的大多数人没有放弃手中的笔，在逆境中依然前行。拨乱反正后，侯秩标等人重新拿起了笔，重拾 20 年前的文学梦。他们一起重新聚集在张若曼周围，重新出发，寻找新时期的诗和远方。有的人成了名作家，有的人成了优秀文艺工作者，大部分成员出版了不止一本集子。

1982 年，张若曼担任阳江县文化局局长，创办了《阳江演唱》《阳江山歌》等杂志，推动全县群众性文艺活动的开展。1984 年，张若曼离休，享受副厅级待遇。

1992 年，阳江市委市政府对张若曼推动阳江文化事业发展所做的贡献给予充分肯定，认为张若曼主持的春苗文学社是新中国成立后阳江第一个文艺社团，在培养业余文艺工作者方面做了很大贡献，是阳江文化事业发展的有力推动者。

进入 21 世纪，在张若曼倡议下，已进入老年行列的春苗文学社社员们，将《春苗》6 期作品和部分新作品编辑成书，取书名《春苗晚翠》于 2001 年 5 月出版发行。2004 年，张若曼去世。春苗文学社社员将怀念张若曼的作品和其他作品，编辑成《春苗晚翠》第二辑，于 2005 年出版。

如今，春苗文学社大部分成员已离世，但是"落红有情化春泥"，在阳江这块文艺沃土上，一代代的"文艺春苗"正在茁壮成长。无数文艺工作者，站在前辈的肩膀上，为阳江创建全国文明城市、建设文化名城，辛勤耕耘在民族复兴的伟大新征程上。

【人物档案】

张若曼，女，1925 年 11 月生，广西桂林人。

1939 年在广西桂林参加新安旅行团，1941 年到苏北解放区，任新安旅行团及新四军某部文工团团长。1946 年赴东北解放区，任安东省（1954 年并入辽宁省）人民广播电台编辑科长、安东工人报社编委。1949 年任广东人民广播电台编辑室主任。1955 年到阳江参加农业合作化运动，1957 年任阳江县文化馆馆长。1958 年 8 月被划为"右"派，下放到农场劳动。1982 年平反并出任阳江县文化局局长，1984 年 8 月 21 日离休，享受副厅级待遇。2004 年 7 月逝世。

1957年，春苗文学社部分成员合影。前排右一为余宏龄，右三为侯秩标，中排右一为张若曼，后排右一为林恩葆，右三为梁崇天（林恩葆生前提供）

1957年，春苗文学社出版1至6期《春苗》杂志

2018年11月20日

阳江咸水歌传承千百年面临窘境，文化界呼吁抓好这份瑰宝的保护和传承

传唱来自江海的声音留住乡愁

　　春节前夕，在阳东区东平渔港，由阳江日报社、阳江炎黄文化研究会、阳东区东平镇政府和阳东区文化馆等主办的"阳江咸水歌保护传承和发展研讨会"举行，与会的文化界人士和咸水歌爱好者对如何做好咸水歌保护传承发展话题作了深入的研讨，并提出了很好的建议。一本由中山大学出版社新近出版的《阳江文化濒危的瑰宝——咸水歌》引起了与会者的极大

闸坡渔民在边织渔网边唱咸水歌

兴趣。这本书收入200多首阳江咸水歌，是阳东区文化馆组织人员，用4年时间走访阳江沿海渔港渔村收集整理出来的。为了让更多人能了解和看懂阳江咸水歌，阳东县文联原主席李代文为这些咸水歌作了评注。有人认为，研讨会的召开和该书在全国的发行，对于阳江建设海丝文化名城有着重要的意义。

记录生活状态　反映历史事件

"咸水歌究竟起源于何时？从1986年开始，我参加了阳江民间歌谣收集和整理工作。33年来，查阅了许多资料，一直未找到有关咸水歌起源的准确记录。"李代文说，咸水歌是古代劳动人民在生产、生活交流和民俗活动中形成的文化产物，源自过去渔民在江海劳作时的即兴创作和吟唱。可以说，有水的地方就有咸水歌。作为一种传统文艺，咸水歌的涉及面广、内容丰富，分生活交流、劳动生产、民俗活动等三类。

在收集到的各种咸水歌调式中，发现咸水歌开头有那么一句"呼语"。这些呼语比较自由，有的在开头，有的在中间，有的在后面。如咸水歌中的哥兄调："哥兄呀——""妹呀哩"，众人调的"众人呀——"在歌中就有前有后有中间。咸水歌跟民歌一样，最早也是没有歌词，没有曲谱，仅是呼喝一声。到后来，发展成歌了却有音无字，很难记录。如这首歌："duě wuě（阳江话音，松垮的形状）一支舟，dí duó（水流声）水长流，弯噫（yé yié 象声词，摇橹声，地方话，与欸乃近）撑过去，夊嘣（bǐng bèng 象声词）上埠头呀啰。"

阳江疍家在广东疍家中占有十分重要的地位。书中收集的一首《饥荒》咸水歌中唱："讲起饥荒，卖儿卖女，讲起卖仔，难舍难离。贼佬又多，兵马又反，开身做海，有几艰难。"书中评注说："该歌流传于清咸丰年间阳江沿海地区。其时，早春暴雨台风，漠阳江时无堤围，农田尽淹；秋又飞蝗蔽天，大伤禾稼成灾。适逢土客（土著与客家）械斗，清军镇压，战乱遍及阳江。东至那笃、那龙，西至程村儒洞，南至沿海，北至阳春，整整12年间伤及无辜无数，致穷苦人家流离失所，卖儿卖女，淡水疍家从江河转移出海避祸。"

曾经的全国劳模、今年85岁的东平老疍家蔡结璋向记者讲起了一段往事。其父亲生前曾跟他说，蔡结璋的爷爷奶奶原来在漠阳江麻汕做疍家，以打鱼和撑横水渡为生。在蔡结璋父亲10多岁时，贫穷的爷爷奶奶在小艇上用被子当风帆，驾着小艇出北津，艰难地沿海边过北环，带着家人到东平谋生。这是上述咸水歌的真实写照。

书中有几首咸水歌，道出了新中国成立前疍家命运的悲惨。如《无屋疍家四海浮》："众人哩——无屋疍家四海浮，烂船烂网烂衫褛，捱饥抵冷行船苦，贱命几时沤沙洲？呀哩！"《命苦最是行船人》："栖息无家四海浮，破船烂网把身留，衣不蔽体食不饱，终年劳累终年愁。千金难买三寸土，命苦最是行船人，脚下踩住阎王殿，汪洋大海几堆坟。"《渔家苦》："头顶青天，脚踏木板；天阴落水，无瓦遮头，喊驶船台风又到，扯蒲（升起）碇（锚）绞，无处漂流。"

李代文说，1987年春，他在沙扒收集民间歌谣时，听到老渔民林英说，抗战时，当年12岁的她随父母出海，目睹了头上受日机轰炸，海上遭日艇炮轰，鬼子烧船的惨况，母亲唱过咸水歌："飞机飞来头壳顶上过，喊声阿嫲喊声太公婆……"时隔近40年，林英仍然记忆犹新，并将这首咸水歌唱出。

东平渔民在东平渔港放声歌唱咸水歌

这些体现鲜明时代特征、记录当时生活气息和历史事件的咸水歌，具有深刻的思想性。

表现手法多样　艺术感染力强

按照听歌对象的不同，阳江咸水歌分为哥兄调、众人调、仙姐调、叹调、堂枚调等调式。如哥兄调，其听歌对象是哥哥；妹娣调，对象就是妹妹。咸水歌节奏自由，随着长橹摇摆，发出悠扬自在的歌声。因而同一首歌，不同的人唱法就不同。咸水歌没有固定音乐，不需伴奏。但曲调优美，开头一句"呼语",既唱出调式,又能够引起听歌对象注意。如:"仙姐呀,扒艇押虾拖对拖,哥对妹来妹对哥。押紧虾来换筒米,我吃少时你吃多。呀哩。"

阳江咸水歌充满海洋和乡土气息,节奏自由流畅,既通俗易懂,又具娱乐性。有很多歌在日常劳作间即兴吟唱,内容丰富,以借喻手法一语双关。如:"初初来到半途时,看见渔公改(这里)闸鱼;鱼仔鱼孙都去了,还无落泊到几时?"

阳江地方话的"鱼"与"儿"同音,借指老渔公是孤寡单身,命运愁苦,歌中的"落泊",同样是使用双关修辞手法,借退潮时放落箔网来寓渔公的穷困失意,无依无靠。这反映了以前渔民的生存状况。

咸水歌以海为深刻内涵,以渔为人物形象,运用优秀的原生态音乐曲调和群众喜闻乐见的"唱""叹"表现手法,表达渔民的现实生活、思想感情与理想追求,具有强烈的艺术感染力。

原生态创作　地方特色鲜明

阳江咸水歌是原生态的歌词,原生态的音乐,用自由的节奏、优美的韵律唱出新生活的喜悦。歌词情感丰富,诙谐词句让人听来顿生忧戚。比如,希望通过自己的辛勤劳动,让孩子挣脱苦海的:"捉鱼养得孩儿大,白白嫩嫩去读书。"充满了疍家对后代寄予的厚望。

"二叔公,去摸涌,摸扣(只)大虾公,虾头虾尾送烧酒,虾肉包饭燶(焦)。"这首咸水歌节奏欢快,形象生动。

"果摆开身,鱼虾大汛,赤鱼匝网,劏猪酬神。""膝头到地未算数,额头到地谢爹妈功劳。"这些随口而成的咸水歌,通过唱人唱物唱事,一幅幅渔家生活图景尽在歌中。

"新抱仔(新媳妇),摇大橹。吃过煎糍,大个肚。明年生贵仔,请我吃酸姜。"歌中阳江特色非常明显。

"众人哩,渔歌口唱手飞梭,港口渔村全是歌。三舨(小船板船)七艕装不下，借来岸上万千箩。呀哩。"这首新时期传唱的咸水歌，表现出渔民翻身做主人，边织网边歌唱的愉悦心情。

"家兄呀！一对石立鸳鸯哩，雨打风吹平平稳稳呀！海龙王女儿哩，女儿嫁偓渔民呀！家兄呀！珍珠湾景区哩，半月形一湾水呀！……家兄呀！望海凉亭哩，看葛洲帆影呀！"

"鱼米之乡海陵岛，旅游发展大前途。陵山坡港景如裁，欢迎游客八方来。山清水秀景芳幽，碧海银滩恋客游。改革迎来百业兴，南国骊珠分外明。景区日渐展新容，明朝陵岛杜鹃红。名山秀水绘绵图，陵岛明天更美好。"

这两首是歌唱东平和闸坡景点的咸水歌，其调子轻柔，旋律委婉跌宕，节奏富于变化，情感处理细腻且奔放豪迈。

年已五旬的东平镇先锋支部书记、渔委会主任黄允权，以前是出海渔民。他说，1974年以前，木帆船是阳江渔民捕鱼和海上交通的主要工具。船上一切工序全靠手工操作，集体劳动异常繁重。一些工序要喊号子以统一行动，调节情绪，于是形成了丰富的渔家号子。这些号子粗犷豪爽，在风格上有着鲜明的个性及地方特色。

李代文说，阳江咸水歌多是即兴创作，以口语、俗语入歌，地方色彩浓厚，以海为内容，以海为形象，运用比兴叹唱的手法，以原生态的音乐调子以及民众喜闻乐见的表现形式，表达了渔家的现实生活、

阳江咸水歌保护传承和发展研讨会

思想感情和追求，是一项颇具阳江地方特色的民间传统艺术。

唱响渔歌记住这份乡愁

流传已久的咸水歌，散发浓郁的乡情乡音和民间艺术气息，是渔民聪明智慧的结晶，是弥足珍贵的文化遗产。记者了解到，20世纪50年代到80年代，以闸坡、沙扒为代表的深海咸水歌和以东平、溪头为代表的浅海咸水歌都发展得很好。曾经传出"筛米筛出巷"的故事——在家筛米的渔家妇女，听到悠扬动听的咸水歌声，竟然端着米筛走出了家门，白花花的稻米不知不觉中从门口一路撒到巷子里。由此可见，阳江沿海地区民众醉心于咸水歌到了何等程度。究其原因，是因为阳江咸水歌通俗易懂，是普罗大众喜闻乐见的情感表达形式。

咸水歌反映的是一个地方的民俗文化底蕴，是拉动民间文化发展的一根弦。进入21世纪，在外来文化的冲击下，加上咸水歌本身的一些局限性，咸水歌的生态发生了很大的变化，目前处于濒危的边缘。具体表现在，阳江几大渔港目前虽有人在唱咸水歌，但人数不多，且年龄多在50岁以上。

面对这种情况，政府有关方面也采取了一些保护措施，如在每年的南海（阳江）开渔节等节庆，安排了咸水歌的表演节目。咸水歌研究者认为，这还不够，期待有更多新办法。

据记者了解，最近几年，东平老百姓在婚嫁、入伙等喜庆日子，群众普遍喜欢请咸水歌手前来唱咸水歌，增加喜庆气氛，已形成了一种文化氛围。东平镇咸水歌小舞台和镇综合文化站，每周组织两晚演唱咸水歌，听咸水歌的观众十分踊跃。这种原生态咸水歌，也吸引了不少外地游客围观，认为阳江咸水歌很优美，很有特色。

最近，东平镇老年人协会成立了咸水歌队，将喜欢唱和创作咸水歌的老渔民蔡奋和梁生等组织起来，开展咸水歌传唱活动。研讨会上，今年已84岁的梁生老人说，他是香港油麻地人，抗战时香港沦陷，父母带着全家驾着小艇从海上九死一生来到东平。新中国成立后，人民政府照顾疍家人，将他送到民族学院读音乐专业。"我在东平生活了数十年，阳江咸水歌曲调优美、表现力丰富，是我国民间音乐中的瑰宝。我要利用自己的专业优势，创作更多的咸水歌。"他说。

东平的杨爱和闸坡的李小英等咸水歌手，通过到北京、香港和澳门等地参加全国性或地区性咸水歌表演和比赛，提高了咸水歌演唱水平。

市文化广电旅游体育局负责本市非遗项目申报工作的汪柳妮说，"广东民间歌王"、原省级咸水歌传承人陈昌庆去年 12 月因病去世，现在"阳江咸水歌"项目正在申报杨爱为省级咸水歌传承人。

据了解，阳江市滨海旅游文化协会渔歌队和东平镇老年人协会咸水歌队已多次到闸坡和东平的小学，给学生教唱咸水歌，让咸水歌进校园，从娃娃学起。

如何更好地保护传承和发展阳江咸水歌？祖父和父亲均是渔民、对阳江咸水歌很有研究的闸坡资深文化人杨计文认为，原来声情并茂很有名的闸坡《叹哥卿》，目前已没有几人会唱了，这是一个危险的信号。传承弘扬阳江咸水歌，需要政府的大力扶持和投入。他说，咸水歌是阳江文化瑰宝，应该真正将之重视起来。他建议，各地文化部门要像阳东区那样，组织懂咸水歌的人深入民间挖掘和收集整理包括创作咸水歌。文化教育部门要组织人手，邀请懂咸水歌的人，选择一些品位高、有美感、学生易于接受的咸水歌，编成《阳江咸水歌》乡土教材，供应中小学校，还可以编写《阳江山歌》等乡土教材。希望通过这些举措，让优美的阳江民歌在孩子心里从小扎下根。

此外，各级政府要重视和大力扶持这项工作，有计划地组织本地区文艺工作者，深入渔港渔村，创作具有新时代特征的戏剧曲艺渔歌作品，投入经费排练演出；还可以运用流行音乐元素进行改编、创作和演绎，创作"阳江流行咸水歌"，使其更容易受到社会大众的欢迎和年轻人的喜爱。旅游部门可以把"阳江咸水歌"做成响当当的品牌，在市内外景区进行演出和推广。"培养一批传承人对阳江咸水歌的发展很重要。"杨计文说。

会上，还有人提出，阳江咸水歌的保护传承和发展，关键要从表演程式、手法、腔调和节奏上进行变革，歌词要注入新的时代内涵。这些都需要多参加国外国内赛事或演出活动，在交流中不断提升。

　　"做好阳江咸水歌的保护传承和发展工作，唱响这渔歌，作为阳江人，不管你走到哪里，都能记住家乡，记住乡愁！"杨计文说。

2019 年 2 月 22 日

山歌好比春江水

——传承阳江山歌的故事

"身体健康最值钱，人人责任在身边。娱乐聚餐要避免，用心守护好家园。"

"勤洗手来室通风，用心守护好家园。出门记得戴口罩，预防病毒互相传。"

连日来，在"广东省山歌之乡"阳西县，一个个山歌手通过微信，以《众志成城战"疫"情》为题，争相对唱阳江山歌。一首首婉转嘹亮的山歌，为打赢疫情防控阻击战起到了鼓舞人心的作用。

阳江山歌源远流长，底蕴深厚，是老祖宗留给我们的独特文化，保护传承和弘扬好传统文化，对于增强文化自信、建设阳江海丝文化名城有着深远的历史意义和现实意义。

阳江市区山歌手在公园唱山歌

记者在采访中了解到，阳西县和阳江高新区由于有带头人，群众性的山歌活动气氛活跃，走在了全市的前头，这对于阳江山歌的传承发展，起到了推动作用。

平冈放叔，一个"发烧友级"山歌艺人

去年年底，在高新区平冈镇文化中心，一场阳江山歌演唱会，被观众围了个"里三层外三层"。一名多次上台变换多种角色的男演员表演特别出色，无论是对唱，还是现场驳歌仔，常常引得观众一浪又一浪的喝彩声和笑声。待这位男主角脱装下场，想不到他竟是一个 70 岁的老汉，名字叫作林解放。

在平冈，人们很喜欢听他唱阳江山歌。"听放叔唱山歌是一种别样的享受，因为他唱的都是发生在我们身边的事，歌颂真善美。"台下观众这样说。

放叔是阳江山歌的超级发烧友。他乐呵呵地说，其所唱的山歌，所表演的小品，大部分都是他自己创作的。林解放出生于平冈镇石柱村一户贫苦家庭，只读过小学一年级便回家耕田了。"那时我连住的地方都没有，好心的林允伯

林解放（左）在平冈和年轻山歌手对唱山歌

伯是村里的粮仓管理员，便邀我晚上和他一起睡在粮仓。"林解放回忆道，那时候，无论在田间地头，还是村头巷尾，都能听到人们在唱阳江山歌。想不到，林允伯伯也是山歌高手，会唱《自由女》《珍珍姐》等著名阳江山歌。林解放便跟着林允学唱阳江山歌，觉得蛮有意思。

后来，林解放在平冈圩、海陵岛、上洋和阳江城中山公园等地，每次看到人们在唱山歌，他就凑过去和人家对歌。由于是新手，缺乏经验，常常败给对手。"那时中山公园每天都有人集在一起唱阳江山歌，因此我经常从平冈步行两三个小时过来跟人学。"林解放说，其时埠场没有桥，需要过

横水渡。有次，不知何故，渡船没人开，自己心一急，竟然游过河去。

那段时间，中山公园浓郁的山歌文化氛围，公园墙上的民歌榜，以及街头售卖的各种阳江山歌油印小册子等等，无不深深地吸引了林解放，让他一发不可收拾。

1963 年的一天，林解放到平岗农场干活，看到一位漂亮的青年女子正在水沟边看一群鸭，年少的他随口而唱："见娇美貌话柔柔，做乜成都看鸭头？有心看鸭无心喂，个个成都水订钩（阳江话，意为鸭瘦）。"谁知，青年女子随即反击他："白日天光想塑油（阳江话，占便宜之意），规都全世未陈修。无信买个试一试，吃都保证有回头。"青年女子

林解放有时晚上到市区北山公园教人唱阳江山歌

的反击更增添了他的创作欲望，两人就此驳起了歌仔，随后创作了一首《看鸭妹》。

从那以后，林解放跑了阳江很多地方，他谦虚好学，不耻下问，为了挖掘、掌握、传承阳江山歌的说唱方式方法，为得到更多散落民间的说唱唱本，多次到各地寻找、拜访民间说唱老艺人，拜前辈为师。经过多年磨炼和生活积累，他学会了阳江山歌的花笺调、堂枚调、驶牛调、吟诗调等 10 余种歌调，以及不同歌调不同的旋律和表现手法，创作了 1000 多首山歌。多年来，林解放凭自己的聪明才智和对阳江山歌的爱好，积极参加了一系列用阳江山歌宣传禁赌禁毒、时代发展、和谐社会、勤劳致富等文艺活动，深受上级领导和群众的好评。节假日期间，他还领着一班山歌手到平冈数十多个村去演出。

如今，每逢周二到周四晚上，林解放在高新区教人学唱阳江山歌。周一和周五晚上，林解放会驾着摩托车到市区北山公园教一班爱好者学唱阳江山歌。那天晚上 8 时，教唱活动开始，记者在北山公园看到，20 多名穿

着统一红色裙装的中青年
女性跟着学唱他创作的
《今日老人》："手机用来
播新闻，穷人今日断穷根。
党的政策真是好，果实越
老越欢欣。吃水不忘挖井
人，山歌越唱越欢欣。而
今关照我农民，代代儿孙
报党恩……"

林解放唱阳江山歌时还有乐队和伴舞

　　曾少兰女士和林建红女士接受了记者的采访，她们说自从跟放叔学唱山歌以后，觉得阳江山歌既有哲理性，也很生活化，还能传承阳江传统文化，结识各行各业的姐妹，确实增加了不少乐趣。

　　为了更好地推广阳江山歌，去年底，高新区山歌曲艺协会成立了。在揭牌仪式上，被大家推选为会长的林解放，高兴得像个小孩，一会儿使劲敲鼓，一会儿用力舞狮，接着又和两名6岁儿童一起用"驶牛调"和"花笺调"唱起了"月亮光光照竹坡，鸡姆耙田蛤唱歌……"等阳江儿歌；林解放与一名女歌手对唱的阳江山歌小品《恩爱夫妻》，讲述了一对夫妻一起创造幸福新

风趣的山歌一次次将台下观众逗乐了

生活的故事，那风趣而富有教育意义的唱词一次次将台下观众逗乐，彰显了阳江山歌的魅力。

全力培育接班人的谭闰瑜和谢计平

　　年已六旬的谭闰瑜和谢计平，分别是阳西县山歌协会正、副会长。他们与林解放一样，都有一段刻骨铭心的学唱山歌和创作山歌的故事；他们也有一个共同心愿，就是要尽全力让阳江山歌世代相传。

　　应该说，正是在以谭闰瑜和谢计平为首的阳西县山歌协会班子的推动下，

谭闰瑜（左）和谢计平在对唱阳江山歌

阳西县在推广普及阳江山歌方面，做了很多扎实的工作，保持着阳西群众性山歌坚实的基础和良好的氛围。

　　原阳东县文联主席李代文长期从事阳江山歌的收集和研究工作，他回忆说，他在 1998 年中秋前夕，到阳西观摩该县第九届"庆国庆，贺中秋山歌擂台赛"时，就见证了阳西的山歌氛围——现场竟然有 8000 余群众在围看山歌擂台。

　　那一次，著名山歌手谭闰瑜担任擂台主，攻擂者要攻破第一关再攻第二关，破第二关，才能与擂主对歌。擂台主持是位老文化站长，他以山歌调做主持："各位观众，细看真，今届攻擂 30 人，还请大家守纪律，赛歌娱我又娱君……"只见他引腔一首山歌，攻守双方围绕该主题展开对唱。第一位攻擂的是青年谭轩，他轻松攻破了第一关。坐镇第二关是山歌手谢计平，他沉着地以《洪水无情人有情》出歌："中华民族多豪英，洪水无情人有情，全国军民征恶浪，严防死守汉阳城。"谭轩应唱："最大功劳子弟兵，严防死守汉阳城，长江飞出冲锋艇，救都群众保安宁。"……两人你来我往，未分胜负。唱歌的精神抖擞，听歌的如醉如痴。谢计平会写能唱，

多次参加擂台赛，经验丰富；谭轩首次参加擂台赛，临场经验少，虽然未能直逼擂台主，但博得了观众雷鸣般的掌声。擂台赛气氛热烈，高潮迭起，所唱山歌内容十分丰富，有造林绿化、法律法规、科技兴农、交通安全……包罗了社会生活的方方面面，让群众在娱乐中受到启发，得到教育。

谭闰瑜说，时至今日，阳西的山歌擂台赛依然十分活跃，每场观众基本超过万人。同时，县山歌协会积极开展进乡镇、进企业、进社区等演出，这么多年一直坚持着，最近每年表演都超过 100 场。

如今，每当有人或单位请谭闰瑜去唱山歌，他总是有求必应。他提供的多个演唱视频显示，他的山歌活动日程排得很满，民间婚嫁，他大唱"打堂枚"；单位团体搞喜庆活动，他的"驶牛调""花笺调"相继出场，赢得满堂喝彩。遇见想学山歌的人，谭闰瑜更是倾囊相授，带出了韦大妹、叶海旋、戴杏柳、谭轩等一批弟子。他还深入研究山歌的入题、落韵、对比、双关等创作技巧，写出《山歌创作大纲》《山歌韵律》等文章。他和谢计平等一起在阳西县文化馆开设了山歌培训班，免费教群众唱山歌，不断培养壮大山歌队伍。

谭闰瑜认为，要让山歌文化生生不息，首先是培养传承人，其中开展"山歌进校园"活动，从少年儿童抓起，培养山歌传承的储备力量是重要的一着。去年年底，谭闰瑜与阳西县文化馆工作人员一起来到织篢镇中心小学长歧教学

谭闰瑜走进校园教小朋友唱阳江山歌

点，为那里的 50 多名小学生上课教唱阳江山歌。记者在现场看到，在谭闰瑜的调教下，这些小学生齐声用乡音唱起了"月亮里头一粒珠，送妹过河去读书，读了三年无个字，读了四年无本书，亏都白米喂猫儿"等阳江传统山歌。这些山歌琅琅上口，富含哲理，且很有趣，易学易记。"更重要的

是，在学习传统山歌的同时，用山歌警示小学生要爱惜光阴，学好文化课。"长歧教学点的负责人说。据悉，去年，谭闰瑜已在阳西12家学校教唱阳江山歌，受到师生好评。

传承阳江山歌，需要多方合力

早些年，著名民俗学者、阳江老文化人冯峥和吴邦忠花大力气收集整理阳江山歌，出版了《阳江山歌选》《阳江民谭》等书籍。但近年来，受外来文化冲击，随着一些喜爱山歌的老一辈人离世，农历初一、十五日形成的市区北山公园民间山歌日，参加人数逐年减少，江城和阳东一些乡镇唱山歌的人也明显少了。在一些地方，阳江山歌逐渐走向濒危的边缘，急需采取有效措施进行抢救和保护。

市政协委员、广东两阳中学高级老师林良富对此感触很深。6年前的一天，他在市区华侨新村观看晚会时，看到著名艺人曾宪忠将时事政策邻里关系等用"阳江白榄"表演出来，很受群众欢迎，便萌生了拜师学艺念头。后来，林良富跟曾宪忠跑了三四场，经老艺人指导，渐渐领悟了其中要领，自己也不断创新，创作了《阿福今昔》《创文齐参与》《共创卫生城市》等20首富有思想性的"阳江白榄"，通过在街道、学校演出，也开始获得观众的掌声与赞赏。渐渐地，他又创作了一些反映生活变化的作品，随市委宣传部和市文联组织的文艺团队下乡巡演，用群众喜闻乐见的方式，宣传党的方针政策，引起了轰动。

"阳江白榄老艺人曾宪忠去年4月去世，需要有后起之秀。"李代文说。

"在广西贺州旅游时，看到当地那些漂亮的导游女孩子，几乎每人都会唱悦耳的贺州山歌，这对于宣传当地旅游和传承当地文化都起着很好的作用。而阳江在这方面是块空白，的确需要改变。"林良富说，贺州市将会唱贺州山歌作为导游的一项技能，由政府出资培训的做法，值得我们学习借鉴。

事实上，为了传承阳江山歌，阳东福兴园董事长林元福在福兴园为阳江山歌学会提供了办公用房和创作基地，并多次出资支持阳江山歌比赛。

"阳江好人"刘再全也默默地为阳江山歌赛事提供过资金支持。去年年底，在有 60 名学员参加的阳西山歌培训班上，阳西县源河房地产开发有限公司董事长袁乾坤表示出资支持普及阳江山歌，希望以老带新，让新一代歌手立品、立德、立志，不唱低俗、粗俗山歌，进一步把阳江山歌引向更高雅、更正能量、更具文化内涵的方向。袁乾坤承诺，凡是阳西籍或在阳西工作、学习、生活，且年龄在 40 岁以下山歌爱好者，顺利通过《劝世文》第一阶段传唱者，奖励 3000 元；顺利通过第二阶段（整首歌）传唱者，奖励 45000 元。

林解放表示，我要借高新区山歌曲艺协会成立之机，从幼儿园教起，培养山歌新秀，扶持山歌事业的发展，将阳江山歌发扬光大。

"目前首要的任务是，发现对山歌文化有了解、感兴趣并愿意投身其中，可以坚持学习的年轻人，加以培养，才能继承和发扬我们的山歌文化。"谢计平说，只要掌握了山歌韵律和其中要领，即使不识字的人也会唱阳江山歌，这就是其魅力之所在。

"希望文化部门开设免费培训班，让我们有地方进行学习。"采访中，江城区和阳东区一些想学山歌的青年向记者表达了这个愿望。

林良富认为，高水平的山歌对唱、比赛将会吸引更多的群众参与进来。他建议，结合时代、生活、群众的需求，将小品、舞台表演等元素融入进去，同时组织一批有音乐素养的词曲作者进行山歌深层次的加工改进、创新，从而创作出让现代人更喜欢的作品，才会让阳江山歌从平民歌台走上大众舞台。

2020 年 2 月 28 日

风雨不改　戏迷情深

——"阳江好人"刘再全出资支持传承粤剧的故事

　　在阳江市区，有这样一帮粤剧"发烧友"，他们常聚一起奏乐唱粤曲，在其乐融融中尽享粤韵带来的无穷乐趣。而且，他们还把这种欢乐带到偏远农村，让那里的村民也能感受到粤剧的无穷魅力。

　　这群"发烧友"为何爱好粤剧？是什么让他们相聚一起？记者带着这些疑问，经和粤剧"发烧友"们几个月的"亲密接触"，探知到一些隐藏在他们背后的感人故事，而这故事背后，是他们对传统粤剧长期的热爱、追求和传承。

粤剧进公园入社区

　　改革开放后，"私伙局"在阳江遍地开花形势喜人，但其活动场地，至20世纪90年代末还仅限于居室庭院。2001年春节前的某天晚上，市区金鸡桥头江边忽然鼓乐齐鸣粤韵声声，原来是一群粤曲"发烧友"在此"开局"。美妙的粤韵吸引了不少市民驻足观赏。

　　原来，"发烧友"余礼照觉得在家娱乐空间太小，于是约好友，提着锣鼓乐器"开进"金鸡桥头旁的"露天舞台"。头晚"亮相"便收到很好的效果，一首婉转悠扬的开场曲《花田错会》后，"歌手"轮番上场，气氛热烈，观众因此越聚越多，阵阵粤韵，让在场观众收获了无限的欢乐。

散场时，观众提出希望演出能再次进行。自此，余礼照将队伍取名为"群艺曲艺团"，定期在金鸡桥头开展曲艺活动，既增人气，又活跃了群众的文化生活。

众多听曲观众中，有位60多岁的观众每听到精彩处，总会带头鼓掌，并连声叫好。这名观众有时也会掏钱作"利是"，奖给唱得好的艺员。这名热心观众叫刘再全，在2002年春节，他拿出2000元支持"群艺曲艺团"开展新春曲艺活动。望着社区街坊满心欢喜地欣赏曲艺，刘再全觉得自己做了一件好事。

后来，余礼照病逝，"群艺曲艺团"面临散伙。这时，刘再全站出来，拿出资金，全力扶持"群艺"。2003年底，随着看戏街坊的增多，金鸡桥头场地已无法满足需要。刘再全和艺员协商，自己出资，在市区北山公园南门右侧以月租300的租金租来一个场地，又拿出7000元将场地搭建成一个能遮阳挡雨的戏台。有了固定戏台，刘再全招来一批赋闲乐手，同时将"群艺曲艺团"改名为"金声曲艺团"。为方便群众看戏，刘再全购进一批凳椅，全部免费供给前来看戏的街坊。刘再全后来拿出数千元为团里添置戏服、乐器和道具等。于是，在北山公园，每逢周三周日晚，艺员免费为街坊演出，公园的丝竹之声，艺员的倾情表演，在街坊中大受欢迎。

市区街坊看戏方便了，乡下村民怎么办？2004年始，刘再全再掏钱，带队前往闸坡、阳西、阳春等乡下，免费为村民演出，同时和当地曲艺团切磋技艺。2009年，因城市建设需要，"金声曲艺团"撤出北山公园，将演出场地移到艺员家。同时，每年还抽时间下乡义演，将戏送到村民家门口。今年春节后，刘再全以每月900元在旧城区原工人文化宫租来一处60平方米的演出场所，同时又出资购买空调，购置新戏服、新乐器。团里增加不少新人，形成了逢周三周五晚一起唱戏的模式。

最近，刘再全率团到江城区埠场镇扒沙村连续两晚为群众义演，受到当地村民欢迎。村民梁伯说，能在家门口听到悠长的粤韵，自己真的很开心。在雷山村演出时，还有不少村民爬树观看。

粤剧让他们相聚

刘再全说，我们团 30 多人怀有一份共同的情缘：热爱粤剧、热爱曲艺。因此，坚持唱粤剧这么久。一位退休多年的谭大姐说，她唱曲几十年，20 世纪 80 年代初起，自己也曾与几位戏友每周借朋友的客厅"开局"。后来加入金声曲艺团，每周三、五晚都到团里和大家一起唱戏。"大家都说我比实际年龄年轻，其实是长期坚持唱戏的结果。因为唱戏后，身体得到了极大的放松，浑身很舒服，大家一起又玩得很开心！"谭大姐说，这都得归功于常年坚持唱戏。

黄达妹，阳西上洋人，现是一家药店的服务生。她说，2002 年的一天晚上，自己在金鸡桥头看金声曲艺团演出的《帝花女》后，深深爱上粤曲。此后，她一直追随曲艺团的演出。2005 年，黄达妹加入金声曲艺团，正式学唱戏。在老艺员的帮助下，她从化妆学起，到舞台艺术风范、对唱，舞台上的一招一式，她都学得很认真。后来，又认真向苏春梅、黄少梅、郭凤女、李敏华等粤剧名家学习，收获满满。她目前是团里花旦，她的演出受到大家的称赞。最近，黄达妹随团到闸坡慰问演出时，出演粤剧折子戏《胡笳十八拍》中的花旦，戏服鲜艳，唱腔优美，舞台上的一招一式落落大方，获得了热烈的掌声。

莫建雄，江城人，到海南当过知青，原从事制鞋业。喜爱音乐的他现是团里的"八架头"之一——萨克斯手。作为团里的乐手，每次演出，他都认真做好乐器的调试和准备工作。他说，成功的演出需要好的配乐，配乐不好，会直接影响演员演出时的发挥。

茹快，从市建安公司退休后，重拾青年时期粤剧梦，经常和一帮"发烧友"研讨粤剧。经不懈努力，他发现，自己的粤曲演唱水平从 2010 起有了质的提高。因此，加入金声曲艺团后，每周三、五他都风雨无阻到团里唱戏。送戏下乡，更是主动要求参加。提起粤曲，他开心地说："家乡浓厚的文化氛围培养了一批粤剧爱好者。"

传承粤剧需要更多热心人

近日，记者走进市区原工人文化宫的一间挂着"阳江市金声粤剧曲艺团"牌子的房子，发现外面虽是大热天，屋内却因有空调十分凉爽。细看，屋里乐器一应俱全，几位乐师在伴奏，一群粤剧爱好者轮唱粤曲，而刘再全正忙着为大家泡茶。刘再全自己是粤曲"发烧友"，这么多年来，一直自己掏钱支持喜欢唱粤曲的"发烧友"。

"我是冲着全叔全力支持阳江粤剧发展的这种热心而来的。"粤剧科班人士刘和建说。

刘和建老师唱粤剧几十年，能弹能唱，腔圆端正。目前在金声团做指导。他说，金声团房租水电费等每月需1500元，全由刘再全出。更感人的是，他不但拿钱支持本团发展，从今年始，还为闸坡曲艺团支付每月400元的房租。这些，让我们深深感受到，传统粤剧如果想要传承下去，需更多刘再全式的热心人。

因共同爱好而相聚，队伍里年纪最长的是80多岁的伯公，本担心晚年生活孤单，但却在团里找到了快乐和活力，"我每周要唱两首曲子，拿手的是《越国骊歌》，在这里很开心。"伯公说，曲艺团是他们共有的欢乐时光。

茹快说："粤剧在广东有着悠久的传统，老一辈都是听着粤剧长大的，如今有一个平台供大家聚在一起唱曲，难得可贵。"

"参加曲艺团是我们自己的爱好，能为传承传统文化做力所能及的事，我很高兴。粤剧现面临衰落、失传的境况，要挽救粤剧，让其传承下去，需要大家的共同努力。"刘再全说。

2015 年 7 月 23 日

2015年9月1日,刘再全(左二)和团艺员一起举行曲艺晚会,纪念中国人民抗日战争胜利70周年

2021年1月17日,阳江市诗联两会向刘再全(右二)颁发奖牌,表彰他长期以来对阳江文化事业的大力支持

Chapter 3

乡 间 纪 事

· · ·

果 然 风 景 不 寻 常

渐行渐远的麻汕疍家人

在漠阳江下游东岸，上距双捷 7 公里，下距鱿鱼头 10 公里，有一个地方叫麻汕圩。圩的南边临漠阳江，圩的西边临麻汕边埇，边埇发源于红五月农场，流经岗表、麻汕后，在麻汕圩西边汇入漠阳江。在麻汕圩西边汇入漠阳江这一段的边埇，河阔水深，当地人称之为佛子庙（河名），也称埇子口。

这一带，还有桥头河（当地人也称塘仔）与边埇相连，水网密布，河岔众多，水流平缓，水生态饵料很多，水温、气候等十分适合鱼类生长，在清初就形成了一个天然渔场，野生鲤鱼、生鱼、白鳝、黄鳝、鲶鱼等鱼类达数十种之多。

清朝后期，麻汕圩从石漩圩搬迁过来后，特别是 1908 年清政府在麻汕圩设立阳江县第八区政府和三麻乡政府后，麻汕圩的地位得到加强，凭借着便捷的水上交通优势，又是往返阳江城和阳春城商船的补给地和休息地，麻汕圩的工商业和教育文化比较发达，聚集了一定的人口消费能力。从那时起，阳江、阳春一些疍家人（渔民）开始陆续前往麻汕一带以打鱼为生。

新中国成立后，阳江、阳春来的疍家人有五六十艘渔船云集麻汕，成为当年麻汕一大景观。穿着疍家衫和戴疍家帽的疍家人涌入后，与当地的群众和睦相处，共同促进了麻汕的繁荣，使麻汕圩成为阳江县在 1953～1997 年没有镇建制而很有影响力的圩镇。

20世纪70年代，疍家人一般在麻汕的佛子庙、塘仔、屋背埇、秀湾（均为河名）等处打鱼和生活。每天清晨是疍家人最忙碌的时候，他们下完网后，便在各自的渔船上敲起了有节奏的木鼓，那"砰砰嘭嘭"之声，随着渔船的不断移动，致使大量的鱼儿受到了惊吓，往网上乱蹿。这一招，疍家人屡试不爽，起网收获的野生鲤鱼、镰刀鱼、鲫鱼等往往装满了船舱。令人惊奇的是，疍家人常常在河里捕得七八十斤重的鲤鱼、鲩鱼等，有时还从河里打到从南海通过漠阳江游上来的肥美黄鱼等海鱼。拿到圩上卖，这些鱼能卖到很好的价钱。

在这一带捕鱼的疍家人多为杨姓，他们中有人的名字叫"计实""火稳"，这两人的名字除了用阳江话解读颇有意思外，他俩的打鱼技术水平也很高。据说，他们在船上有时能感觉到水下有鱼游过，两人"扑嗵"一声跳入水中，出水时双手都抓了鱼上来，成为捕鱼绝活。另有一位40岁出头被称为"伢仔"的渔民，为人憨厚，卖鱼时，他总是以较低的价格卖出。因而人们很是喜欢事先跟他订购鱼。这样，"伢仔"打的鱼基本上不用拿到圩上卖。1976年5月，漠阳江发大水，"伢仔"在江上打鱼时捡到一只木箱，里面装有一些衣服，他把木箱带回大船（疍家居住用的船），叫老婆洗净晒干待失主来认领。然而一些好事之人却添油加醋说"伢仔"拾到了一箱黄金。此事当年在麻汕一度闹得沸沸扬扬。若干天后，不知从哪儿来了几位民兵（不是麻汕的），在未出示证件和搜查证的情况下，竟上船搜查，老实巴交的"伢仔"夫妇却一点也不见外，让他们检查，结果一无所获。

这些疍家人很团结。每年台风季节，逢有台风来临前，疍家人都动员起来，将全部的船只驶入桥头河一带避风，青壮年都要上岸打些大桩，然后用大绳将船只缆住。

计划经济年代的疍家人待遇还是蛮高的，他们跟城市居民一样，是"有米簿"的人，拿着"米簿"到粮所买每斤一角四分二的牌价米，令那个时代缺衣少食的农村人羡慕得很。没打鱼时，或是傍晚时分，疍家人会在船上唱一些婉转动听，但岸上人一般都听不懂的"疍家咸水歌"，那动听的歌声犹如一幅十分美丽的"渔歌唱晚"图景。

到 20 世纪 80 年代末，由于漠阳江水位逐年下降，鱼资源减少，很多疍家人已陆续离开麻汕，前往江城和春城求发展去了。目前只有少数三四户疍家人依旧"留守"在麻汕。

有人说，漠阳江疍家是阳江市疍家的鼻祖，阳江疍家又在广东省的疍家中占有很重要的位置。与从前不同的是，现在疍家年轻一代的穿着已经很光鲜了，走在岸上，如果不认识，你很难分辨出他们是疍家人。以前的木鼓、疍家帽和疍家衫已经没有了。过去的木渔船已装上了小轮机，麻汕的河埇今天没鱼可打了，"留守"的疍家人也把打鱼的"战场"改在了漠阳江的麻汕圩下至鱿鱼头上至双捷圩之间。

采访结束时，"伢仔"希望通过《阳江日报》向已离开麻汕的昔日疍家兄弟姐妹们问候一声："你们在江城和春城生活得还好吗？"

2004 年 6 月

疍家人在漠阳江麻汕段上生活

那远去的街渡

那次，我到香港旅游，在前往长洲的时候，乘坐了一种小型渡轮，香港人称之为"街渡"。一听闻"街渡"，我顿时觉得是那样的亲切。在香港，听说有 70 多条固定的街渡路线，主要提供水上客运服务，常见于长洲、大屿山、坪洲、南丫岛及其他离岛等交通不便的地区，由香港特区政府运输署发牌及监管。而在香港仔避风塘，提供连接香港仔及鸭脷洲的街渡服务是使用传统舢板式的"街渡"，吸引不少外地游客乘坐。

当年通过漠阳江往返阳江城的麻汕"街渡"。站在"街渡"看漠阳江两岸风景，别有一番情趣

与香港同名的是，阳江以前也有"街渡"，而且历史悠久。2000 版《阳江县志》第 440 页载，阳江的"街渡"在明末已经存在，"街渡在（阳江）城外十二街（今太傅路）漠阳江边往返附近十余圩镇。"只不过那时使用的是木帆船，有人甚至认为，"街渡"这名称就是从阳江传到香港去的，因为那时阳江有很多渡船经常往返香港，来去很自由，买了船票上船就行，

不像今天这样要办通行证件。为什么将渡船称为"街渡"？阳江对此有研究人士的说法是，凡使用"街渡"的地方，离阳江城都很近，比如对岸、司朗、大朗、新朗、麻汕、漩洲、南埠、阮东、双捷等地，都有"街渡"往返阳江城。正因为交通方便，距离又近，人们都称去阳江城为"出街"或叫"去街"，所乘的渡船就被称为"街渡"了。"街渡"设在这些乡镇的河道固定落点上，定期定时停泊和开航，方便农村、集镇与阳江城之间的人货运输，在阳江城的河堤停泊，方便人货的上落。

这其中的麻汕，是阳江"街渡"最多的地方，通过漠阳江往返阳江城。20 世纪八九十年代，麻汕拥有五六艘的"街渡"，并且都装上了小轮机，速度较快，取代了使用多年的人力风帆木船，红极一时，为当地群众进出阳江城、搞活市场流通立下过汗马功劳。当地人至今仍然称到阳江城为"出街"或"去街"。

那时候，上述乡镇除了每天有"街渡"往返阳江城外，每逢各地（如双捷、麻汕等地）圩期，许多水乡群众带着本乡的土特产品、山货等，也搭乘"街渡"赶圩集市，"街渡"往返最多时有二三十艘，人货两旺，促进物资交流。这些"街渡"既解决了水乡群众的出行难，又活跃了当地村、镇经济的发展，对促进城乡经济繁荣起到积极的作用。

在我很小的时候，就经常跟随母亲乘坐"街渡"从麻汕乡下来往阳江城。记得那时每天清晨，有很多人拖男带女，肩挑着货物或礼物，穿上漂亮的衣服赶到麻汕圩码头搭乘"街渡""去街"。"街渡"最繁忙的季节是旧历节日，比如"端午节""七月十四""中秋节"和春节期间，其时搭乘的人数最多。那时没有"春运"，这几大节日的"街渡"堪比今天的"春运"。

有意思的是，家乡那时的"街渡"不管是木帆船，还是机帆船，都有约定俗成的声音。每天清晨，各艘"街渡"上都有一名长得像水手模样的掌舵人在船尾手持海螺，吹起了清脆嘹亮的海螺号。海螺号吹响一遍，告知人们可以上"街渡"；海螺号二次响起，告知上船的人们坐好；海螺号吹响第三次以后，大家都知道"街渡"要起航了。下午 3 时左右，每当听到海螺号那"嘟—嘟"的声音，四方八水的村民就知道"街渡"从阳江城回来了，一些人因此到码头上接人接物。据说这声音和习俗在家乡存在了百多年。

"街渡"还是人们互通信息的一大窗口。大的"街渡"能载数十人，小的也能载20多人，搭乘"街渡"的人来自各村各地。在乘坐"街渡"的时间里，船舱成了信息交流站，哪个地方的商情如何？收成好不好？东家的芝麻、西家的绿豆，以至生活上的甜酸苦辣，全部倾泻在"街渡"上。更有一些年轻人站在船头和船舷上，沐浴着江风，看漠阳江两岸，饱览风景，指点江山。阳江"街渡"还是一个讲古仔（故事）的场所，一个长的古仔讲完，"街渡"也到达目的地了。

阳江"街渡"这一颇具地方特色的风情，曾引起了一些民俗专家的研究。令人遗憾的是，2001年冬，漠阳江下游发生了"三洲渡船沉没死18人事件"，根据上级有关加强水上交通安全的要求，出于安全方面的考虑，有关部门此后关闭了往返阳江城的各地"街渡"，开通了通往各圩镇的公共汽车代替阳江"街渡"。"街渡"由此被放进了历史的记忆里。

当年的麻汕"街渡"，船顶上也坐着人

凤凰树下的遐思

6月时节，我在阳东一所中学的操场看到，那里有数棵较大的凤凰树，枝头正开出了一朵朵红彤彤的凤凰花。操场上，几名小孩正在打着篮球。这个极为熟悉的画面，让站在凤凰树下的我引发了无限的遐思。家乡的凤凰树，给童年的我带来过许多许多快乐，那刻骨铭心的往事，一下子涌上心头。

曾几何时，在我就读小学时的麻汕学校，学校大门口阶梯的两旁，分别有两个操场（篮球场）。这两个操场边，有10多棵高20余米高大挺拔的凤凰树。凤凰树枝叶疏密有致，阳光透过叶间缝隙投射到地面，光影灵动，斑斑点点，似无数音符在跃动、流淌，其叶子更像散开的凤凰尾巴。清风吹拂，似一只只凤凰在蓝天飞舞。每到盛夏，火红的凤凰花仿佛在一夜之间便漫天盖地般盛放开来，那一簇簇的花朵，像一只只红色的玛瑙绣球，镶嵌在碧绿如翡翠的凤尾枝叶上，恰似迎风翱翔的火凤凰，煞是好看。一眼望去，那成排延伸的凤凰树，似火的奔流，如花的海浪，别有一番风韵，常常引人驻足流连。

每到红花飞舞时节，为了欣赏这一瑰丽美景，我每天总是早早来到学校，静静地坐在学校大门口阶梯上，细细观察品味这火红炽热的壮观场面。当我仰起头，看那花瓣从半空中飘然落下，我伸出双手，迎接那点点絮红，

156

看着遍地的红色花瓣，听到树上"知了"隐隐的鸣叫声，我感到无限的写意。

每天中午，我和同学们经常在凤凰树下的操场欢快地打起篮球，任凭红花飘落，似在接受"红雨"洗礼。

在那火红的季节，我们学校经常会邀请附近的岗表、漩洲、塘载、新塘等学校的男女篮球队前来举行篮球友谊赛。凤凰树下的两个操场上，同时举行精彩的篮球赛。比赛场上，双方队员的拼抢极为激烈，常常引得万人空巷，观者如云，掌声如雷。在提倡"友谊第一，比赛第二"的年代，球队无论输赢，都会很友好地一律以火红的凤凰花为背景，合影留念。让火炬般的凤凰树，记录校际间的友好往来。

一天，天气预报说阳江这两天将会遭遇一场猛烈的台风，学校放假两天。我问老师："学校那些凤凰树会被吹倒吗？"老师答："凤凰树代表着我们家乡人坚强的品格，不会倒。"

第二天，台风登陆了，看到狂风夹着暴雨将所有的树木吹得呼呼作响，我一直担心学校的凤凰树会不会如老师所言……

隔天，雨过天晴。我急急赶在返校路上，看到路边不少的尤加利树木倒的倒、断的断，一片台风过后的惨状。而学校的那10多棵凤凰树仍挺立在操场边，凤凰花和一些树枝虽然被台风吹走了，而在它那断裂的枝干上，竟冒出了嫩绿的新芽！

看到凤凰树那新生的嫩芽，老师说，凤凰树的根深深扎在大地上，台风只能摧掉它的花和树枝，而不会伤它的身躯！同学们要学习凤凰树抗击强台风雨的精神，克服一切困难，顽强拼搏，扎根于人民中间，扎扎实实把知识学到手。

如今凤凰又落花无数。但不知什么时候、什么原因，我小学时就读学校操场旁的10多棵凤凰树不见了，家乡从此失去了这一颇具魅力的亚热带景观。到如今，乡下再也难寻到凤凰树的踪影了，这无论如何都是一桩遗憾事。

凤凰树曾经给乡下增添了那么多美丽的风采，令人久久不能忘怀。

可喜的是，目前市区多条街道、多个地方，均种下了不少的凤凰树，这给了我不少的慰藉。这两天，我发现市区的凤凰树枝条盛开了许许多多的火炬，如张开臂膀向夏天涌来，伴着缕缕幽香，生机盎然。

2017 年 6 月

站在凤凰树下，这树引出了我无限的遐思

永远的橄榄树

近段时间，阳江各地市场开始售卖一种乌黑的咸菜，阳江人称之为"榄角"。望着散发出清醇甘美独特美味的榄角，让我生出了一种莫名的乡愁。

小时候的乡下，亚热带的地域生长着4棵大橄榄树，其中有两棵长在河边，另两棵生在离河不远的地方，两处相距数百米远。这橄榄树究竟种于何年，我至今不得而知。在我的童年和少年时期，这4棵大橄榄树带给我无尽的欢乐。

具有药用价值的青橄榄果

首先，橄榄树的树冠较大，树叶比较稠密，树下非常凉爽，常常是村人夏天乘凉和聊天的地方，村里的不少消息通过这里传入传出。每当橄榄收获季节，是村人最高兴的时候，大人们在树上将橄榄摘下后，一箩箩的橄榄就在树下分给了村里的各家各户。

将橄榄拿回家后，村人便用柴火烧水，当水烧到七八十度水温时，再将橄榄放入锅里。稍后捞出，装到竹篮或盆子里，全家人用小刀在橄榄半腰位置上绕圆切，然后将一个个橄榄脱核。也有人把细线一头咬在口中，另一头线缚在竹篮上，在橄榄果的半腰位置上缠绕一圈，拉紧细线另一头，细线深深地陷进榄肉里，两手轻轻一拧，榄肉便从果核上脱了出来，整齐地分成了两个"圆锥帽"。然后往一个个的圆锥帽型的榄角里填上细盐，两个手指一捏，把圆锥帽捏扁合拢，层层铺入瓦罐中，便成了腌制好的榄角。这个时候，村前村后弥漫着一种榄角特有的清香味。

如果将水烧开再放橄榄，橄榄肉会熟过头，腌出的榄角会变得太软太烂，并不好吃。有人把水煮沸后将榄煮熟，脱核后把榄肉捣烂如泥，加盐和香料等腌制后，可做成可口的"橄榄酱"。用这酱料清蒸罗非鱼，口感清香不油腻，十分爽口。

腌制榄角的过程，比较辛苦和麻烦，因为橄榄果实小，腌制榄角却要一个一个手工进行，很费工夫。但在夏秋季节，吃白粥时伴点榄角，味道实在很醇甘。

有次，家里买了猪腩肉（五花肉）和罗非鱼，我加进一些榄角清蒸，肉类带上榄肉的清甘芳香，吃之回味无穷。

腌榄角后剩下的榄核用处很大。那时我们用刀将橄榄核拦腰砍断，用针挑出榄仁吃，也很美味。榄核锤开取其仁，便是"榄仁"，是制作月饼的高级馅料之一。广式中秋月饼中的"五仁"，其中便有它的一份。所以每年也有许多人利用业余时间斸榄仁以供饼家之需。

时间如流水般过去，我却依然喜欢榄角。如今，每当看到榄角，会不由自主地想起了橄榄树。想起橄榄树，便多出了许多的沧桑感。

那年，我从新华书店买了台湾作家三毛的《万水千山走遍》一书。从那里知道了三毛和荷西的爱情故事。知道了荷西的故里在西班牙南部，那里也盛产橄榄。出于对荷西的挚爱，三毛对橄榄树情有独钟。在荷西意外去世后，三毛对中美洲、南美洲等地作了流浪式的旅行，于是，便有了《万水千山走遍》。重读《万水千山走遍》，听着三毛写的那首风靡华人世界的《橄榄树》："不要问我从哪里来，我的故乡在远方。为什么流浪，流浪远方。为了梦中的橄榄树……"对于"我从哪里来，又到哪里去"，我有了更深刻的理解。

心中有一亩地，种桃种李种春风，但终将无法把自己化成一棵树！梦中的橄榄树，永远的橄榄树。

2017 年 10 月

橄榄树象征和平、胜利、希望，能够代表人们的博爱情怀

Chapter 4　古圩探秘

．
．
．

果 然 风 景 不 寻 常

麻汕圩，曾被誉为"小广州"

　　麻汕圩，位于漠阳江下游东岸，距阳江市区 15 公里，距阳春春城 40 公里。该圩在民国时期曾是阳江县第四区的区署、第八区区公所（四区辖三麻、白沙、塘围、双捷、轮水、大八、塘坪和珠环 8 个乡，八区辖三麻、白沙、塘围、捷轮 4 个乡，捷轮是双捷圩和轮水圩的简称，轮水圩 1959 年以前两阳分管，1960 年划归阳春）和三麻乡（麻汕、麻桥、麻地美）乡公所驻地；新中国成立初是阳江县第八区人民政府、区委会以及三麻乡人民政府（区辖跟上八区同，乡辖同上）所在地。在两阳未通公路的年代，麻

在漠阳江边曾被誉为"小广州"的麻汕圩

164

汕圩以其紧靠江阔水深的漠阳江这一便捷的水上交通和区域政治、军事、经济、文化中心位置及发达的工商业，而盛极一时，被两阳人誉为"小广州"。

1953年以后，由于行政区域和体制几经变化，两阳春江公路的开通，漠

昔日的麻汕粮所

阳江航道的逐年淤积，航运价值下降等原因，麻汕圩走过了它沧桑的岁月。

始建明初　几度迁徙

《广东通志》中载，麻汕圩建于元末，有水路通阳春县。《阳江县志》（2000年版）记载，麻汕圩始建于明初。如此一算，麻汕圩有650余年历史。据当地老一辈人说，当时将圩建在麻汕邦顿和牛牯陂村北面的十三乡楼（该楼于民国十二年间修建，抗日战争期间部分拆除，"大跃进"期间全部拆除）一带。为了便于独洲、塘再等地的乡民趁圩，在现在的水简桥上架设木桥一座，当时叫作木头桥。由于远离漠阳江水道，发展受到限制，清朝中期，麻汕圩才迁到漠阳江边的石漩，并改称石漩圩。但由于石漩圩离双捷圩不远，且圩场规模无法与双捷圩相比，客商不多，最终办不下去。这样，圩场再迁往麻汕塘罗园（麻汕小学新操场至桥头桥）一带。先期还繁荣兴旺，后因黄屋洲河道（现已变成了河沙洲）淤塞，商船进出不便，等圩的人不是很多。

后来，有风水先生来看过，说"大狗的（赶）细狗，的（赶）到麻汕涌子口"。大狗，指麻汕大狗岗（1994年成立麻汕镇后被推平做新圩）。细狗，指麻汕细狗岗，即原镇岗楼一带。涌子口，指麻汕边涌汇入漠阳江处。风水先生说，这是一条龙脉，将圩建在这附近有水的地方，必有灵气，必

定兴旺发达。因此,在清朝中后期,将麻汕圩迁往细狗岗(麻汕小学校园)与元岗仔(麻汕圩旧晒谷场)的西南面临近漠阳江边。自此之后,麻汕圩就在这里安定下来,且建设了东西坐向、长达 200 多米的圩场和娘马

麻汕圩小巷道

庙,并在圩的中间建有长达 150 米的圩亭。为了吸引河西的麻放、麻地美等数十条村村民趁圩,麻汕人将渡船的经营权让给了河西的朗子村。此后,逢每月农历一、六圩期(新中国成立后圩期改为公历每月 1、6 日),河西的群众担着蔬菜、三鸟、稻谷等浩浩荡荡分数次乘两艘能载百人的大渡船赶麻汕圩。而河东远至轮水、黄松坪、表竹,近至塘载、塘角等数十个村庄的群众则担着木柴、竹器、黄榄等山货水果赶圩。这样,麻汕圩在社会各界的共同经营下,逐渐成了当时阳江县经济较为活跃、规模较大的圩场。随着圩市的繁华,为了规范市场秩序,后来建立了麻汕商会,商人蔡毓修被众商家推举为首任会长。

民国年间　一度繁荣

据说麻汕圩真正走向繁荣是由于民国初年麻汕出了一位叫谢维扬的知名人士。谢维扬(1885 年生,新中国成立初期到了香港,1958 年逝于香港)是麻汕上塘村人,小时候天资聪颖,读书过目不忘,只读过几年私塾的他,在麻汕圩帮人打工时便显示出出类拔萃的商业天赋,加上勤奋和节俭,渐渐的,谢维扬便在麻汕圩发了迹。与此同时,谢也以其才干和谦虚受到区、乡两级官员、乡绅和乡民的尊重。这样,谢维扬在麻汕一带成为

一个很有威望的乡绅。

民国十二年（1923），匪盗四起，为了维护麻汕的社会治安，由谢维扬、蔡毓修、冯英达等几位乡绅和热心家乡建设的商人发起，向麻汕商界集资兴建镇岗楼、商会楼、十三乡楼和麻汕圩漠阳江边码头，并在麻汕圩修建了7道城门（当地人叫作闸

原麻汕卫生院和麻汕粮站

门）。其中圩头的师公屋，圩尾的商会楼侧各设城门一道，北边分设城门两道，西南临河处设城门三道。晚上关，早上开。遇有紧急事态即关闭7门，禁止进出。这些工程完工后，麻汕不但治安得到了加强，而且，因有了码头，又地处两阳水上交通要冲，而成为民国期间当天往返江城和春城的"大胜利"号和"民权"号数艘客运电船的上落站，更是成了两阳商船往返的补给站和休息地。民国十七年（1928），麻汕圩架通了通往县城和各区的电话，开始进入有电话的历史时期。这期间，麻汕圩的工商业很发达，名商号就有"富源""广利隆""义兴源""福兴隆""泰兴源""义和"等十几家。圩中的榨油、酿酒、制饼、舂米、木屐、木器等二十几家作坊业以及麻汕圩附近新洲村的制糖作坊业，除了利用本地丰富的农副产品为原料外，还派有专人到大八、塘坪、塘围、双捷和阳春等地收购花生、稻谷、甘蔗、木材等大批原材料，通过大八河和漠阳江运回麻汕圩和新洲村加工，再将产品源源不断地通过水路运往阳江城和春城销售，并远销省城广州以及恩平、三埠（开平）等附近几个县，麻汕圩的木屐和木桶更是大批量出口香港。稍后，麻汕圩的五六间打银店，"元济堂"等4间药店以及洪效记饭馆、谢声记旅馆等也应运而生。每逢圩日，除本地群众外，附近的塘坪、双捷、塘围、麻桥、麻地美、

程村、阳春的群众相继赶来趁圩，麻汕圩的稻谷行、三鸟行、猪苗行、竹器行、蛋品行、咸鱼行、猪牛肉行等二十几个农副产品行和日用品行，成行成市，十分热闹。时到中午，麻汕圩人头涌动，市声如雷，犹如一幅现代的"清明上河图"。20世纪30年代到80年代这60年间，麻汕圩出现了空前的繁荣。

鼎力助教　兴学育才

随着麻汕圩地位的不断上升，在娘马庙邻的原麻汕小学太小，已适应不了教育的发展新要求。约在民国二十五年（1936），谢维扬等在麻汕圩的北面细狗岗上用一年的时间建立了一所青砖碧瓦的中心小学。首任校长为卢士明，塘坪表竹人，当时30岁左右。教师有冯淡泉、黄任勋、李宗道、李宗岳、谢汝炯等，他们是受过正规师范教育的文化程度较高、知识较丰富的青年。当时的白沙、塘围的高小生也到这里接受教育。中心小学建好后，为了使学校有正常的经济来源，保证教学活动的正常运作，麻汕商会将原来属于商会和宗祠管理的，在麻汕圩收取的一些诸如"市场租、斗租、秤租"等非常可观的经济收入划归小学，这对于麻汕教育事业的发展、人才的培养起了积极的推动作用。

原校园一景

新中国成立后，特别是黎明、谢汝金、张浩光等人任校长或教导主任后，麻汕小学的教学质量更上一层楼，为国家培养了大批的建设人才。其中有一位在该校小学和初中（当时的小学附设初中）毕业的杨崧（杨国崧）同学，20世纪70年代中期被推荐上中山大学，80年代中期到美国攻读博士学位并定居，现任美国商业部海洋大气局（NOAA）研究员，成为国际著名气象科学家，站在了科学的前沿。

还有令麻汕人难以忘怀的是，建校之初在旧操场边种的 10 多棵凤凰树和校园内种的两棵含笑蕊树。每当花开之时，凤凰花映红了整个麻汕坲，含笑蕊的花香伴随着朗朗的读书声，飘逸在美丽的校园，滋润着一代代莘莘学子。由于自然灾害等原因，目前仅剩下一棵含笑蕊树了。

原麻汕饭店，计划经济年代异常火爆

虚增丁款　怒烧区署

民国二十九年（1940）间，四区官员为了中饱私囊，借征兵之机，大肆虚增壮丁名额（具体数目未详），在四区采取"三丁抽一"的"土政策"，向各村村民强派壮丁款，引起了麻汕周边数十个村村民的极大不满。

榨油作坊

知道内幕的麻汕独洲坑尾村的知名人士刘英鉴，召集附近数十个村庄的长老在岗表的长江村召开会议，商讨如何反对虚增壮丁款事宜。不知怎样走漏了风声，刘被四区区长周垓派人捉入区署。当时区署的办公地点设在麻汕坲的娘马庙里，乡公所设在娘马庙邻的原麻汕小学办公。刘被抓后，激怒了麻汕周边漠阳江两岸以朝金、豆地岗、长江和独洲为首的数十条村的群众，他们商定（1940年2月）农历正月十六日夜间以锣鼓一响为号，攻打四区区署。攻打区署当夜，麻汕周边锣鼓震天，数千名群众从四面八方冲来，将麻汕圩围得水泄不通，最终成功地救出了刘英鉴。周垓因事先得知消息携家眷逃跑，乡公所负责人、黄埔军校毕业生张朝荣慌乱之中跳入漠阳江逃遁，愤怒的群众便将区署一位热衷参与此案的区员何鸿应痛打了一顿，还将区乡政府缉私得来的70桶桐油点燃，结果大火烧毁了娘马庙和大批的档案资料等。2000年版《阳江县志》大事记里清楚地将这称之为反抗国民党的"麻汕地区壮丁暴动"事件。

事后，参加举事的人觉得事情闹大了，惶惶不可终日，麻汕圩以及周边地区处于一片恐慌之中。时任国民党阳江县县长的姚毓深为此亲自到麻汕处理此案。在查明事件真相后，姚在岗表长江村的冯氏祠堂与麻汕各界进行了充分的协商，当众检讨了由于自己的管理工作不到位，致使下属出了问题，并对此案作出了处理，承诺政府一定彻查涉案官员。同时宣布对参加闹事的人既往不咎，但下不为例。从而较好较快地稳定了当时麻汕圩和周边地区的局势。

扩建碉楼　胜景闻名

火烧区署后，当局综合考虑了麻汕圩的多种情况，阳江县第四区区署和三麻乡政府将办公地点迁往镇岗楼。由于原镇岗楼仅作为治安用的瞭望台，办公用屋远远不够。区署和乡公所将镇岗楼在原二层楼的基础上加高

麻汕镇江楼风景区

了一层，使楼高三层的镇岗楼更加壮观。在镇岗楼东西两边扩建了面积约600平方米的瓦房，同时绕这些建筑物周围建有围墙。镇岗楼与麻汕小学相邻，在细狗岗的最高处，因为依漠阳江边而建，因此，有人把它叫作"镇江楼"，也称为"镇岗楼"，部分群众称之为麻汕"楼仔"。

天气好的时候，登上楼顶，可看到漠阳江上白浪滔天、海鸥竞飞、白帆点点、千帆竞发这一蔚为壮观的场面。极目远望，溯江上至双捷圩，顺江下至麻桥，尽收眼底，阳江城的北山石塔也清晰可见。所以，又有人把镇岗楼称作"望江楼"。很多上过望江楼的人士曾发出"望

麻汕新圩

江楼上看潮头，何日更重游"的感叹！一些麻汕人曾自豪地说："成都有望江楼，我们麻汕也有望江楼！"

正因为镇江楼的位置十分险要，新中国成立前后，"镇江楼"分别驻有国民党军和解放军的一个中队。部队都在"镇江楼"的顶层设有机枪、望远镜和电台。

值得一提的是，紧靠镇江楼的北面有一块天然大石，形似观音坐莲，

漠阳江边麻汕圩古码头

人们称它为观音石。每逢初一、十五，前来烧香拜佛的善男信女不计其数，听经闻道的老人更是一脸虔诚。从东边的麻汕小学旧操场或西边的漠阳江边都有路可上镇江楼，两条路都铺有花岗岩石阶（当地人叫石桥），路两边种的

台湾相思树，绿树成荫。观音石与漠阳江边的佛子庙（地名）之间有数棵三四个成年人都合抱不过的大榕树。秀丽的风光，使镇江楼和观音石一带成为远近闻名的著名风景区。

沧海桑田　后人喟叹

麻汕新圩一景

1951 年，为了防范漠阳江水患，党和政府领导人民在八区漠阳江两岸进行了东西堤（当地人叫基围）的建设，麻汕圩和八区的群众激发出了极大的劳动热情，当年筑起了至今仍在使用的漠阳江东西堤。1952 年 1 月，谭启浩同志因到华南分局党校学习而离开了八区。三麻乡改称麻汕乡。随着土匪被消灭，社会渐趋安定，圩的 7 道城门晚上开始不用关了。1953 年，第八区人民政府迁往双捷圩。1956 年，麻汕圩也实行了"公私合营"的社会主

义改造，建立了财税、工商、邮电、银行、医院等国有单位，还有国营供销社和集体经营的百货、日杂、药店、饭店、食品站、粮所、粮食加工厂、农机修配厂、木器社、缝纫社和打铁铺等。商会楼改作邮电所，娘马庙旧址临街部分建起了农村信用社。圩的 7 道城门开始陆续拆除。1958 年 5 月，麻汕乡并入双捷乡。1958 年 11 月，在双捷成立红五月人民公社，麻汕又被划入其中。这年，圩亭由于成为危亭被迫拆除。1959 年，体制下放，成立麻汕人民公社，办公地点设在镇江楼，李基忠为书记，雷启光任社长，叶光昌、冯定光等为副社长。1963 年 2 月，麻汕公社并入双捷公社，在双捷

圩办公。这期间，阳江县的外贸单位在麻汕圩设点收购蛋品、三鸟、生猪等出口香港，为国家赚取了大量的外汇。县城的一些手工业者也到麻汕圩收购原竹进行加工，其规模甚为空前，这一经济活动一直持续到 20 世纪 90 年代中期。

1972 年，由于受极"左"路线的影响，有人说镇江楼和观音石是封建主义的东西。结果，镇江楼被拆除，材料被运到双捷圩建戏院，观音石也被分块凿打成电线杆和胡椒杆去"为社会主义建设服务"了……耸立在漠阳江畔的这一麻汕著名风景区就这样被毁掉了，麻汕的群众至今仍觉得十分可惜。

20 世纪 60 年代至 80 年代，麻汕供销社从阳江城、闸坡和东平组织了大量的日用品、农资和咸鱼等从水路运回麻汕圩"发展经济，保障供给"，供应麻汕周边的几个大队。这期间，麻汕一带遭受了几次大的水灾，国家均及时调集了大量的赈灾物资通过水路支援麻汕。到 20 世纪 90 年代中期，麻汕周边漠阳江两岸仍有数十个村的村民在赶麻汕圩。进入 21 世纪，由于漠阳江河床淤积越来越严重，麻汕的水上货运几近停止。

街渡风情　没了可惜

20 世纪六七十年代，麻汕圩有数艘专门方便群众往返阳江城（在河堤上落客及货物）的木船行走在漠阳江上，麻汕人称之为"街渡"（水上巴士）。每天清晨，随着一阵阵清脆嘹亮的海螺号，村民就知道"街渡"要起航了。下午 3 时左右，每听到海螺号"嘟—嘟"的声音，四面八方的村民就知道"街渡"回来了。更有趣的是，直到今天，麻汕圩及周边的村民仍然称到阳江城为"去街"或者"出街"，而无人说是"去阳江""去江城"或"去县城"（市区）。20 世纪八九十年代，装上小轮机的麻汕"街渡"速度较快，取代了使用多年的人力风帆木船而红极一时，为当地群众进出县城（今阳江市区），搞活市场流通，立下过汗马功劳。这一特色风情，《阳江日报》以及《羊城晚报》《广州日报》等媒体曾作过专题报道。令人遗憾的是，2001 年冬，由于发生了漠阳江下游"三洲渡船沉没死 18

麻汕新圩一景

人事件"，有关部门此后关闭了往返市区的麻汕"街渡"和往返麻汕圩与河西之间的横水渡。

欣逢盛世　建制调整

1986 年，上级在麻汕圩建立了一所初级中学。1994 年 7 月，阳东县将原属双捷镇的漠阳江东岸的麻汕、新塘、岗表、双麻等村委会划出，成立新的麻汕镇。镇委、镇政府所在地设在麻汕圩，梁德明任书记，杨华尚为镇长。由于麻汕旧圩年久失修，镇里将麻汕圩北边的大狗岗推平作为镇委、镇政府驻地，并建设麻汕新圩，同时将麻汕圩至塘角的泥土路改成了沥青公路，为麻汕圩提供了难得的发展机遇。经过近 10 年的发展，新旧圩已连成一片，主要的国有单位和工商户已落户新圩，并已渐成规模。麻汕旧圩似乎也完成了它的历史使命。

2003 年 9 月，镇一级机构调整，麻汕镇改为红丰镇，办公地点迁往塘围圩。

【人物】

乡绅谢维扬

说到麻汕圩，不能不提到谢维扬（1885～1958）先生。他是麻汕上塘村人，小时候天资聪颖，读书过目不忘。谢维扬的父亲是一位乡村私塾先生，每到一处执教，均带上维扬。在父亲的熏陶下，维扬从小就打下了较好的文学基础，并且写得一手好书法。

由于家庭生活困难,维扬 13 岁那年,父亲就将他送到在麻汕圩开铺的商户朋友那里当伙夫。在当伙夫之余,维扬坚持自修文学和练习书法,工作也相当勤奋,只一年工夫,就转做了店员。

一天,第八区府官员冯文圃先生无意中发现了年少的维扬有良好的文学功底和能写一手漂亮的书法,特别是在艰苦的条件下表现出的那种坚韧不拔的精神,这位清朝的秀才觉得维扬是个可造之才。于是,冯文圃有意识地叫维扬到他办公的地方帮忙做一些抄抄写写、帮助起草文告文件之类的工作。在冯的点化下,经过一段时间的磨炼,冯先生就放手让维扬单独工作了。

而这期间,谢维扬在商业方面干得也颇为出色,不久,他另立门户做起了生意,相继开设有舂米、榨油、酿酒和商铺等工商业,并获得很大的成功,在麻汕成为一个很有名望的乡绅。此后,在冯文圃等人的提携下,谢维扬出任阳江县第八区护卫团团长,主管治安工作。

民国十二年(1923),土匪经常在麻汕一带进村抓人勒索钱财,搞得人心惶惶。谢维扬上任后,通过发布文告,历数匪徒扰乱治安、祸国殃民之罪状,指出匪徒只有迷途知返、悔过自新,才是唯一的出路。政府一方面对土匪给予重拳打击,一方面制造强大的宣传攻势。经过一年多的艰苦努力,稳定了麻汕一带的治安。

新中国成立之初,谢维扬到了香港,1958 年病逝于香港。

关于原阳江县驻麻汕圩第四区、第八区

据《阳江县志》记载,清光绪三十四年(1908),清廷颁行地方法令,对地方行政机构进行改革,阳江直隶州撤销了一直沿用明代的都图制,把全州划为 9 个区。民国元年(1912),国民政府改阳江直隶州为阳江县,行政区域设置仍如清末的 9 个区。民国二十一年(1932),阳江县增设闸坡为第十区。1908~1936 年,麻汕圩一直作为阳江第八区区公所驻地,区辖为三麻、双捷、白沙、塘围、轮水 5 个乡。

民国二十六年（1937），阳江县政府联区并乡，将全县 10 个区并为 5 个区，阳江县第四区区署设在麻汕圩至 1945 年，辖区为三麻、白沙、塘围、双捷、轮水、大八、塘坪和珠环 8 个乡。当年的麻汕圩进入了历史上的全盛时期，与县内的闸

麻汕旧圩仍有民国旧时光的店铺

坡、织箦、平冈和合山齐名，设有警察所。

民国三十四年（1945），国民党广东省政府颁令裁撤各县区署。民国三十八年（1949），阳江县恢复设置 9 个区，麻汕圩再度作为阳江县第八区驻地，区别的是这时已不叫区署，又改称区公所，辖区为三麻、白沙、塘围、捷轮（双捷乡和轮水乡合并）4 个乡。国民党阳江县第八区最后一任区长为黄开汉。

新中国成立后，麻汕圩作为中共阳江县第八区委员会和第八区人民政府的驻地直到 1953 年。

2004 年 9 月

塘围圩，四百年繁华依旧风采迷人

圩上旧屋　古风犹存

塘围圩是阳江市最古老的圩场之一，400 多年来，当地乡民一直延续着 2、7 日（新中国成立前为农历二、七日）为圩的传统习俗。

近段时间，记者多次前往阳东区红丰镇塘围圩，去探究她的前世今生。

在红丰镇文化站的帮助下，当地一位老电影放映员李学东带着记者，走

航拍今日塘围圩（梁文栋 摄）

进塘围圩一条南北走向的古朴街巷。老李说，当时的圩场很小，就在这条 50 米长、5 米宽的小街。记者看到，在这条被称为"塘围圩正街"的街巷，还保留着两间建于新中国成立前的瓦房店铺，店铺临街大门用材全部为阳江人极为熟悉的杉木板，古风犹存。当年的塘围乡政府办公用房也还在，塘围供销社百货门市部门面上"为人民服务"5 个大字赫然在目，塘围铁木社大楼依然挺立在那里。这些旧楼，成了塘围圩上的"文物"，与现代楼房相衬，构成别样的风景。

向南走出数十米长的正街，折向西10多米的一个巷口，巷口转向北，李学东说，该处以前是塘围圩耕牛市场，再往前走是以前的猪苗市场，过去搭建有5排不足30米长，用方形条石柱支撑、上面盖着瓦的简易圩亭（风雨廊），分别用来卖猪苗和摆卖熟食及杂货等。

在原塘围供销社肥料门市部一带，从前有8棵大榕树，树下摆卖山货和农产品，曾经是圩场热闹的一角。由于种种原因，现仅剩一棵300年树龄的大榕树。

李学东说，在这棵大榕树北边，新中国成立前建有一座庙（感应宫），庙旁还建有一些瓦房，这些地方占地两三千平方米，是当地群众举行庙会的地方。塘围乡公所有段时间也在这里办公，旁边一些瓦房还是乡公所关押犯人的地方。新中国成立后，人民政府将庙和庙旁瓦房用来办塘围小学。李学东小学就是在这里读书的；初中毕业后，他还在这里当过民办教师。后来，由于塘围小学建设的需要，庙被拆除。

历史悠久的塘围圩，新中国成立前的地域就这么大，行走其中，古老的建筑，斑驳的墙身，老旧的店铺招牌，就如穿过一条时光隧道，让人依稀感受到她曾经的繁荣，唤醒那些已经逐渐被淡忘的圩场记忆。

建于明末　徐氏始建

传说塘围圩这地方，唐末时便有人居住。据《阳江县志》（2000年版）记载："塘围圩形成于明朝末年。新中国成立前，塘围圩有酒米、油杂、药材、日用、布匹、裁缝等店铺，常住人口70人。"

现塘围圩仍保存的庙宇石碑碑文记载，塘围圩是由河对面的山津（今属

塘围圩旧铺

江城区中洲街道）徐姓人士所建。徐姓人当时乘船过漠阳江东岸时，发现这地方有风光秀丽的五马岭（今银鹰集团厂房一带），五马岭旁还有条河（塘围河），上接漠地垌，下通漠阳江，塘围河畔地势平坦，且临近阳江城，水陆交通方便，可汇聚四乡八水的人流和物流。于是便在这里建了一个圩，取名为塘围圩。

当年由山津人徐捷牵头，从圩中各店铺筹集一笔资金，兴建了一座庙宇（感应宫），门前立一副阴刻对联："左凤（附近的凤凰岭，有 10 多条小村寨，总称叫凤凰村）右鸡（鸡颈垌）皆拱卫；前龙（石龙村）后马（五马岭）独称尊。"这对联道出了塘围圩环境优越，是一块风水宝地。

塘围圩既成，每逢圩日，来自阳江城以及附近村庄的民众，推车挑箩，携老带幼，往塘围圩赶。遇上晴好天气，圩场挤得水泄不通，趁圩群众有数千人都是常事。

旧时交通不方便，除有钱人骑马、坐轿外，一般人都是走路。一些外乡人甚至从数十里外经塘围河到凤凰阶梯码头上来等圩。人多交易就多，至清乾隆辛丑年（1781），塘围圩已成为一个繁华的商埠。

建镇以后　更加繁华

民国期间，塘围圩多次遭遇土匪洗劫，一度衰落。

1953 年，新建成的江春公路正好通过塘围圩，为圩场提供了难得的发展机遇。1956 年，塘围圩进行"公私合营"的社会主义改造，相继建立了供销合作社、木器社、缝纫社、打铁铺等。

在经济萧条、物资匮乏的年代，塘围圩仍然是享誉四方的集贸市场。每逢圩日，参垌谷、石龙米、牛场瓮、津朗筛等特产在圩上随处可见。

塘围一带种植的菠萝蜜果苞大、味道清甜、口感好，品质独特，远近驰名。每当收获时节，圩上摆满了卖菠萝蜜的摊档，每年都吸引了阳江城居民和外地商客前来选购。

黄鬃鹅也是当地的特产。20 世纪六七十年代，阳江县外贸部门曾在塘围圩设点收购黄鬃鹅，销往香港，很受港人欢迎。

改革开放以后，塘围圩进入了发展的黄金时代。原凤凰村一带建设成了塘围新圩，江春公路塘围圩两边建了不少商铺，人口积聚很快。每逢圩日，圩场人山人海，多时有上万人趁圩，圩上商品丰富，应有尽有。2003年9月，省政府同意阳东县设立红丰镇，镇政府驻地设在塘围圩。

经过十几年的发展，如今的塘围圩商贸繁荣，轻工业发达，镇区不断扩大，处处充满活力，新建成区一次就吸引了阳春双滘镇数百户农民置业落户。目前的塘围圩有2万常住人口。

从常住70人的小圩，发展到2万人的集镇，不能不说是一个巨大的飞跃。镇领导告诉我，镇中心小学和新的红丰镇卫生院建设正在抓紧落实中。

400余年过去，塘围圩繁华依旧，风采更加迷人。

【掌故风情】

古老的"换建节"

塘围圩附近的大朗垌村、林中村、油铺村、石角村、石头岗、水瓮根村等村庄，是数百年前从福建迁来的，至今仍保留着一种古老风俗，叫作"换建节"，这在阳江地区比较少见。

少数村庄一年做两次"换建节"，大多数村庄一年只做一次。"换建节"是做农历的，有的村做正月十五、六月十八，有的村做正月十八、六月十二或者七月廿一。在这个节日里，村人要杀鸡宰鹅买猪肉，做传统的芋头糕、叶贴、酒杯印等糕点，每个少儿男丁在这一天要用新买的红头绳串起10个清朝铜钱挂在胸前，拜神后和家人围在一起吃饭过节。

据大朗垌村刘昌希老人介绍，"换建节"过后，那串用红头绳串起的10个铜钱一般会挂在或者放在家里的床上。到第二年的"换建节"到来时，要买新的红头绳换下旧的红头绳再戴在脖子上。人到成年结婚以后，过"换建节"就不用再戴了。

当地老电影放映员梁文学考证，有个别做"换建节"的村庄，比如石角村，是用芋头糕或发糕过节的。村人用刀在糕上划三刀，称"三刀玛

（糕点）"，再用"三刀玛（糕点）"拜祭过节。有的村用红头绳串起数十个清朝铜钱，串成剑型，不用戴，常年挂在床头，作辟邪用，以保佑家人一年平安。

【市井奇人】

"打鹤圆"与"补锅焕"

为了保护生态环境，"打飞鸟"如今已被明令禁止了。但在数十年前，这还是猎人谋生的一种手段。

新中国成立初期，山津村有个"打鹤圆"，名叫毛圆，是远近闻名的猎人。他常常一身猎户打扮，携带与人等高的粉枪，带上猎狗，到塘围附近山上打猎，几乎每天都能打到四五只飞鸟拿到塘围圩上卖。

那时，漠阳江和塘围河沿岸长着片片竹林，附近山上植被茂密，良好的生态环境生长着很多鸟类。在长期的打猎生涯中，"打鹤圆"练就了一身真本事，他只打飞行中的鹧鸪，而且弹无虚发，百发百中。

每当听到鹧鸪啼叫声，他便去到离声音三四十米远的地方停下，然后喝令猎狗冲上去吼叫。待到鹧鸪受惊飞向天空，眼尖手快的"打鹤圆"马上枪响雀落。

计划经济年代，塘围圩附近大朗峒村有个补锅奇人，人称"补锅焕"。他不但练就了一身补锅续犁头好手艺，而且还是当地赫赫有名的故事大王。多年来，他将走乡串巷听来的民间杂闻梳选精华部分，编成故事，在圩日开档时，边补锅边讲故事，吸引了很多大人小孩前来倾听，讲到精彩处，常常引得众人捧腹大笑。

讲故事之时，"补锅焕"并没有停下手中的活儿。只见他用铁钳将烧溶的犁头水倒进模具后，再用手将需要续的犁头插进模具，多余的铁水溢出模具，他快速用手将这溢出的铁水抹去。众人看了，无不称奇。温度上千度的铁水，竟没有伤他的手，这不能不说是个奇迹。

"补锅焕"说，这是练来的功夫，干这行多年，手上长满了老茧，加上速度快，自然伤不了手。

"补锅焕"补锅续犁头手艺好，价钱公道，深受群众的欢迎。他每到一

塘围圩中有棵古榕树

地，看到有犁头蚀了，即使主人不在家，他也会将犁头卸下来，续好后再装上去。群众都知道是"补锅焕"所为，事后会主动向他补上工钱。

2017 年 5 月

那龙圩，曾经繁华的"小香港"

　　那龙圩，地处阳江东大门，新中国成立前和新中国成立初属阳江县第三区那龙乡，今属阳东区那龙镇。2000年版《阳江县志》中载："那龙圩，建于清朝中叶。"至今，那龙圩已有300多年的历史。

昔日被称为"小香港"的那龙圩

　　在清朝以前，就有一条古驿道通过那龙，民间自发形成一条商品物资供应链，一队队的挑夫从恩平挑货品到那龙圩，经那龙河船运转阳江城再到广东南路地区（今粤西和原属广东的今广西北海、防城、钦州、东兴、合浦、灵山等市县），而阳江等地丰富的农产品也集中于阳江城，通过那龙河经那龙圩这古驿道转到恩平销往广州等地。这条古驿道物资的频繁交换，一度令那龙圩成为世人瞩目的地方。

那龙旧圩　商号处处石板街

近段时间，《阳江日报》记者两次前往那龙圩（本文所说的那龙圩为那龙旧圩），看圩上的老街，看在圩边流淌而过的那龙河和那龙圩简易旧码头。听九旬的钟代辉（原那龙大队大队长）、刘连（那龙圩群众）和八旬的林进铭（原那龙大队党支部书记）等老人诉说那龙圩曾经的辉煌。

在那龙圩龙津路，如今仍有一段是石板铺成的街，称为石板街。钟代辉说，从前这里叫圩尾，过去圩上西闸就建在这个地方，那时圩尾有两排商铺，有"醉乐""胜利""四明""公娱""长利""保池"等10多间旅业和酒店，是当年各路江湖人物汇集的地方，也是圩上最热闹的地方，等圩的民众往往要闪身而过。靠近那龙河一边有21间商铺，这些商铺大多在"大跃进""文革"时被拆除，材料被运到合山建设戏院。原址如今荒草处处，剩下的一些房屋在新中国成立前是当地绅士钟耀平经营的旅店。

那龙圩龙津路

往那龙圩东边走，只见一排排青砖碧瓦的房子尽显南方民房的特色，在一间标有"成益"商号的房子前，钟代辉说，这里曾经是一家银号，也经营油糖酒米，老板叫梁经钊，当时是县参议员。战争期间金融动荡，他和圩上一些有势力的人物如钟耀平等人自己印发钞票在本地流通，权势盛极一时。

兴致勃勃的钟代辉带着我走到了圩上东边昔日的"牛车广场"，又察看了梁梅坊的"土围子"原址，还有圩中间的"商贸广场"，看了三圣宫一带的那龙乡警察所原址，以及一些油糖酒米杂货店。这些旧址，历尽风霜，斑斑驳驳，深深地打上了时代的印记，述说着那龙圩曾经的辉煌。

广州沦陷　那龙圩成"小香港"

　　抗战时，随着广州和三埠等地沦陷，海路又被日本侵略军封锁。为了阻止日军通过公路侵略阳江等地，国民政府当局下令将恩平通往阳江的公路统统挖了梅花坑。原来通往恩平的古驿道活跃起来，那龙圩的重要地位突显出来，其凭借优越的那龙河水运的天然优势，成为恩阳边界繁华的商贸小镇，一度被誉为"小香港"，成为那龙圩发展史上的黄金时代。

　　广州、珠三角的货物从恩平挑到那龙圩后，通过那龙河到阳江城河堤转运到广东南路和贵州、广西、四川西南地区。集中阳江阳春的货物运往那龙圩后，由挑夫、牛车把货物运到恩平县城河堤，转运至珠三角地区。货物种类繁多，有食盐、海产品、花生油、黄糖片、生猪、杂粮、纸张等。

　　这么多的货物源源不断地进出那龙圩，为当地带来了空前的经商务工机会。阳江和恩平各地乡镇，以及当时从珠三角各地逃难阳江的不少人涌进了那龙圩，圩上聚集的人少说也有八九千人。"只要有力气，找条扁担和几条绳子，就可当挑夫赚钱养家，靠近那龙圩一带因此搭了一排排赖以栖身的茅屋。"刘连回忆说，当时在那龙圩的挑夫有上

圩上牛车广场原址

千人，牛车也有数百辆，他和父亲靠在沿途拾牛粪回来晒干卖给人家填干厕也能赚钱。还有人靠割草进圩卖给在牛车广场候活的牛也可赚钱。

　　林进铭说，那时的那龙河成了繁忙的"黄金水道"，河上往来有成百艘货船，还有"东江""飞龙""国强"号等七八艘电船。不管白天还是黑夜，那龙河上都是白帆点点，船工号子声声，一派说不完、道不尽的繁忙

景象。由于货船多，货流量很大，那龙圩码头几乎是 24 小时轮番作业。

运输的繁忙，促进了当地经济的繁华，那龙圩上，新开了不少的货栈、酒楼、客栈、银号、油糖酒米杂货店，每个店铺均购置了留声机，在店里不断地播放《春游》《春思曲》《天涯歌女》和《四季歌》等时代经典歌曲。

到了晚上，圩上的酒楼、茶馆、客栈更是热闹非凡。一些打扮得花枝招展的妓女，在到处招揽顾客。街上的糖水摊、小吃摊一档连着一档，小贩在不断地吆喝卖吃的，坐着吃的站着吃的食客如云。家家户户点上汽灯，亮如白昼，商贸活动十分活跃，充斥着浓烈的市井风情。那龙圩成了一座不夜城，被社会各界誉为"小香港"。

【人物】

武秀才梁梅坊

繁华时期的那龙圩，造就了各路英雄。

钟代辉说，梁梅坊是恩平人，是大户人家，家里在恩平靠近那龙的佛子湖村拥有很多田地，靠放租赚了不少钱。后来迁往那龙圩设厂制造牛车和修牛车，生意做得很大。梁梅坊从小练就了一身好武术，成为那龙圩上唯一的武秀才。钟代辉那时在他厂里打工。有次，厂里需要将一个石碌搬开，以腾出地方放货物，两三名工人费了好大的劲都无法将之撼动。只见梁梅坊说了一声"让我来"，数百斤重的石碌被他双手轻轻托起，放在肩上，然后将石碌放到了该放的地方。大家见之，眼都傻了。梁梅坊搬数百斤的重物不费吹灰之力每每在那龙上演，被当地人津津乐道："武秀才果然名不虚传！"

梁梅坊发财后在圩上东边靠近南闸的地方建了一个占地上万平方米的土围子，这土围子建的时候就考虑了防贼的需要，四周布满了枪眼，院子围墙十分坚固，里面有"真香"豆豉厂、牛车厂、糖寮等产业。梁梅坊买了一批枪，工人平时除做工外，他还教会工人一些武术防身，也练习打枪自卫。

一天晚上，在田畔大山的匪首黄集初率200土匪突然强攻那龙圩，火烧南闸，试图攻入圩中抢掠。圩上不少百姓进入了梁梅坊的土围子躲避。梁梅坊指挥他的工人在土围子高处居高临下开枪反击，打死了数名土匪。而土匪根本打不中土围子里的人，再这样耗下去，吃亏的还是土匪。

"精仔不吃眼前亏。"黄集初随后收拢队伍转而攻打位于那龙圩东面的大茶盘村。早有准备的大茶盘村又将黄集初率领的土匪杀得大败，同时打死了数名土匪。

黄集初两次偷袭失利，还有土匪因此丢了性命，他怀恨在心，把这一切都发泄在大茶盘村上。

数天后，黄集初打听到他老家有人嫁到大茶盘村，他派出手下假扮亲戚，私下前往大茶盘村拜访这位老妇人，给了不少的恩惠。一天夜间，在这位老妇人的带路下，黄集初的200多名土匪找到了村中防守较薄弱的地方攻入了大茶盘村，走得慢的孕妇、妇女等被抓走了不少。

凶残的黄集初匪帮将抓到的人拉到那龙圩靠近那龙河边的一块沙滩上，用刺刀刺向群众，连孕妇也不放过，其手段十分残忍。"当年受害人的惨叫声打破了夜空的宁静，土匪惨无人道的恶行跟日本鬼子没什么两样。"钟代辉说，这一次被土匪杀害的乡亲有数十人之多，今天90岁以上的那龙圩人应该不会忘记。

【故事】

足智多谋黄护基

黄护基、黄拔基兄弟在那龙圩经营"永安荣"商号，主要从事豆豉、酿酒和养猪产业，同时也做百货生意。"永安荣"的很多货物常年雇请牛车销到恩平去，生意做得蛮大的。

一次，黄护基单枪匹马一人骑着马到恩平收货款。这次收到的货款很多，他将银圆盘满了全身后骑着马返回那龙。当他回到那龙一个叫作石夹有斜坡的地方时，路边拥出了几个蒙面土匪，土匪们分别用枪拦住了他，站在坡上的一个头目喝令黄护基："下马，交钱！"黄护基愣了一下，随即将身上的银圆往地里一撒，说了一声："银圆全部给你们了，我走了。"纵马而去。

见到满地白花花的银子，土匪们争先恐后地抢了起来。正当土匪们抢得起劲的时候，黄护基快速杀了个回马枪，端着德国造的毛瑟快慢机"噼噼啪啪"地将这帮土匪杀得一个不留。

事后，黄护基报了官，当那龙乡公所和那龙警察所工作人员将被打死的土匪头子拉回那龙圩牛车广场示众时，人们发现那个土匪头子竟然是圩上做生意的大八人梁某某，不禁暗暗吃惊。人们不知这个人

钟代辉（左）和圩上老人述说那龙圩的过去

什么时候做了土匪，也不知道他怎样窥测了黄护基到恩平收货钱的。如果此次得手，说不定下次还干出一次更大的事来。

警察所向商户分摊追击土匪的子弹费

那龙乡警察所在那龙圩三圣宫办公，当时有 20 多名警员。在靠近三圣宫的一些房屋设有警察宿舍、厨房和关押犯人的地方。

林进铭说，那龙圩商贸繁华，不少土匪常常在那龙河和陆路抢劫商客，这些土匪常常将劫来的东西逃到偏远的天狗岭开"庆功会"，大吃大喝抢来的啤酒、猪、鸡等食品。一次，土匪头林家先带着四五十名土匪在那龙

圩外抢劫运货物往恩平的牛车队，那龙警察所所长利某可派出一队警察追击土匪。追到马岭时，土匪逃到了离马岭约两公里远的天狗岭，警察不敢再追，在马岭向天狗岭放了一通乱枪。第二天，警察所向

圩上三圣宫

圩上商户说打了多少多少子弹，由各商户分摊所消耗的子弹费。

商贸中心迁往那龙新圩

那龙圩的圩期在新中国成立前为农历五、十日，新中国成立后改为了公历 5、10 日。

钟代辉说，新中国成立后，随着各地交通干道陆续恢复，圩上不少客商辗转到了交通便利的地区，那龙圩的繁荣渐渐远去。1994 年设立那龙镇以后，那龙圩曾一度热闹过，但后来修了新的 325 国道，在靠近新国道旁设立了那龙新圩，15 年前那龙旧圩就衰落了。

如今仍在那龙旧圩居住的刘连说，旧圩仍有一家药店和一家米机店在经营，其他店铺都迁到离旧圩七八百米远的新圩了。除少数本地人外，目前旧圩的大多数楼房出租给了在那龙打工的外地人居住。

2017 年 2 月

田畔圩，往事难忘

读中学时，邻班新调来个黄老师，平时无话不说，颇为健谈。当问他老家是哪里时，他脱口而出："田畔。"这是我第一次听到这个非常富有诗意的名字，隐隐约约感觉到这里是个有故事的地方。当我念出唐朝诗人李郢《山行》诗"小田微雨稻苗香，田畔清溪潺潺凉"时，黄老师高兴地说："你很有心得，以后写写田畔吧！"

多年以后，我从外地调回家乡阳江当了记者，有幸无数次踏上田畔这块热土采访，和阳东区那龙镇的干部群众、父老乡亲结下了深厚的友谊，他们一次次跟我讲起田畔的前世今生、民间故事以及风土人情等，令我十分着迷，断断续续之间便形成了以下的文字。

田畔圩名来由　圩建于清道光年间

田畔旧称"三龙垌"。田畔这地方，东西北三面原为田，中间是个冲积扇，南面有条河，所以称为"田畔"。另有一说，从前的田畔这地方，其实是一个岛，四面环水，所以称为"田畔"。

《阳江县志》（2000版）记载，田畔圩建于清道光年间（1821～1850）。当地老一辈人介绍，古时，田畔一带有3个圩，距现田畔圩约3公里的那新村对面有个合水圩，在那甲村有个那栋圩，现田畔圩以前称为高车圩。

到清道光年间，3 圩合并于高车圩，并将名字改为田畔圩，一直用到今天。田畔圩原圩期为农历四、九日，20 世纪 60 年代将圩期改为公历 4、9 日。新中国成立前，田畔圩有商店和住户 68 户，有"坤生堂""民生堂""天德堂""协和堂""恒泰栈"等经营药材、纱布、油糖酒米、日杂、修理、典当、木器和饮食的 29 户商户。

江田渡　恩平担

以前，田畔没有公路，一条商道从田畔到阳江城走的是水路，其路径是田畔圩边的田畔河—黑湾—那龙河—阳江城河堤。有数艘专门往返田畔圩和阳江城之间的客货船，民间称之为"江田渡"。

田畔周围，物产丰饶，盛产稻谷、黄豆、花生、三鸟、黄牛和生猪等，这些物产是通过风帆船运往阳江城，再从阳江城运回布匹、药材、水油和盐等日用品。

另一条通道是商人在田畔圩收购农产品后，雇请一队队的担担队，浩浩荡荡，通过田畔圩—九三村—锦岭—大槐—米仓这条路，运到恩平城销售。民间称之为"恩平担"。

有次，田畔圩附近的旱地村村民钟正伟和父亲等十几人从田畔圩担着稻谷到达恩平时，看到有个武师在街上摆武档，在大耍武术，还说了一些诸如打遍天下无敌手的过头话。钟正伟小时候偷师学过武术，便赶忙和几个青年人跑过去看热闹。钟父认为还要赶路回家，叫大家赶快去吃午饭，并快人快语说了一句无意间的挑衅话："这有什么好看的，看鸡打架比这还要好看些呢！"

那名武师闻之，将钟正伟等人拦下来，说要和钟父过招，否则，统统不能离开恩平。

钟父想到由于自己一时心急失言，便答应和武师比武。武师怒气冲天，手里拿着三叉柱猛刺过来。钟父不慌不忙，将自己身上抹汗用的长手巾拖下来，顺便快速往武师三叉柱一卷，随手将武师拖倒在地。第二次交手，武师又拿三叉柱刺来，钟父随手抽出插在背后的旱烟斗往武师右手虎口一划，武师顿时右手发麻，三叉柱脱手落地。至此，两人互说致歉之话，握手言和。

田畔黄牛肉、牛杂粥、牛头皮风靡粤中

阳江人过中秋有"全民吃牛肉"的习俗，其中以阳东区那龙镇的田畔圩最盛行。因为田畔的牛都是吃山里的青草清泉长大的，现宰现卖，肉质十分鲜美。近10年来，每逢农历八月十四和八月十五两天，阳江市区不少人驾着小车到田畔买牛肉品美食。据当地人介绍，中秋这两天，田畔要宰120多头牛，50多人临时被请去帮忙宰牛，才能满足市场需求。

牛肉味道鲜美，加上蛋白质含量高、脂肪含量低，素来享有"肉中骄子"的美称。尽管人们认为中秋时节的肉牛是最肥的，但在田畔，一年四季都有牛肉、牛杂卖。

在田畔的饭店，到处都是用当地牛肉制作而成的各种美味佳肴，像白切牛、牛鞭汤、牛杂粥等。当地人制作的牛杂粥和牛头皮最为有名。

牛杂粥据说最先由田畔人开发，取当天新鲜的牛百叶、牛肚、牛肉、牛心等洗净切好，加花生油、盐、酱料和少许切碎生姜调均匀。待粥煮滚后立即将上述食材放入滚粥锅中，以米开关火为度，撒上芫荽、葱粒适量可食。一口吃下来，味道非常鲜甜，满满的牛肉原始香味，原汁原味，口感香脆，营养丰富。牛杂粥后来传到合山、北惯、阳东、阳江，吃过的食客无不称赞。

制作牛头皮的食材主要是黄牛头皮、盐、醋、辣椒酱。其制作过程，取黄牛头皮，把皮上的毛屑去掉，用清水漂洗干净，再经过特殊的腌制，泡上盐和醋，把牛头皮的韧变成脆；煮熟后就可以开刀切件卖了。吃的时候，将牛头皮切成薄片，蘸上辣椒醋，细细地嚼，只觉得回味无穷，其清淡而鲜美的味道让食客流连忘返。

牛头皮毕竟是小吃，煎烤的田畔黄牛肉和牛排才是大餐。近年来，当

地人研究过西餐做法，吸收其精华，用红酒和橄榄油、酱油、阳江豆豉等，再加一点盐、糖、香菜、大蒜、黑胡椒等腌渍牛肉和牛排，制作出可口的煎烤田畔黄牛肉和牛排，吸引了各地的食客，恩平、开平等珠三角地区有不少人慕名而来。

2018 年 1 月

有水的地方就有灵气，绕田畔圩边而过的田畔河这一段原来是码头

21世纪初重建的田畔大桥

东风路

每逢圩日田畔仍很热闹

Chapter 5

岁 月 追 踪

·
·
·

果 然 风 景 不 寻 常

春节的记忆

　　快过年了，望着满街的年货，"旧历的年底，毕竟像个年底。街上的人充满忙碌，走路很快，面带喜气"。鲁迅写的这句话又浮现于我的脑海，想起小时候过年的情景，如今想来感慨万千。

　　20世纪70年代，每逢到新年，广播、报纸上都充斥着一个基调，号召人们要"过一个革命化的春节"。但是不管你怎么号召，我等小辈们那时每天都盼着过新年。因为过年能穿新衣服，有好吃的好玩的，除了有"利是"拿，还有鞭炮放，一副欢天喜地、喜气洋洋的样子。

　　虽然那时的商品十分贫乏，但年味却很浓。进入腊月，大人们便开始准备过年的年货了。村里只有一个石磨，打粉酥要用炒好的米放在石磨上用人力磨上很长的时间，要排队等候，轮流进行。磨米多的人家，往往得花上很大的力气，磨上一整天的时间，如果想偷懒，放多一点炒米下石磨，磨出的米粉则较粗，做出的粉酥就不好吃。因此，春节前一个月，村里的石磨从来没有闲过。做叶贴做圆子用的糯米粉也是用"对"来舂的，那时村子也只有一辆"对"，舂米粉也在各家各户间轮流进行。春节杀的鸡宰的鹅，一般农户都养，不用买，只不过是一年中宰杀得最多的时候罢了，如果能再买些猪肚、猪手、腐竹、粉丝，那已经是很好的生活了。

　　到了大年三十早上，家家户户煮着咸圆子或糖圆子吃，整个村子弥漫着一股甜甜的香气。除夕傍晚，一家人围坐在一起，品尝着一年间的劳动成果，那时觉得什么东西都很好吃，像是享受着人间最美的食物。除夕夜，村子和邻村远处近处不时响起"劈劈、啪啪"的爆竹声，铺天盖地地响成一片。"爆竹一声除旧，桃符万户更新。"鞭炮声让大人小孩异常兴奋，睡不着。"爆竹声一响，你又长了一岁了，要懂事了。"好多年了，长辈总是重复着这么说。

大年初一天未亮，小辈们穿上漂亮的新衣，急不可待地跑到长辈面前要利是，长辈们便万般慈爱地一边说着"快高长大""读书聪明"一类的吉利话，一边把象征富有、吉利的红包放到小辈们的手上，此时大人们沧桑的脸上洋溢一种少有的满足感和自豪感。拿到红包的小辈们，则满脸灿烂蹦蹦跳跳、兴高采烈地到户外放鞭炮碌地沙去了。

也就是大年初一那天，最高兴的莫过于全家人围在一起齐动手打粉酥做叶贴。大人是主力，小孩子自觉站在一边帮忙打打下手，排饼、递饼等。那时我年纪尚小，便好奇地看着一只只精致的粉酥、叶贴从大人的手中诞生。做粉酥用早前一天晚上煲好的糖胶和炒米粉配好，然后加入鸡蛋和磨碎的花生，加上白糖和芝麻等。做叶贴把黄糖、糯米粉混在一起搓成团后，再加入磨碎的花生、芝麻，然后把米粉团摁进饼模里，毫不马虎。用手用力摁过和用瓦匙磨过后，再用木棍把粉酥和叶贴从模里敲出来，粉酥、叶贴的制作便完成了第一步。待将粉酥烘烤熟出炉，叶贴蒸好从铁锅拿出时，那股香喷喷的味道令人垂涎欲滴。村子的每一个角落都弥漫着节日的气氛。

在做饼的时候，我们这些小孩盯着米饼眼馋，但又不敢吃，大人们有时便顺手抓一把馅料，塞到小孩的嘴里。那时虽然穷，但家家打粉酥、做叶贴都会做许多，除了自家吃外，主要用于拜年时送给亲戚朋友。小时候好吃的东西很少，它们便显得特别珍贵。

那时我看了不少的文学小说，知道每逢春节，会有不少的醒狮队走村串寨来拜年，但在"过一个革命化的春节"的背景下，醒狮队直到打倒"四人帮"后的1977年春节才姗姗走进我们的村子。记得那年那个将锣鼓敲得震天响的醒狮队除了舞狮，还表演了好多很好看的真功夫，其中几名中老年功夫好手用刀枪剑戟或徒手表演的好几个很有难度和力度的真功夫，获得了村民阵阵的喝彩声、掌声和鞭炮声。

从大年初二开始，人们穿上漂亮的衣服，挑上装满粉酥和叶贴等年糕的"麻篮"开始走亲戚了，有钱一点的骑着自行车，没钱的则步行。步行者担着"麻篮"的背后总跟着一些小孩，一长串一长串的，笑谈着行走在基围上，沐浴着江风，恰似一幅艳丽的民俗风景图。

很多年了，我看到这种活动一直进行到大年初七才停下来，而过年，则要持续到过了元宵节才算结束。

星移物换，以吃喝为主的传统过年方式已经离我们远去了。如今，吃的喝的天天像过年，年味似乎一年比一年淡了。十几年前，城里再也听不到鞭炮声了，家里也在十几年前不再自己做粉酥、叶贴了。无声无息的过年方式使过年显得十分乏味，昔日那种热烈的过年气氛只能在遥远的记忆中搜寻了。

2011 年 1 月

以前农村过春节，燃鞭炮、捡鞭炮是小孩子最喜欢的

春节用手触摸狮子会一年行好运

醒狮起舞贺新年成为南方特色民俗

大碌竹

　　阳江人讲的"大碌竹"，其实是水烟筒，是用大条的粗竹制成，有"大忙大禄，有福有禄"的意思。以前，在阳江城乡，只要有人群聚集的地方，肯定有大碌竹。不管是田间地头、商店铺面、食肆旅店、工厂车间、公共场所等处，随处可见用大碌竹的人。农村中在野外看牛看鹅看鸭和干农活的村民，很多人都将大碌竹带在身边，优哉游哉，成为农村一景。以前，农村干部出门参加会议或学习班时，亦有人带大碌

商店中有成排卖的大碌竹

竹上路的，由此可见其普遍的程度。大碌竹有多少年历史，谁发明的，无从考究。阳江人为什么喜欢大碌竹，探究起来，原来里面还有很深厚的历史和文化渊源。

　　阳江属于亚热带地区，天气炎热，通过水过滤的烟，湿润顺喉，不刺激喉咙、胸肺。民间有看法认为，大碌竹可以过滤大部分尼古丁和杂质，使烟变得更加香醇，不会使人因吸烟过多而喉咙痛、肝火盛。而且用本地

盛产的毛竹、金竹、云竹等竹制成的大硃竹，竹子本身就具有清热解毒之功效。

水烟筒的制作过程虽然简单，但技术要求却较高。不仅要选择节距均匀、皮滑无斑的老竹，还要有一定的形状，并根据个人性格爱好和身体素质来选择粗细长短。最常见的大硃竹有1米多长，口径有五六厘米。下截稍翘的，凿通上截竹膜，下截竹膜保留。水烟筒制作最关键的技术，在于烟嘴位置的安装。烟嘴安装深了，加水吸抽时，十分费力而且烟雾太小；安装太浅了，水过滤得少，烟雾太大、太重，容易被呛着，甚至将烟筒水抽入口中。只有不深不浅，安装适中，烟筒竹节过水时能发出"咕咚咕咚"般清脆而悠长的过滤回音，吸起来才轻松，才能享受到水烟筒带来的"顺喉、香醇、过瘾、独到"的感觉。在农村，有人在大硃竹的烟嘴处，还装有一个"八宝粥"类的空罐，人们吃大硃竹时喷出的烟水可以装着，晚上将这些烟水洒在屋边，据说可以防蛇入屋。

再者，抽大硃竹这种地方习俗，具有很强的民间交际、联络、沟通和娱乐的功能。阳江人抽水烟筒除了个人独自吸，还喜欢"群吃"。无论是知心的朋友或者素不相识的人，见到水烟筒都会走近来打声招呼，距离马上就拉近了。大家围在一起，一枝水烟筒大家轮番等候着，在你我手中传来递去，悠悠地吸，慢慢地吐，美美地享受一番……其间，大家彼此问候，天南地北吹黄牛皮和水牛皮，无拘无束，无话不说。

抽水烟筒还体现了一种互敬互尊、礼尚待人、尊老敬老的习性。在大家聚集一起吸水烟筒时，有很多不成文的"潜规定"。一般情况下都是长者、辈分高者先享用，而且晚辈后生要主动拿烟筒、递烟丝、送上火。特别尊贵的人员，旁人还要主动给他上烟点火。一般吸烟者都自己备好烟丝、烟火，免得别人说小气。当自己抽完将烟筒递其他人时，还要用手或袖口擦拭一下烟筒口，以示卫生和尊敬。这些微小细节，能调节人与人之间的关系，加深感情，化解矛盾和纠纷。十几年前，广东台山有个县委书记，其吉普车尾部常常放有一枝大硃竹。刚开始时，很多人表示不解。一段时间过后，人们发现，该县委书记每到一个地方，那枝大硃竹就在他和群众之间递来递去，并且大多数场合都先让群众抽大碌竹。这一招，拉近了与群众的距离，通过跟群众一起抽大碌竹，群众有话敢说了，让他从中了解到很多社情民意和建议，一些棘手的问题也得到了解决或得到群众的理解。

如今，随着经济的发展，阳江人抽大碌竹的现象已明显减少了，盛行抽大碌竹的时代已经渐渐远去，但大碌竹留给人们的是那一份丝丝缕缕的记忆和故事。

2011 年 12 月 25 日

收音机里乐趣多

日前，我在市区南恩路一家百货公司的货柜上，看到二十几台大小不一的收音机，贵的近 400 元，便宜的 30 多元。我问经理："如今手机都有了收音机功能，还有人买收音机吗？"经理答："有是有，不过没以前那么好卖了。"

经理的一席话，勾引起了我一段美好的记忆。曾几何时，在 20 世纪 70 年代的阳江农村，物质文化生活是那样的匮乏，如果谁家有一台收音机，那必定会聚集很多人在周围倾听，文化的魅力由此可见。童年的收音机给我们带来了太多的快乐，那个年代，收音机是我们生活中最好的陪伴。

我那时虽然还小，但至今还记得，在每天晚上 7 时，生产队记分室房檐底下有一个正方形的大盒子，经常会播出一些很好听的歌和一些时事新闻，正当我对那个会唱歌说话的盒子困惑不解时，大人们说，那是有线广播的接收机，俗称"喇叭"。神奇的喇叭是大队办的有线广播，经常有很多人在房檐底下听广播。后来有段时间接上了阳江县人民广播站的阳江话广播，内容更加丰富，由此我知道了县内很多的时事新闻，同时爱上了新闻。

后来，生产队买了一部收音机，放在记分室，要到开会才开。那时，每当收听"中央人民广播电台"，听到播放《东方红》和《国际歌》，就有一种庄严感。在夏秋两季晒谷时，队里的收音机才会拿出来，放在晒谷场旁临时搭的棚子里，白天放个不停，我由此在那里"听"到了不少的知识。其中杨达和黄进英的粤语滑稽相声《中非友谊万岁》"……远洋货轮带着中国人民的友好情谊，满载支援物资，远赴非洲……"至今还记得。还有《山乡风云》《打铜锣》等粤语古仔（故事）都是在那里听来的。

再后来，村里有人买了小收音机回来，听到那广播声，我羡慕得很，常常跑到人家家里去听。当国家干部的父亲知道我们渴望有一台收音机，在那年春节回来探亲时，父亲不知花了多少钱从广州买回来了一只大盒子的"红灯"牌收音机，橘红色的木头外壳闪着亮光，机身正面有玻璃掩盖的是印着一列列数字的中波、短波收听频率表，还有从机身凸出来的调台和音量控制旋钮。一时间，家里的收音机成了村中最高档的家用电器，比别家的小收音机气派多了。从那以后，收音机给我们增添了无限的乐趣。每天早晨，我利用收音机收听中央人民广播电台的《新闻和报纸摘要》，知道了国内外的不少新闻，通过听《每周一歌》，知道了很多新歌。

那台"红灯"牌收音机的收音功能相当强大（不像现在的手机只收一两个本地台），能收到全国20多个省市的广播电台，还能收到台港澳和一些外国电台。我常常收听到广东人民广播电台、上海人民广播电台、湖南人民广播电台、江西人民广播电台、安徽人民广播电台等，这些电台在每年的5月，都举办毛泽东同志在延安文艺座谈会上的讲话周年纪念活动，同时举办一些文学知识讲座广播。广播电台平时也播出广播小说、广播剧。其中的《虾球传》《林海雪原》《钢铁是怎样炼成的》都是在那一阶段听到的。在那个书籍资料缺乏的年代，听到这些让我受益匪浅。

最有趣的是收听海南人民广播电台，每当电台中出现海南话的"少秩（点）不等，戈熟晚（煮好饭）了"时，将我们这些讲阳江话的人弄得笑痛肚皮。后来，当我知道其实那是海南话"节目到此，播送完了"的意思时，又为自己的无知和肤浅羞愧。外国电台播送的歌曲歌声甜美，很生活化。虽然那时说他们是"反动电台"，只能偷偷地听，不过我只收听他们播放的歌曲为多，如有政治内容广播，我立即转台，预防"感染"。说着不太好听普通话的印度尼西亚广播电台，其播放的印尼歌曲，异域特色十分明显。香港电台播放的娱乐性和知识性的东西很多，比如春节期间，他们播放的贺年歌曲，轻松欢快，加上播出不少中国春节年俗广播，让我学到了很多知识。

在那一段艰难的日子里，收音机里播出的知识，就像一股股的清泉，缓缓流进我的心田，让我快乐地生活，快乐地成长，懂得了许多人生道理，度过了人生最美好的童年和少年时光。

商场货柜里摆卖的收音机

2011 年 9 月 3 日

爷爷的期望

转眼间，爷爷他老人家离开我们已经 26 个年头了。早就想写一篇关于纪念爷爷的文章，但总是被这样那样的原因搁置下来。随着岁月的流逝，对爷爷的怀念，就好像一首多年不唱的老歌，只要想起，记忆的闸门就瞬间打开，爷爷的音容笑貌依然清晰地映在我的眼前。

爷爷生于 1901 年，兄弟 5 人，他排行第 5，是最小的一个，在村中被乡亲们亲切地称为"五公"。几兄弟年轻时曾辛辛苦苦地从阳江到福建、大埔、海南和阳春等地做过贸易。由于吃苦耐劳加上有经商的天分，因而兄弟每人都积累了一些资本，得以在乡间建有一些房子。

由于我的大伯过继给了爷爷的二哥，也就是我的二伯公，所以我就成了爷爷门里的长孙。我的童年是在爷爷的身边度过的，每逢乡间的亲友办喜事等场合，爷爷都把我带去，见到远道而来的客人，一定要把我拉到客人面前介绍一番。在席间饮酒时，爷爷怕我与别人坐的长凳不稳，总是千方百计找来一张方凳，让我单独坐。我喜欢吃乡间的炖牛肉和腐竹，爷爷每次都用我的筷子为我夹上，那份疼爱之情，让我终生难忘。

童年时期夏日的一天早上，那时我还很小，爷爷正在天井站着为刚起床的我洗脸。突然，天地之间"轰隆"的一声传来巨大恐怖式闷响，瞬时间，房子上的瓦面"啪啪"地落了下来，只听爷爷说了"哎哟"一声，在我还没有弄清是怎么回事时，爷爷就像抓小鸡那样用力把我提起快速地走出了天井大门。不一会儿，只见很多村民纷纷从家里跑了出来，一位成年村民在基围上大声说，地震，地震，发生了地震，大家快出来！爷爷说，好危险，屋顶跌落的瓦面差点砸中我孙子，并安慰我不要怕，已经出来就没事了。这是我第一次见识地震，长大后才知道，那是一场曾经给阳江造成过沉重损失，在阳江历史上出了名的1969年7月"7·26"地震，有6.4级。

随着弟妹的增多，爷爷在屋门前的一块自留地搭起一个茅寮，同时把我接了过去住。一天下午，我一个人在茅寮屋内好奇地用火柴点蚊香时，一不小心火柴擦出的火星射在了用甘蔗叶搭起的茅寮，火星瞬时间燃烧起来，而且越烧越大。我见势不妙，赶忙跑了出来。只听见外面有人连续大声高喊："救火哟！救火哟！五公的茅寮失火了。"当年适逢生产队的一群中年妇女从垌里挑着稻谷回来，那群妇女听到失火声，连忙放下肩上担子的稻谷，各自快速跑回自己的家里拿出水桶到村后的河里迅速担水赶来一起将火扑灭。

当从圩上回来的爷爷看到茅寮什物等烧了个面目全非时，爷爷的脸色突然苍白起来，失魂落魄地忙问众人："我孙子呢？"当爷爷找到正在场外吓得发呆的我时，他抚摸着我的头说："没有伤着就好，茅寮烧了可以再建。"从此之后，整个童年时期，哪怕是晚上，我再也不敢用火柴了。

爷爷由于年轻时经过商，对商品交换的一些规律比较熟悉，在计划经济年代，出外经商是不可能的了。每逢圩期，爷爷都到圩上的农贸市场做起了乡村经纪人，受到买卖双方的信任。因而每个圩期的收入除可供家里零用时，还能随着季节的变化，买了不少的柿子、荔枝、龙眼、熟菱角、熟甜薯等零食给我品尝。毫不夸张地说，在那个物资奇缺的年代，是爷爷让我吃到别人看来口馋的东西。

我很小的时候，就经常听爷爷说他读过几年私塾，在乡间也算是一个识文断字的人，他每天都到离村子很近的圩上供销社的商店里看当时只有一张报纸4个版的《南方日报》。在那个没有电视、收音机奇缺、交流机会很少的年代，爷爷借此窗口了解了外面世界的不少信息。其中留给我印象深刻的是 1975 年夏季，中国登山队第二次从北坡登上了珠穆朗玛峰，一名队员在登山时不幸牺牲，爷爷给我读了新华社为此播发的一篇通讯《珠穆朗玛峰一青松》。带我趁圩的时候，他发现我对图书和油画十分喜欢，就把我看中的图书和油画都买了下来。其中有一幅《毛主席去安源》的彩色油画在家里挂了很长的时间，曾令村里的人羡慕不已。后来搬家进城时，在那两三大竹箩的图书中，我发现，有一半是爷爷的钱买的，但那时爷爷已经离开了我们。

爷爷常对我绘声绘色地讲述林则徐在广州禁烟、在虎门销烟，关天培等爱国将士在广东沿海地区英勇抗击"番鬼佬"——英帝国主义对我国侵略的斗争故事，说他们为中国人民抵抗外侮立下了不朽的功勋，是民族英雄。为我上了爱国主义教育的第一课。后来，当我读到上述有关详细的史实时，我十分惊叹和佩服爷爷惊人的记忆力和见多识广。

开始上小学的那年 9 月 1 日，开学的第一天早上，是爷爷亲自拉着我的手把我送到学校门口，一直看着我欢快地跑步进入人生接受正规教育的起点。

爷爷经常对我说，你一定要好好学习，将来考上大学。我是看不到你今后做什么工作了，但我希望你要为国家做一些事。

当爷爷以 80 岁的高龄去世时，还在县城上学的我惊闻这一消息的那一瞬间，顿觉天旋地转，眼前一片漆黑。

爷爷没有能够看见我的成才，没有享受到我的任何回报。然而可以告慰爷爷的是，您的孙子已经成长为一名资深新闻工作者了，每天都在为我们国家的"三个文明"建设鼓劲与呼吁，做的是挺有意义的社会工作。

爷爷，您安息吧！

2006 年 4 月

奶奶教的阳江儿歌

最近，看了江城区委宣传部编的《阳江儿歌》，发现里面的大部分儿歌都有一种久违的亲切感，在我轻轻地唱起那歌时，便不由自主地想起了我的奶奶。小的时候，是奶奶教会了我唱阳江儿歌。

奶奶余氏是开平赤坎人，她不是我的亲奶奶，我的亲奶奶卢氏在我父亲6岁那年已病逝了。她虽不是亲奶奶，但对我们十分之好，在我懂事时她已说得一口流利的阳江话。至于奶奶有没有念过书，识不识字，识多少字，至今我都不清楚。但奶奶在我们小的时候给我们讲的故事我们听不完，教的阳江儿歌几乎每天都有新的，而且都是应景而教，印象深刻。很多的阳江儿歌至今仍然记得住，也唱得出来。

记得有次圩日，天下着毛毛雨，爷爷戴起帽来去等圩。奶奶把伯父的孩子和我们几个叫在一起，面对着爷爷教我们唱了起来："落水仔微微，阿公去等圩，阿婆偷米做煎糍，冇得阿公吃，阿公捉阿婆打屎忽，打得屎出出。"我们边跟着奶奶唱，边观察爷爷的反应。爷爷听到我们一起唱了起来，笑眯眯地去等圩了。

又有一次，奶奶带着我到晒谷场晒谷，晒完谷后在离晒场不远的地方找个树荫坐了下来。一会儿，有麻雀飞到晒谷场吃谷，奶奶便大声唱了起来："麻雀仔，路边褒，阿娘晒谷你来偷，有日终归捉紧你，慢慢潜毛挂上钩。"奶奶唱完，操起一块石子打过去将麻雀赶跑了。听奶奶唱那歌，我觉得很惊奇，也很贴切，当即就学会了这首儿歌。

奶奶带堂妹时，堂妹常哭，奶奶边用双手推着堂妹的双手边唱了起来："灵林磨谷，推米戈（煮）粥，个人吃一碗，留碗阿妹泵肚卜，吃得饱饱好看屋，无比贼佬偷都那屋几那几围谷。"

接着奶奶又打起堂妹的手掌继续唱："打掌仔，卖咸虾，咸虾香，卖老姜，老姜辣，卖甲由，甲由骚，卖酒糟，酒糟甜，卖禾镰，禾镰利，一刀割紧阿婆那个鼻！鼻头低，剐个鸡，鸡尾长，剐个羊，羊角扭，扭紧二叔婆那光狗！狗眼睛，剐个鹰，鹰力诺，剐个鹤，鹤头鹤尾做一镬。"堂妹听完两歌后果然不哭了，反而笑了起来说："奶奶唱得真好听。"

有次端午节，两位大姑担着粽子来了。奶奶十分高兴地教我们唱道："白鹤仔，企云台，看见阿姑搭渡来，左手开门姑入屋，右手顿姑脱落鞋。铜盆打水姑洗面，蜡烛点灯姑踏鞋。宰鸡杀鸭姑无吃，糯米做糍姑去归，口衔绿豆去归栽。绿豆生花棚过海，姐妹有心系爱来。无系贪头来改吃，大家讲句得心开。"歌中的"姐妹有心系爱来"，说明了亲情的宝贵，我记忆很深。

每当月亮光光的时候，奶奶常常对着月亮，教我们唱起了阳江儿歌的月亮系列："月亮光光，贼佬去偷塘，盲佬看着，哑佬话知，拐佬去蹢，蹢到瓮菜坊，执双红木屐，红木屐冇牙，执张耙，耙冇齿，执张椅，椅冇枒，执把秤，秤冇砣，执个箩，箩冇鼻，执个水牛自（小母牛）……""月亮光光照竹坡，鸡嫲耙田蛤唱歌。老鼠行街钉木屐，猫儿担凳等姑婆。姑婆去都那位洲，屋企冷饭臭都收（糇）。"

还有教育儿童要好好学习，不要亏了读书花去的钱粮的："月亮里头一粒珠，送妹过河去读书，读都三年冇个字，亏都白米喂猫儿。"这些儿歌是那样的琅琅上口，如今唱起来仍然充满情趣。

有次邻村有人结婚，接亲的队伍经过我们村后，奶奶又教我们唱起了："鸡公仔，尾红红，入园扒菜又扒葱，扒得葱来捞韭菜，韭菜生花满地红。大姐入园执一朵，小妹入园执一箸。大姐执来梳大髻，小妹摘来梳蓬笼。"

有两首儿歌记忆十分深刻："牛角仔，角弯弯，大哥嫁妹上牛山。小弟骑牛去接姐，阿姐割禾无得闲。放下镰钩讲两句，眼泪流流流湿衫。"这十分形象生动地说明了生活的艰辛。"謇謇屁，屁謇謇，屎忽花花计话人。"这几句教育人不要净说别人的缺点和不足。

还有一首《大话歌》："好久未有讲大话，今晚唱条大话歌。一条黄鳝三斤半，一条萝卜切三箩。三更半夜贼吠狗，吓得阿婆用被盖过头。搂着葵衣去饮酒，着上长衫去驶牛……"当时觉得这首歌十分滑稽可笑。

"60 后"的我们的童年，那时儿童歌曲少得可怜，但奶奶教给我的阳江童谣、儿歌少说也有几十首。阳江的童谣、儿歌其内容是那样的丰富、生动有趣和有教育意义，如今重新唱起来，仍能唤起我对童年生活的美好回忆。

奶奶作为一个外地人，在阳江生活后，能够学会那么多的阳江儿歌，并能很熟练和灵活运用到相应的情景中去教会我们，这说明了阳江的文化沃土是多么的丰厚。

感谢江城区委宣传部，将历史上的阳江儿歌编辑成书，为弘扬和传承阳江的传统文化做了一件很有意义的工作，也为我辈重温小时候的乐趣提供了莫大的帮助。

2010 年 9 月

Chapter 6

乡 居 记 趣

· · ·

果 然 风 景 不 寻 常

"白云在蓝天赛着跑，风在树梢摇。孩童挽着手儿笑，争说谁的新娘好……"

每次听台湾音乐人叶佳修这首《乡居记趣》，清新、活泼、生动，一片令人陶醉的田园风光扑面而来，总会把我带回那梦牵魂绕的故乡。20世纪70年代在乡下麻汕桥头村的生活往事像电影一样，一幕幕地映在我的脑海，任凭岁月的冲刷，挥之不去。

满村番桃树

番桃，是热带果树，原产热带美洲，是常绿小乔木或灌木，因其来自国外，故名为番桃，是亚热带名优水果品种之一。番桃在我们阳江普遍被称为"花敛子"，如果你说番桃，可能没多少人知道，可是一说到花敛子，大家都知道是什么。

如今村里仍种有花敛子

我不知道我们村从什么时候开始种植番桃。从懂事起，我就发现村里家家户户都种有少则二三棵、多则二三十棵的番桃树，种得多的人家，番桃还成为一笔经济收入。

番桃的果形有球形、椭圆形、卵圆形及洋梨形，果皮普遍为绿色、红色、黄色、浅红色、浅黄色，果肉有白色、红色、黄色等。村里的每户人家种的番桃的果型或味道没有一户是相同的，有数十个品种之多，但这些番桃的肉质细嫩、清脆香甜、爽口舒心、常吃不腻。番桃树上的嫩叶还有止泻的药效。我想，这应该是祖宗经过多年的挑选留下的优良品种吧。

每年的 6~9 月是番桃大量成熟的季节，硕果累累，挂满枝头，村子散发出淡淡的果香。一箩箩的番桃除了卖之外，好客的村民会邀上亲朋好友前来品尝。但是，也有不少的邻村小孩常常瞄准时机结伴前来偷摘番桃。

番桃树的树身很滑，要想爬上去还需要一定的胆量。那时我天不怕地不怕，经常带上篮子和绳子爬上家里一棵很高的大树上，把篮子挂在树杈，将摘到的番桃放进篮子。然后用绳子拴住篮子慢慢放下来，堂姐在树下接应，将篮子里的番桃放进竹箩中，再将空篮提上来继续摘果。那次，摘到的番桃卖了 2 元多，堂姐要求给几角钱去买点东西，而我却拿这钱到圩上的供销社买了新到小说《闪闪的红星》和几本新连环画。

多年以后，我渐渐长大了，总觉得那次对不起堂姐。前年，我到香港旅游，专门带了一袋家乡番桃去看望已在香港定居的堂姐。一看到来自家乡的花敛子，堂姐眼中放光，和我谈起了很多的童年往事。当说起那次没有拿钱给堂姐买东西表示我的歉意时，堂姐却说："其实，那时看到你坐在石桥（板）上看小说看得那么入迷，我心里比买什么东西都要高兴。"

2011 年 7 月

男女老幼会游泳

我们村三面环水，村前（南边）有漠阳江和塘仔河，东边和北边分别有东干渠（当地群众称为"水利"）和边涌两条河绕村而过，十足的水乡，除了用水方便外，春天到来绿满庄，夏天来了好游泳。

其时，绕着村子北边到东边而过的东干渠，河水十分清澈，村民在河边分设有5个"步头"（阳江话，意为"埠头"），村民在此担水吃，洗衣物。夏天天气炎热，村里的人们都会来这个地方冲凉游泳，大人教小孩，日子一长，除极少数人外，大多数的村民从小就学会了游泳，村里经常会进行一些游泳比赛，增添了无穷的乐趣。

有年暑假，我城里的表弟来了，原来是"旱鸭子"，跟村里的小伙伴到步头学了几天，他不但学会了游泳，还学会了打水仗和潜水。

不过，有次却出了意外。一位六七岁的小妹跟十几个小伙伴到村中最大的一个步头游泳时，由于水太深，小妹的功夫浅加上心虚，潜下水时较长时间没有上来。几个大一点的男孩连忙潜下水底寻人，另派人回村向大人报告。

待到大人赶到时，几个大一点的男孩已将小妹抱上了岸，在手忙脚乱哭着给已昏迷的小妹做人工呼吸。一名大人见状，连忙托起小妹并用肩膀顶住她的肚子快步跑向圩上的卫生院。

好在村子离卫生院不到一公里，医生抢救及时，小妹最终转危为安。

从那以后，大人对小孩的管教严了很多，小一点的孩子没有大人的陪护，不再到河里游水了。

然而，我等一帮大一点的男孩，却将大人的话左耳入右耳出，不久转移到了桥头水闸桥，一个个只穿条裤衩，就从水闸桥上跳下近 10 米高的边涌河，玩起了"跳水"。大人们见之，担心得要命："倘若河下面有木桩或石头，就玩完了。"而我等却前赴后继，跳下河爬上来又跳，玩得好开心，好在什么事都没有。

2011 年 8 月

会捉鱼的家猫

《小猫钓鱼》的故事大家都知道，但那是一个美好的寓言故事，并不真实。

我们村子三面环水，这样的环境，使得河里的鱼很多。有位村民养了一只很漂亮且十分乖巧和机灵的家猫，不但捉老鼠了得，还会捉鱼。

一天早上，这位村民看到家猫从外面叼着一条一斤多重的鲤鱼回来，当猫将鱼放在家里的木盆时，鲤鱼还跳了起来。村民十分惊奇，家猫怎么会捉鱼？

将鲤鱼煮熟后，村民将鱼头鱼尾分给家猫享用，家猫在"咪咪"声中尽情地品尝着美餐。此后，一连几天，家猫都从外面叼着鲜活的河鱼回来。村民决定揭开这个谜底，便放下手中活计，一整天盯住家猫。但那家伙白天睡觉，晚上伏在家里谷仓旁守候，准备抓老鼠。天刚亮时，猫跑到村北的边涌河边埋伏，眼睛盯住水面。突然"叭叭"一声水响，一条鲤鱼跃出水面，跳上了岸并在挣扎，家猫瞄准机会猛扑上去，三两下就制伏了鲤鱼。

原来如此！村民这才恍然大悟，这只有灵性的家猫用的是"守株待兔"战法。但其什么时候发现河里的鱼会跳上岸这个秘密？这不得而知。而家猫捉鱼的故事就这样从村子传开了，大家无不竖起大拇指，直夸该村民前世修来好福气。

2011 年 9 月

钓鱼王

前面讲到，我们村子三面环水，这样的环境，使得几条河里的鲤鱼、塘虱、生鱼、白鳝、黄鳝、草鱼等鱼类多得数不过来。"靠山吃山，靠水吃鱼"，河里有那么多的鱼，钓鱼，成为那个缺衣少食年代村民们改善生活的不二选择。

在村前的塘仔河，村东边和北边的东干渠、边涌，每当干完农活，几乎家家户户都有人在此钓鱼。每每下钓，总有收获。有时没时间，晚饭后带上几杆钓到河边放，早上收钓。钓上的生鱼、塘

村子背后静静流淌的"水利"，曾经是钓鱼的好地方

虱、草鱼等这些优质鱼，回家来个煎、煨、炖、炒，再美美地喝上一盅米酒，别有一番乡野风味。

在众多的钓鱼人中，村里有位十几二十岁的青年人，他的钓鱼水平很高，钓的鱼特别多，被村人称为"钓鱼王"。钓鱼王有他独特的一套方法，钓鱼前，他准备了足够多的蚯蚓作为引饵，选择在傍晚时分下钓。有次，

钓鱼王在靠近学校的东干渠（该处河面宽像水塘）下了 20 杆钓竿。刚刚下完，钓竿就接二连三摇个不停，鱼儿上钩了，他带上水桶在不停地起钓，钓上来的大多是塘虱、生鱼和白鳝。起钓，脱鱼，下钓，忙得不亦乐乎。很快，鱼就装满了一水桶，有白鳝还跑了出来。钓鱼王只好求路人"寄声"回家，叫弟弟另带上两个水桶来帮忙。那次，钓鱼王足足钓到 3 水桶鱼，除了自己吃和送人之外，他还将鱼拿到圩上卖钱。

2011 年 10 月

捕鱼能手和鸬鹚

村子三面环水，几条河里的鲤鱼、镰刀鱼、塘虱、生鱼、白鳝、黄鳝、草鱼等鱼类多得数不胜数。这么丰富的渔业资源，曾经吸引了江城和春城的一个渔业生产队前来驻扎捕鱼。专业的渔民姑且不说，我要说的是我们村里有两位村民家里均置有网具和竹排，成了捕鱼能手。

村前的塘仔河连着边涌和漠阳江。有次，其中一位捕鱼能手在此河很深的大籜竹一带下网时，发现一条很大的鲤鱼在河中时隐时现，捕鱼能手一阵狂喜，轻手轻脚划着竹排绕着鲤鱼撒了3层的渔网，围捕大鲤鱼。没多久，渔网的浮标急促下沉，3层的渔网连在了一起，大鲤鱼碰网了。为了提防其挣脱渔网逃跑，捕鱼能手连忙跳进河里，双手死死抱紧已经被渔网缠住的大鲤鱼。到大鲤鱼无力挣扎时，捕鱼能手费了好大的劲才将鱼连网一起拖上了岸。

返村一称，大鲤鱼足足有80斤重，村中的一些老人都说从未见过这么大的鲤鱼。后来，捕鱼能手将大鲤鱼拉到圩上开刀售卖，引得不少人前来看热闹。有人还戏说捕得的是鲤鱼精，这样一来，人们争相购买，捕鱼能手因此发了笔小财。

村中还有一位捕鱼能手，个子高高的，专事抛（撒）网捕鱼，成为村里有史以来捕鱼最多的人。

他捕鱼很有方法，先找些牛屎和糠仔，将两者搅均匀，分做几个球团，然后选在傍晚时分，将这些球团分别投进环村的几条河边作为饵料，然后双手紧握着抛网，眼睛像猎鹰一样盯住河里放饵料的地方，发现有鱼，一网抛下去，将贪吃的鱼儿一网打尽。此招屡试不爽，收获颇丰。听说最多的一网打了四五十斤的鱼，卖鱼的收入可观。

这名捕鱼能手还将这手捕鱼绝活教会了他的儿子，而他的儿子也很争气，不但将绝活学到手，而且青出于蓝而胜于蓝，有时发现河里有鱼，一个"鲤鱼翻跃"，潜入水中，出水时双手都能抓住鱼，成为又一捕鱼绝活。

有一次，我看到两个说阳江话的陌生渔夫，头戴着我们当地很少见的大竹帽，身披着大蓑衣，携着两个竹排和好几只鸬鹚在桥头水闸桥的边涌一带捕鱼，竹排上放着几个装鱼的大鱼篓。

鸬鹚，也称鱼鹰。只见鸬鹚整齐地站在竹排上，各自脖子上都被戴上一个脖套。只听渔夫一声哨响，几只矫健的鸬鹚纷纷跃入水中捕鱼。没多久，鸬鹚捕到鱼浮出水面，由于戴着脖套，它们无法吞咽下去，只好叼着鱼返回竹排。渔夫把鱼取下后，鸬鹚又再次潜下捕鱼。这样的人鹰合作，构成了一幅完美动人的和谐画卷，成了一道难以言说的美景，引得当地很多人相继前来看热闹。

鸬鹚不时潜入水中，又跃出水面，来来回回之间捕得了百来斤鱼。

后来我才知道，鸬鹚捕鱼是我国传承千年的古老技艺，也是原住渔民世代相传的传统渔

阳春合水和河口还有鸬鹚捕鱼

事项目。人们在辛勤劳作，鸬鹚也在靠自己的努力赚取口粮，人与自然、与万物和谐相处在这一片山清水秀的湿地中。

可惜的是，这样的美景如今在阳东和江城已经很少见了。

2012 年 3 月

野水鸭和家鸭蛋

在我们村后的边涌河，河边种有连片连片的苍翠大竹，河里鱼虾无数。这样的生态环境，引得几群野水鸭常在河面上游弋，每群多则十几只，少则三五只。这些绿头野水鸭，身上的羽毛长得十分漂亮，与边涌两岸美丽的风景构成了和谐的画面。很多次，我尝试着靠近它们，想仔细去观察它们，但它们十分警觉，每当快走近时，争相"扑通、扑

村后边涌河昔日野水鸭游弋的地方

通"着飞走了，留下的是河面上层层凌乱的涟漪。

野水鸭曾惹来了一些猎人，他们曾试图用枪去打这些野水鸭，但每次只能徒呼奈何！

离野水鸭游弋地几百米的地方，是村里设在东干渠中最大的一个"步头"。该步头有个很大的水塘，村民常到那里担水、洗衣物、冲凉，进行游泳比赛。离水塘不远处有个小岛，植被丰富，一般人怕岛上有蛇，不敢上岛。有次，我和村中一些小伙伴在水塘进行游泳比赛，我率先游到了岛边。

看到其他人还在半途比拼，我就上了岛。岛上的植物郁郁葱葱，令人惊喜的是，在一棵蕉树下，有一窝鸭蛋，我如获至宝，将鸭蛋数了数，足足有12只。那时村人在河中自由放养鸭子，也不知是哪家的家鸭在此下的蛋。

当我将鸭蛋用手巾包好往回游，并告诉小伙伴时，有人还不相信。上步头时，我将手巾打开，望着阳光下闪光的鸭蛋，小伙伴们睁大双眼说："小岛真的有鸭蛋！"

那天晚上，我用几只鸭蛋煎成了香醇可口的荷包蛋，美美地吃上了一餐。

2012 年 5 月

卖麻糖与拾银仔

20世纪70年代的阳江乡村，孩子们的童年大多是在进村的麻糖佬"叮叮当当"之声伴随着"猪骨换麻糖"的吆喝声中长大。然而，一种摆摊的"麻糖佬"给我留下了难忘的记忆。

每逢乡下"1、6"圩日，总有三四个麻糖佬在我们村通往圩的路旁，支起几把太阳大伞在摆摊卖麻糖。那麻糖有圆形红白相间的，有军棋状的，也有长方体软糖，还有黄糖制成的多种麻糖。

那时乡下的圩日人山人海，路过卖麻糖这地方的人不少。三四个麻糖佬在不断地吆喝："麻糖！麻糖！"不少人凑过去，1分钱2分钱一颗，5分钱一颗，也有用纸角包好的，每包2角钱5角钱不等，买的人还真不少。

午后，随着从圩上出来的人越来越多，花上几角钱买麻糖回去的人更多。麻糖档前人山人海，热闹非凡，生意兴隆。

那时1分、2分、5分的硬币流动使用很频繁，麻糖档生意好时，不少的硬币从摊档上掉到沙地里，麻糖佬还全然不觉。一次，我小妹（现为阳东一中音乐老师）和村里两个小孩在麻糖佬收档后到那地方玩，无意中在沙地里捡了好些"银子"，她们高兴得不得了。

发现这个"秘密"以后，每当"麻糖佬"收档后，小妹和她的小伙伴们都会到那地方去，每次都有收获，有次听说捡到的"银子"足有 2 元多。亲爱的读者，你可别小看这 2 元钱，当时一个普通国家干部的月工资只有四五十元，他们一天的收入还不到这个数啊。

2012 年 10 月

象棋王

最近，阳江市象棋协会秘书长谭流跟我说起阳江象棋发展的有关事宜。我兴奋地说，我老家有个象棋王，我小时候发现在我们那里没人是他的对手。谭秘书长问我："你老家是……""我老家在红丰镇麻汕。""哦，你说的那个象棋王叫刘齐滔，乳名叫'不引'，我认识他。20世纪70年代后期，他参加过几次阳江县象棋赛，排在前五名，不简单，在阳江县象棋界是个人物。"

20世纪70年代，不引是我们村里的青年，人虽然生得有点消瘦，但长得十分精神。他读书可能不多，但平时十分喜欢看小说，什么《七侠五义》《西游记》《敌后武工队》等等，他看了一本又一本，没人知道他究竟看了多少本书。

也不知从什么时候起，很多人都说不引的象棋棋艺十分了得，在方圆20里没人赢过他。这高超的棋艺与多看小说究竟有没有关系？只有他自己才知道。

又是一个麻汕圩圩日，热闹的圩上一角，有一位外地来的青年拿出象棋在摆"残局"。朝金村一位好奇心十分重的人立即找到不引，要他应战，声言赢了两人分钱，输了则由他负责赔钱。

不引到达现场时，对着"残局"观察了一会儿，对摆局的青年说："赢了如何？输了怎样？""你赢了我，我给你2元，你输了我，你给我1元。""好！咱们一言为定。"不引说。

"残局"开始了，双方楚河汉界，你来我往，战了几回合，摆残局的青年就输了。原来他在残局上的一个棋子放错了一小点位置，招致了败局。观棋的人和那位好奇心十分重的人高兴得不得了。

摆残局的青年又在布局了，这时观棋的人越来越多。那位好奇心十分重的人对摆残局的青年说："这盘的赔率要翻倍，干不干？"

"啊哎！你是不引，你快称他为师傅吧！"一位30岁左右的稍胖青年进来对着不引和摆残局的青年说。

"不引大师，我们从外地来这为找两餐，你行行好，就不要断了我们的生路了吧。"

不引见来人这么一说，打算依了他们。但那位好奇心十分重的人却说："这有什么行不行，我说下就下，输了我赔钱。"

再战一回，摆残局的青年又输了。

那年代，输了几块钱，心里很难受的。稍胖青年这时抓起象棋，带着摆残局的青年对不引说："大师，对不起，我们走了。"

众人忙问不引："你认识那胖青年？"不引说根本不认识他。

又过了些时候，县城来了一位中年男子到圩上又摆残局，与不引同样交锋两个回合，都输了。中年男子见两回的残局都输了，十二分的不服气。对不引说："咱们再下两盘全棋看看。"不引应声说好。两盘全棋下来，中年男子都输了，而且输得气顺。观棋的人爆发出阵阵的掌声。中年男子说，行走江湖20多年，从未碰到过对手。不引从此更是声名远播，"象棋王"之名从此就戴到了他的头上。

一天早上，不引从村里骑单车到闸坡买咸鱼做鱼贩，他在闸坡街上看到一群人围在一起下象棋。棋瘾发作，不引放好单车后和那群棋友杀得天昏地暗，竟然没一人能赢他。买咸鱼做鱼贩之事已丢在爪哇国了。

傍晚，当不引离开棋台时，有人问他："小子，这么厉害，哪里人？"
"我是麻汕人。"不引爽朗地答道。

2011 年

村里也种红高粱

最近，我国著名作家莫言获得了诺贝尔文学奖，成为我国获得该奖的第一人。消息传来，最为人们所熟知的莫言作品《红高粱》及同名电影的拍摄地点——宁夏镇北堡西部影城则迎来了新一轮旅游高峰，各地游客纷纷赶至此处，争相一睹当年电影《红高粱》的拍摄地点及景观。据媒体报道，在莫言家乡山东高密，当地政府更是决定投资 1000 万，种万亩红高粱，打造当地旅游景点。红高粱，随着莫言获得诺贝尔文学奖，重回人们的视野。

看罢上述信息，让我想起了小时候，在我的老家，距阳江城 15 公里远的漠阳江东岸的河沙洲上，曾种过大片大片的红高粱。当高粱长到成人高时，河沙洲仿佛成了电影《平原游击队》中的青纱帐。当高粱成熟时，河沙洲上大片大片的红高粱十分美丽和壮观。这种景观在我们当地以前从来没有过，只能在电影中看到，我们为此感到十分兴奋和自豪。后来看电影《红高粱》时，望着影片中似曾相识的场景，家乡曾经的红高粱给了我莫大的兴趣。

我为此走访过村中的长者。原来，在此以前，家乡从没有种过高粱。20 世纪 70 年代中的一年，漠阳江发大水，将基围（捷东堤）堤内堤外的农作物浸死了大半，想补种当地农作物又不合农时。当时的公社党委不知从哪弄来了一些高粱种子，分发各村，同时要求大种高粱度荒。别的村子以没有种过高粱没有经验为由，拒绝种。而我们村（当时叫生产队）则执行了上级的指示，按照上面要求种了几十亩的高粱。经过村民集体的努力，漠阳江边大片大片青青的高粱成长起来，成熟时成片的红高粱由青转红，景观煞是好看，引得不少群众在基围上观看，不断地啧啧称赞。

红高粱收获时，几十亩的高粱获得了大丰收，可以说首战告捷。村民们兴高采烈将收获的红高粱挑往晒场上晒干，然后分给各家各户作口粮。在有经验的人员指导下，村民学会了用木对舂脱壳，再用罗斗过滤，煮红高粱粥吃。家有劳力的，还将脱壳高粱磨成粉，做各种糕点和"玛仔"，村民都说高粱虽是杂粮、粗粮，但其味道还可口，能解决吃饭问题。只是限于当年的条件，做成糕点工序比较复杂，费时费力。所以，次年生产队集体就没有再种。而一些喜爱高粱，加上听说高粱有和胃、消积、温中和凉血解毒的功效，村里和邻村一些家里劳力较强的村民则从此在自家地里及将一些荒坡开发出来，种上了高粱。每当高粱成熟时节，家乡的红高粱成为一道引人注目的风景，这景观一直延续到 20 世纪 80 年代初。

2012 年 10 月

乡下的簕古

　　早些天回乡下，见到一位妇人担着一担长长的鲜簕古往村里走，我忙问她："你割这么多簕古干吗？""包粽子呗！"妇人说。"端午节早已过了，还包粽子？"我说。"包去卖呢，用簕古包的粽子挺好卖的哩！"看到担鲜簕古的妇人一脸满足的样子，我陷入了无限的思绪之中。

　　在乡下的土地上，这种亚热带植物——簕古到处都是。它不会卖弄风骚招人眼球，只是默默地长在沙滩上、园子边、灌木旁、野地里。簕古没有婀娜的身姿，只有长着多叉而又粗糙的躯干，沿着枝杈长着一束束长条带刺的叶子，尖尖的叶尾齐齐向外弯着，一束绿色的叶子就像一朵盛开的花，这便是簕古最动人的风采。

　　我细细观察过，簕古这东西具有强大的生命力，它受得住干旱，耐得住贫瘠，不管是沙是泥，都能生长。只要你用锄头在别的簕古上掘下一枝移到别处种上，只需把泥土压实，不用淋水，也不用施

簕古

肥，它照样生机勃勃，绿叶婆娑。不久，它从根部又能长出一棵小的簕古，长了又长，越长越多，越长越密，枝挨着枝，叶扎着叶。它不怕风，越迎风那刺越长得长、长得硬。

簕古的叶子因有尖利的刺，村民们常种它来围园种庄稼。在园边种上一圈簕古，它越长越密，就成了一道带刺的屏障，保护着园里的果实。猪牛望而却步，狗见而生畏，鸡鸭之类更不敢近前，盗贼也对它敬畏三分。园里的庄稼在簕古的呵护下无忧无虑、随心所欲地生长，育出满园的翠绿。簕古成了庄稼的忠诚卫士。

对于带刺的簕古，我们这些孩子不但不怕，反而常常采它的叶子做成各种玩具。最简单的玩具是风车，那时几乎乡下的小孩都玩过。拿两片削去刺的簕古叶子，交叉折叠穿插，便成了一个"十"字形的风车，在中间插上一枚针仔簕的刺，手拿住刺让它对着风，它便不停地转动着。有时将簕古叶做成喇叭来"滴答滴答"地吹，竟也能成为乡村的乐曲。我们还拿过簕古叶片编织成各种飞鸟来拍打，也编织成有风帆的小船，在村边的小溪边"比赛"。小时候的玩具少得可怜，而自己动手用簕古制作的玩具至今想来也特别有意思。

端午节到了，家家户户用簕古叶片来包粽子，一般都是包成菱形的。人们把浸透的糯米、绿豆和猪肉、晒鸭蛋、小虾米等装入簕古叶片里，然后包好，放在铁锅里熬。粽子熟了，我们迫不及待地提着簕古叶包的清香味粽子在村子的巷子里走来走去，大家比着谁家的粽子好看又好吃。

2012 年 10 月

放水捉鱼与抓田鼠

冬日的一天返乡，偶见到乡下的亲人在整理刚从河里捉来的无污染的鲜鱼，引起了我对童年生活的一些美好记忆。

我们村子的后面有一条"水利"（小河），是双捷拦河坝东岸引水工程

村人在分拣鱼虾

在村东面的小河一个拐弯段，留有新中国成立初期由于挖泥建设东堤（基围）时形成一口较大的水塘，水塘北边堤围与下面的边涌隔开。因为边涌比水塘低近10米，村人在堤围下面设有涵道口，在水塘底部涵道口处设有一个小活塞。开春时，双捷拦河坝放水，水利和水塘满满是水。那时，这些地方天然生活着很多的鱼。

秋季，双捷拦河坝不再放水，水利的水也少了，鱼儿集中跑进了这水塘。村民用泥将水塘与小河隔开，派出水性好的村民潜下塘底，将活塞移开，两三天时间，水塘的水慢慢干了，种类众多的鱼儿像集中在那里"开

大会"（村民用语），场面十分壮观。这个时候是全村的大喜日子，全村的男女老幼都站在水塘边看青壮年将开大会的鱼儿捕捉上来。

"嗨，那条鲤鱼好大哩!""那条生鱼很生猛啊!""那边还有塘虱、白鳝、黄鳝呢!""哈哈哈!""野生的鱼儿真是多啊!"……

村里的青壮年使尽力气将那些鱼全部捉了上来，装了足足10个大竹箩。全村的十几户每户都分到了很多的鱼儿。往往这个时候，村民们拿出看家本领，煮蒸炖炒，一些人将大鲤鱼焗酒，各施其技，做成多种美味的全鱼宴，全村的村民都吃了好多天丰盛的鱼餐。

冬天的乡下，田里的稻谷早已收割完毕，空旷的田野一片萧索，这时的田鼠正吃得肥肥的，窝在洞里过冬。听大人们讲，田鼠是最有营养、最好吃的。一天，村里一群小青年召集来村里的几条狗，一群人浩浩荡荡地带着狗群向村后旷野的田野奔去。灵性十足的狗群不一会儿就在田埂上找到了田鼠伪装得很好的洞口。

一个鼠洞往往有三四个出口，小青年在其中的一个鼠洞口烧些禾草熏烟一通，连通其他的鼠洞就涌出了烟来。有的鼠洞绵延数十米，你在这头熏，就从老远的地方冒出烟来。受到烟熏的田鼠接二连三地跑出来时，一群人就拿着木棍、竹棍手忙脚乱地扑打，空旷的田野令它们无所遁形。有些田鼠的耐烟能力也很强，烟熏的过程通常就是个比耐心的过程，往往就在你以为里面是空的准备放弃的时候，这些家伙才昏昏然地跑出来了。

一些狡猾的田鼠还会从里面将洞口堵死跟我们玩地道战，这时，村里的小青年就一同在多个洞口往里灌烟。很少有田鼠能想到堵住两头将自己保护，正因为鼠洞四通八达，就给了它们一种幻觉，好像能从某条通道逃出来。可是田鼠哪能斗得过人类，通常不用半天的工夫就能打到很多的田鼠，那些小青年就忙着拿去开膛剥皮了。

我自始至终都兴奋地跟在队伍后面跑，有时也帮着用草帽往鼠洞里扇风点火，满以为会有我们的一份，狗们也喘着舌头等着。但是，一俟所有战利品整饬完毕，小青年们却又商量着把它们腊干起来什么时候会餐，我们于是就耐心地等着某一天会有人来通知我们去会餐。

印象里我没有吃过那种腊田鼠。只是跟村里的小青年出去捉田鼠，可吓坏了心疼我的爷爷，爷爷说我年纪还小，一旦被田鼠咬着或是鼠洞突然跑出一条毒蛇那可不是闹着玩的。从此以后，我就再也没有"三群五队"（村民用语，意即结伴）跟着去捉田鼠了。

2003 年 12 月

麻糖佬

20 世纪 70 年代的阳江乡村，孩子们的童年大多是在麻糖佬的吆喝声中长大的。在我所见过的麻糖佬中，有两类麻糖佬给我留下了难忘的记忆。

（一）

那时，当"叮叮当当"之声进入村子时，只见一个"收买佬"挑着一担大竹箩，边用手用力地旋转"叮当"，边大声吆喝："收——鹅毛鸭毛、烂铜烂铁、猪骨头毛、生胶鞋底。"那台词，对小孩来说是一种巨大的诱惑，如同磁性般引来了不少村童将家里的鸭毛鹅毛、猪骨头毛、牙膏壳等拿出来

走村串乡的麻糖佬

交给收买佬。收买佬估量过后，跟村童讲好数，便将大竹箩上的盖子移开，把这些东西放到大竹箩里，然后将盖子放在大竹箩上，再将上面的盖子揭开，在玻璃瓶里取出相应的麻糖交给小孩。小孩到这个时候往往是高兴的，

拿起麻糖便跑去跟小伙伴分着吃了。因此，在我们的那一个区域，人们普遍将收买佬称作麻糖佬。

有一年，过节的时候，我看到有一家人的小孩央求父亲只宰鸭或鹅，不要宰鸡。父亲问为何？小孩说麻糖佬只收鸭毛和鹅毛，能换不少麻糖，而鸡毛一文不值，鸡肾衣换来的麻糖很少。

麻糖佬很能吃苦耐劳，整天挑着大竹箩的担子东奔西走，走村串户靠用麻糖换取废品谋生。

一次，村里放了一部反特的电影，片中有一个一条腿残疾的敌特扮作麻糖佬来窃取情报，被公安侦破，从其安装的断肢中找到了收发报机。第二天，村里来了一个能说会道的外地陌生麻糖佬。那时候，很少有外地的麻糖佬入村，加上人们的敌情观念很强，村里的小孩以为他就是敌特，把他包围起来，将他腿两边的裤都拉上来检查，看看有无发报机，结果闹出了笑话。

（二）

还有一种纯麻糖佬，专做春、秋、冬季的生意。他基本上以1分、3分、5分卖自己现做大小不同的麻糖，不跟你换废品。也有人将他们称为"糖胶客"。

这类麻糖佬，学得一手土法制作麻糖的手艺。每到一个村子，他会找一处人聚得多的地方，现场制作麻糖。只见他将担子放下，取出小铁锅，现场搭一简单炉灶，放下蔗糖煮浆、冷却并经反复甩打而成，打好的糖胶被他像兰州拉面条的师傅一样，很熟练地拉成条状，再用剪刀剪成棋子大小。然后喊着："麻糖！麻糖！"你买1分钱，就剪一小点，你买5分钱，就剪大一点。这类麻糖可以加入姜汁制成姜糖，也可以加入炒花生碎制成花生糖、薄荷糖等。

在物资短缺的年月，这种麻糖佬很受乡下小孩子们的欢迎。

2010年10月

Chapter 7

特 色 小 吃

果 然 风 景 不 寻 常

咸圆子　糖圆子

"卖汤圆卖汤圆，小二哥的汤圆是圆又圆，一碗汤圆满又满，三毛钱呀买一碗，汤圆汤圆卖汤圆，汤圆一样可以当茶饭，哎嘿哎哟……"

这是一首台湾民谣，人们对汤圆的喜爱由此可见。

在阳江地区，汤圆不叫"汤圆"，而叫圆子，且有咸圆子和糖圆子之分。以前，阳江的民俗是在冬至和年三十（阳江人称之为"年晚"）家家户户聚在一起吃咸圆子。而每当建新屋进伙或新人结婚日，阳江人习惯吃糖圆子。

咸圆子　　　　　　　　　　　　　糖圆子

阳江的圆子，是将糯米粉搓成条状后，用刀切成约一厘米长的圆子粒。相对来说，煮咸圆子时的汤料十分讲究。以前，经济条件再怎么差的家庭也会买回猪骨、宰鸡，再加上鲮鱼肉松、白萝卜粒、瘦肉丝等，熬好汤后，再下切好的圆子粒，待到圆子浮上汤面时，加葱加香菜和盐调味即成。经济条件好的人，再加上鲜虾、鱿鱼丝、腊味等，则风味更加浓郁，香甜可口。而糖圆子则是在水烧开后将糖（一般是成块的黄糖）和圆子粒、几片姜一起放进锅中煮熟即可。

与外地的汤圆相比，阳江的圆子重视汤料，外地的汤圆则重视汤圆里面的馅。

如今，阳江人吃咸圆子的用料更加讲究了，也不用再等到冬至和年晚才吃，市场上和一些餐馆天天都有圆子卖。一些单位企业的迁址、开张、店庆等等，都要煮上糖圆子和咸圆子，让员工们和前来祝贺的来宾一起品尝。

改革开放以后，一些在外工作的阳江儿女又将这种独特的圆子饮食文化带到了外地，并深受欢迎。近日，记者分别在广州、深圳、珠海、东莞和惠州了解到，阳江儿女在这些地方成家立业后，每逢节日和庆典日，他们都会从超市买回糯米粉，教会不是阳江人的配偶做圆子，按照家乡的风俗习惯，煮糖圆子或咸圆子庆贺。品尝着家乡可口美味的圆子，他们的配偶、儿女和朋友无不连连称赞，他们的儿女也从这样的活动中记住了浓浓的乡味。

阳江人为何喜欢吃圆子？据我市民俗学者冯峥介绍，以前民众生活艰难，总希望能够发财。而圆子的形状有点圆，不论是糖圆子还是咸圆子，刚放进锅时是沉底的，到熟了时，圆子才浮出汤面，并且变大了，人们称之为"发了"，"发了"即为"发财"。吃圆子即发财，吃糖圆子还有甜到尾的意思。因此，选择在特定的日子吃圆子，寓意为团圆和发财，便成了一种十分美好的风俗。

2015 年 1 月 30 日

细煎糍　大煎糍

"落水仔微微，阿公去等圩，阿婆偷米做煎糍，无得阿公吃，阿公作（将）阿婆打屎忽，打得屎出出。"一首阳江童谣道出了阳江人对煎糍的无限喜爱之情。

阳江煎糍，在外地被称为"煎堆"。煎糍不仅是阳江特有的传统过年食品，应该也是广东都有的传统小食。广东人春节习惯说的一句俗语："煎堆碌碌，金银满屋。"无论用阳江话或用广州话说，不但很押韵，而且意蕴十分之好。所以，新年开头，谁不喜欢煎糍。

在阳江地区，煎糍有两种，有放馅的和不放馅的，放馅的被称为细煎糍，不放馅的被称为大煎糍。在多数人看来，放有花生、芝麻、白糖和椰丝馅的细煎糍很好吃。大煎糍则是阳江人传统中凡婚娶、小孩满月、建新屋进伙和过新年必然要有的，这或许是取其形状"圆满"且"大个"，有发大财之意，且数量越多越体面。

阳江煎糍，外皮是糯米粉做的，细煎糍的馅多用花生、芝麻、白糖和椰丝等。油炸过后，圆溜溜金灿灿，很是诱人。细煎糍除了当糕点吃外，还有一种吃法：在煮番薯糖粥的时候放两个煎堆一起煮，那种煎糍特别好吃。这些年来，随着阳江人生活水平的提高，煎糍在不少酒楼还作为茶点供应。因此，一些手艺好的煎糍制作人很"抢手"。

在市区环城南路和甘泉路等处，有一些店面专门做大煎糍，现做现卖，也有预定的，生意蛮不错的。门店用大竹盖摆卖的大煎糍成为阳江一种民俗风情。而细煎糍在市区很多酒楼和市场也有现做现卖的，想吃倒是很方便的。

煎糍是刚出锅的最好吃。好吃是好吃，但其由于是油炸的东西，在阳江亚热带的气候条件下，很"热气"的，不宜多吃。就算是大冬天吃了，最好在家煲点凉茶或到街上的凉茶店买杯凉茶"下下火"。不然的话，内火旺盛的人，很快会喉咙痛，声音沙哑，嘴角冒泡，脸上冒痘的，很不好受。

阳江煎糍制作法：

阳江大煎糍体积一般比细煎糍至少大三四倍，且在不放馅料的情况下经油炸后仍能保持圆圆的，需要一定的制作功夫，其做法比细煎糍稍为复杂，故此不作介绍。而细煎糍的制作比较考究，精选新鲜糯米，入水浸泡5小时左右。然后用筛子筛取精细部分糯米粉，取适量用水搓成粉团，放进锅中煮熟，再掺和余下的糯米粉伴黄糖用手搓擦，使其均匀，而后捏成适当大小的空心米团子，加入花生糖、椰蓉、豆蓉、椰子丝、芝麻、肉丁和冬瓜糖等馅料，喜欢吃芝麻的可把芝麻洒在团子表皮上，放进油锅里炸，油最好是花生油。油炸时，边炸边不停地翻动，使其厚薄一致，外形匀称，几分钟后捞起，凉一会儿再炸，如此三四次，直到表皮呈金灿灿即可。

酒楼的细煎糍　　　　　　市区市场上用大竹盖装的大煎糍

细煎糍通体金黄，脆皮甜心爽口，风味独特，没尝过的不可不试。春节期间有空，约上知己友人，一起制作细煎糍，定会其乐无穷。

2015年2月

阳江中秋的"佛仔"月饼

　　距中秋节还有一个多月，市区的店铺就拉开架势卖起了月饼，各式各样包装精美的月饼应有尽有，为人民提供了很多的选择。离中秋节10多天，市区还搭起了棚子，设立月饼街专卖高档月饼，迎来了一轮难得的营业高峰。高高低低的货架、应有尽有的月饼与络绎不绝的人群勾勒出好一派盎然的繁华景像。

　　在市区的一条月饼批发街，还有很多中低档月饼在出售，越临近中秋节，生意就越好。那天，我在采访之时，一堆包装精美透明、积如小山的筒装月饼吸引了我的眼球。环顾四周，我看到货架上"久违"的"佛仔"月饼摆在其中，不由让我"生出"了无限的感慨。拿起一块佛仔月饼仔细端详，记忆瞬间把残片触及、张开、延展，串成了穿越时空的画面。

　　记忆里对中秋的盼望，其实是对月饼的一种期盼。小时候，农户人家的生活也就刚刚能填饱肚皮，对于那些点心、糕点之类的食品，根本就不敢奢望，也只有在每年这个传统的中秋佳节之时，才难得买上一两筒的月饼或一些佛仔月饼。虽然少得可怜，但那又香又酥又甜的美味，总是羁绊不住我儿时的无限向往。因此，每年盼望中秋节的到来，是我们童年生活中除春节之外的另一大期盼。

那时的月饼，不像今天这样有高中低档，上市早，随便买。以前的月饼基本上是现在的低档货，筒装的，由圩上的供销社在中秋节前 10 多天购进。那时大家都穷，每家每户也就买得起那么一点点。佛仔月饼分有"素"（馅料）和无"素"两种，是阳江特产，味道很不错，造型又很有趣，售价最平，深受小孩的喜爱，因而销量很大。每年快临近中秋，总觉得时间过得太慢，天天掰着指头，数着日子，盼星星、盼月亮似的企盼着中秋的来临。通常在节前几天，会再也按捺不住了，死磨硬缠地拽着爷爷去供销社，生怕供销社卖完了佛仔月饼。

记忆中的月饼，筒装月饼有五仁、莲蓉和豆沙馅的，是那被油水浸透向外溢着香味的包装纸。那时的月饼包装，既简单又很具有中国味，无法和今天印制精美的包装相媲美。烤制焦黄，透过浸出包装纸散发清香的佛仔月饼，有散装也有筒装的，不过没有五仁、莲蓉和豆沙月饼那么多油，可以放在衣袋和书包里，对那个时代的小孩儿有着一种看不见的、不可压制的诱惑。

记忆中的佛仔月饼，要吃也是有讲究的，不到中秋夜是无法吃到。因此，最难熬的莫过于买到月饼而又不能等到节至的这几天，每天放学，总要对着透过包装散发香味的佛仔月饼闻上数遍，那种在焦渴中等待和馋嘴的滋味，回想起来至今仍令人难以忘怀。好不容易盼到中秋这一天，吃过晚饭，皓月已近当空，先拜月亮。然后每人分得几块"佛仔"月饼。分到手的也舍不得尽情地吃，要将一些收起来慢慢咀嚼，在嘴里来回体味，以至于在中秋过后的好长时间内，又甜又酥、唇齿留香的佛仔月饼感觉仍让人回味无穷。

后来，我进城读书、工作，渐渐地远离了农村，远离了吃佛仔月饼的岁月。如今，月饼似乎早就没有了原来食用的含义，从而变成了一种中秋文化的象征，城里的月饼越做越高档，除原有月饼外，水果月饼、冰皮月饼等新品应运而生。但是，无论时代如何变迁，"人有悲欢离合，月有阴晴圆缺，此事古难全"的千古慨叹，"但愿人长久，千里共婵娟"的美好愿望，还有那游子的情怀、远去的村庄、淡淡的乡愁，依然会在我们这些已融入城市生活的农村孩子的血脉中延续。

记忆中那又酥又甜的佛仔月饼，已经成为童年生活中永远的情结！

写于 2012 年中秋节

如今的中秋节前后，阳江市区的店铺仍有佛仔月饼卖

酥香的粉酥

春节前夕，阳江市区商场超市卖的阳江传统过年佳品——粉酥十分畅销。望着市民大包大罐地买回的各式各样粉酥，唤起了我这个从小就对粉酥有独特感情的人的无限回忆。

阳江粉酥

粉酥是用炒米粉、红糖、花生、鸡蛋等制成的。由于打成的饼是用木炭烘干，所以粉酥的水分很少，不容易变质，把它装在埕子里，可以储存到次年夏初。春耕时，人们下田前或中午歇息，往埕子里抓一把粉酥，喝上一碗开水，就是一顿美味快餐了。所以春节期间，在阳江乡下，粉酥是人们拜年的上佳礼品，不但代表着一份朴素的感情，更代表着一种独特的乡村文化风俗。春节后，粉酥是农民兄弟充饥的方便食物，代表着一种简朴的乡村生活方式。

小时候在乡下，每逢打饼的前一晚，家人便煲好糖胶调好香甜味，第二天，全家人就忙着打粉酥。打粉酥、烘粉酥时的香气，让整个村子的空气都变得香喷喷、甜滋滋的。全村十几户人家用数十只粉酥木印齐齐发出"噼噼啪啪"的打饼声，犹如一曲动听的打击乐，使整个村子都弥漫着欢乐的节日气氛。

可以说，粉酥记载着家乡社会生活的变迁和发展。丰年，家家户户打的粉酥，数量多而且质量好，诸如松脆爽口的鸡蛋、绿豆、花生、芝麻糖粉酥，为的是向亲友传递一个丰收的信息，一份富足的喜悦，一种丰年盛世的浓情；灾年，虽然也打粉酥，但那用糖水打的白饼，即使咬嘣牙也咬不开，这一切，就连远方的亲友也能从家乡人捎来的粉酥中，感受到家乡人的辛酸和欢乐。

如今我久居都市，已有 20 多年没有听过乡下打饼的那种"打击乐"声了，我很想在大年初一的时候返乡听听那"久违"的声音，重新感受一下乡下节日打粉酥时的那一种农家欢乐。谁知年三十晚与乡下的亲属联系时，电话那头自豪地说，乡下已经早就不再打粉酥了，家家户户都到城里或圩上买那又便宜又爽脆的粉酥过年了。如今大家都忙着经商务工，哪有闲心再干那程序复杂的活儿……看来，要想听打粉酥时的那种"打击乐"，就要到专业生产粉酥的厂家去了，但这又怎能体会得到从前乡下农家节日里户户打饼忙时的那种欢乐祥和的气氛？

社会发展到今天，家乡的粉酥已经形成规模化生产了，一个对粉酥有过难忘记忆而又对粉酥情有独钟的人，想吃粉酥时，再也不用等到每年的春节了。

2005 年 2 月 23 日

簕古粽子别样香

"簕古叶，包火粽。去圩卖，卖得几多钱，卖得三百元；留一百做冬，留一百过年，还留一百中状元。"这是以前流传在阳江乡村一首有关簕古粽的民谣。

簕古，又名露兜簕，是一种常绿灌木。其形状似剑麻，叶子长的有一

簕古

米多长，叶子上长有三排簕，两侧与中间的簕锋相向，尖利无比，人一不小心碰上它，会被刺得痛痛的。因此，一些农户还在园子四周种上簕古围园，防止牲畜入园。在阳江大地上，这种植物随处可见，旷野、山林、河边、沙地，一拨拨、一丛丛，争先恐后顽强地生长。

小时候，每年的农历五月初，村里的大人就带着小孩到园里、小河边，采回新鲜而又宽长硬韧的簕古叶子，削掉叶边上的

刺儿，再将其放入锅中用开水滚软后，再用清水洗净包粽子。有的是用整片手掌宽的叶子包的，有的用削成一条条的簕古叶片织就。整片叶子包的簕古粽，棱角分明，娇俏可人，成四方角的簕古粽。而用一条条的簕古叶片编织的簕古粽就像一件件艺术品，成为小孩的最爱。

用簕古叶包粽子时，里面装上糯米和五花腩猪肉、绿豆仁、虾米、白芝麻等馅料，再在馅里加点蛤蒌叶。将包好的粽子倒在大锅里熬上三四个小时，满屋便香气四溢，煮熟后的簕古粽清香可口，回味无穷。

簕古叶清香，有祛热消滞、驱风散淤的药用疗效。因而簕古粽香滑可口食而不腻，药膳兼备，成为以前广东及东南亚华人在端午节裹粽时首选的叶子。

那时在阳江，每逢端午节，乡亲们都喜欢用簕古的叶子作粽叶包粽子，所以俗称"簕古粽"。包粽子成了我们端午节最热闹的事情。

年年端午，今又端午。清香、淡雅、可口的簕古粽子，现在还有吗？

近日，记者几经周折，终于在市区一个市场的一角，找到了一个专做"簕古粽"的人。据其称，现在市区大部分的粽子都是用粽叶包的，在市场上买已经风干的粽叶即可，比较省事。而用簕古叶包的粽子则可以保住粽子的原味，如果采集的是鲜簕古叶，还可以保留簕古的鲜味。

追溯阳江簕古粽，发现早期人们很讲究簕古粽编织技术。以前阳江人编织簕古粽的样式较多，有鸡、鸭等形状，还有菱角、花篮等形状。今天的簕古叶包粽子简单得多了，尽管如此，包粽子形状的改变但改变不了簕古粽的好味道。熟了的簕古粽，拆开簕古叶，一股香甜之味扑鼻而来，令人垂涎欲滴。吃一口，香甜之中还带有一些簕古叶味，清香且又爽口。

用采回来的鲜簕古叶包粽子，清香又爽口

　　如今包簕古粽的用料更讲究了，在原来五花腩猪肉、绿豆仁、虾米、白芝麻等基础上，增加了晒鸭蛋黄、瑶柱馅料，簕古粽更加美味香醇

2015 年 6 月

Chapter 8

图 说 新 闻

· · ·

果 然 风 景 不 寻 常

　　2018 年 2 月 17 日晚，大年初二，阳江市区鸳鸯湖公园燃放 30 分钟各式美丽图案的烟花，欢庆春节。

2007 年 5 月 3 日，阳江市阳东县东平镇珠珠湾海水浴场，一名女孩在海边逐浪，尽享阳光、沙滩、海浪。

2015 年 2 月 9 日，在阳江市江城区双捷镇油菜花丛中，4 名女孩在尽情自拍，享受丛中笑。

2015年9月26日，多名画家冒着烈日在阳江市阳东区合山镇那龙河畔创作。

2014年2月23日，阳江市阳东县作家协会的女作家们相聚燕山湖畔，探讨文学创作，为文艺繁荣出谋划策。

2015 年 9 月 30 日晚，上演经典样板戏《白毛女》选段。一袭红衣的"喜儿"出场，其轻盈的舞姿，富于浪漫色彩的倾情表演，让观众怎么也想不到这名女演员已 63 岁。当晚，170 多名知青演员演出的"苦乐年华"纪念知识青年上山下乡 47 周年联谊晚会在阳江市区举行。近千名知青以及社会各界代表一起观看了晚会，晚会自始至终激情洋溢。

2017 年 3 月 26 日，在阳江市美术家协会举行的《阳江画家画阳江》首发式上，歌舞《红色娘子军》（片段）以其清新脱俗的抒情画意演绎红色经典，获得观众的好评，不少观众拿起手机来到台前狂拍。

2013年9月2日，阳江市区一新楼盘开盘，主办方用"皇家马车"接待客人看房，极具创意。

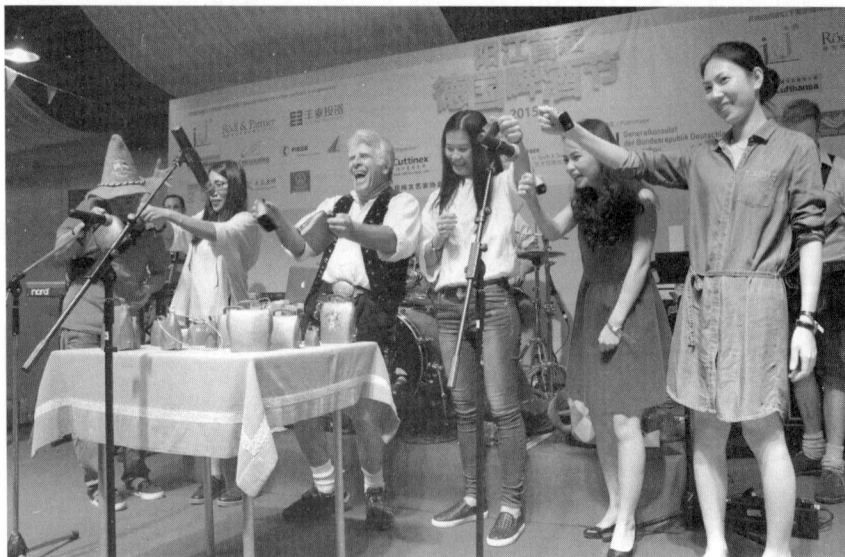

2015年10月23日，一家德资企业在阳江市区举办"阳江首届德国啤酒节"。德国演员激情演绎德国文化节目，推介德国啤酒，让阳江市民感受到浓郁的异域风情。

2009 年 1 月 26 日新春，阳江市民在市区北山公园喜游石塔。北山石塔建于南宋，是阳江市少有的古塔。

2006 年 12 月 19 日，阳江市阳春市河朗镇新阳村大山秀色。新阳村旧称耦塘村，与云浮市的云安县、罗定市交界，周围大山连绵，村民就近到罗定市金鸡镇趁圩。

2004年9月10日晚，阳江籍著名青年歌唱家、星海音乐学院流行音乐系教师冯珊珊在广州举行个人演唱会。

2012年2月1日晚，阳江市举行迎春群众艺术晚会，艺人表演传统粤曲，受到市民热烈欢迎。

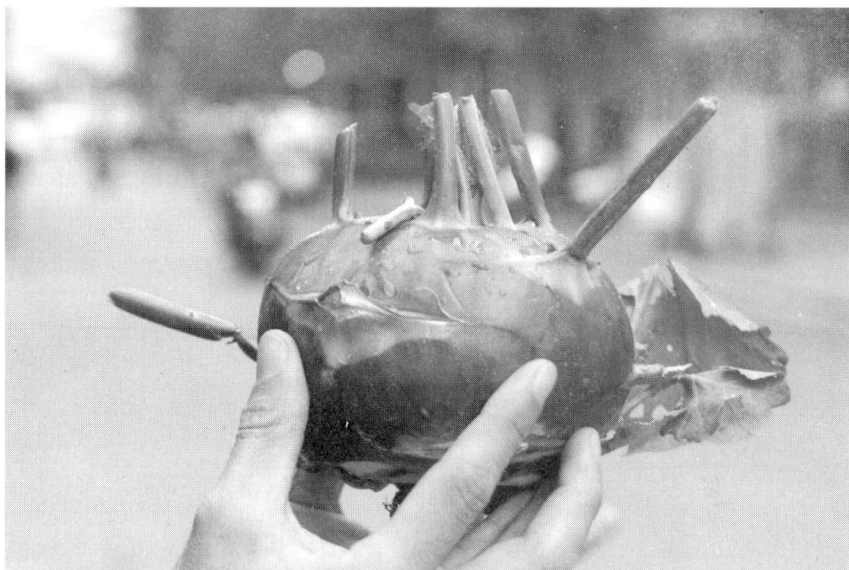

2014 年 12 月 22 日，阳江市江城区白沙街道农民种出了十分罕见的紫色菜果。

2014 年 11 月 12 日，阳江市阳东县红丰镇塘角村蔗农喜收果蔗。当地是阳江著名的果蔗基地，有 500 多亩，亩产 8~10 吨，是农民一项重要经济收入。

2014 年 10 月 18 日，阳江市区环城北路，一名骑自行车的老伯头上"悬"戴着一顶草帽，如玩"杂技"。原来老人在自行车上安装了固定的支杆，草帽支在支杆上遮阳。

2013 年 8 月 13 日，一名八旬老人在阳江市区东岳公园晨练时，向人们展示了他灵活自如的"一字马"功，老人称是长期锻炼练成的。

　　2010 年 4 月 21 日，阳江市江城区埠场镇漠阳江河段，江上一群鹅时而变成"大雁"图，时而变成"小鸟"图，十分有趣。

　　2011年7月3日，阳江市阳东县红丰镇阮屋寨一棵树龄80多年的树菠萝挂了300多只菠萝蜜。阳东是"中国菠萝蜜之乡"，名不虚传。

　　2005年6月13日，阳江市海陵岛渔民陈敢在海陵大堤西侧捕获一只体长60厘米、重3斤的大青蟹。当地老渔民和阳江市海洋渔业局专家均称十分少见。

2007年9月10日，阳江市区降了暴雨，广东两阳中学学生撑着雨伞，蹚水返校。

2014年9月16日，阳江市阳西县沙扒镇渡头村海堤受强台风袭击，海堤受损，干部群众冒着狂风暴雨抢修。

2013 年 4 月 21 日，天下着小雨。阳江市阳东县塘坪镇 93 岁的抗战老兵施宗羡在家人陪同下来到潮州市潮安县古巷镇洋铁岭（上图），拜祭 70 年前与老兵一起在此战斗，并为抗日牺牲的 500 余名战友。

1943 年 7 月，日军集结部队用重机枪和榴弹炮强攻坡度近 70 度的洋铁岭，两架日军飞机对洋铁岭进行地毯式的轮番轰炸。驻守洋铁岭主峰的国民革命军独立 20 旅独立三团两个营 700 余人艰苦奋战，击退敌人多次进攻，500 多名官兵壮烈殉国。在二营营长、连长等相继牺牲后，施宗羡被旅长临时任命为二营代营长指挥作战。

不少志愿者在网上看到施宗羡老兵的事迹后，纷纷从广州、深圳、惠州等地赶到潮州看望老兵，与老兵一起到洋铁岭参与拜祭。

在洋铁岭半山腰的一处空地上，志愿者搭设帐篷，用简易桌子临时搭一个祭台。整个祭拜仪式持续半个多小时，全体人员为当年抗日阵亡将士默哀一分钟，潮汕志愿者们敬献花圈，把饼干、香烟等祭品撒向洋铁岭各处。施宗羡在两名孙女的搀扶下，端起斟满白酒的酒杯向黄土洒上三杯，向洋铁岭主峰喊着："亲爱的战友们，我很思念你们啊，经常悲痛流泪，我来看望你们了，你们好吗……"苍老的声音随雨丝在山间回荡。

遥望如今郁郁葱葱的洋铁岭，面对昔日的战场，老人缓缓举起颤巍巍的手，向在主峰牺牲的战友们敬上一个标准的军礼（右图）。

此次活动，得到了关爱抗战老兵网潮汕志愿者的大力帮助。老兵赴潮前，志愿者们查找到了洋铁岭的具体位置。潮州市林姓茶庄老板出资赞助了志愿者的这次活动和老兵一行在潮州的费用。

阳江、广州、潮州、汕头和揭阳等地十几家媒体现场采访和报道了这次活动（上图）。

　　2008年3月17日下午1时许，阳江市海陵岛闸坡镇街头出现了一支独特的迎亲队伍：胸前披着大红花的新郎踩着一辆装扮一新的三轮车，身着白色婚纱的新娘子坐在三轮车的车斗里，脸上漾着幸福的笑容；后面跟着十几辆摩托车，人们不时地往这对新人的上空燃放彩炮，街上人们鼓掌祝福。（附记：获得2008年度中国地市报新闻摄影金奖）

　　2011年3月4日，阳江市区东门路，一个没戴头盔男子驾着助力车，后座反坐着一男子双手拖着一台带轮子的发动机。人肉拖卡，那情那景好惊险。（附记：获2011年度中国地市报新闻摄影二等奖）

　　2009年8月16日下午4时，一男子驾一辆黑色小汽车从阳江市区河堤路倒车时不慎跌落漠阳江，所幸当时漠阳江水位下降，小汽车头部受损，车上一男一女无大碍。（附记：获得2009年度中国地市报新闻摄影银奖）

　　2009年9月4日，阳江市区东岳公园，一晨运男子利用一棵小树做单杠动作，一旁的市民为他捏一把汗。

2010 年 11 月 2 日，广州亚运会火炬传递活动到达阳江市，阳江市民举起国旗迎接火炬传递。11 月 12 日，第 16 届亚洲运动会在广州举行。

2014 年 1 月 1 日，阳春市春湾镇山中间村，山上梅花娇艳绽放，市民结伴前来赏梅花。

    2015 年 7 月 8 日，酷热难当，阳江市区一驾校训练场，教练员将一把自制"大伞"戴在教练车车顶上，抵挡热浪，车上的学员驾车练习爬坡等。

    "北有潍坊，南有阳江。" 2016 年 10 月 9 日，阳江市区南国风筝场，市民将一只面积 260 平方米的软体风筝放飞成功，景象壮观。

　　2004 年 5 月 16 日，两名小孩在阳江市区体育馆附近一条小河玩耍，其中一小孩不慎被水冲入涵洞。当地消防、公安人员接报迅速进入涵洞潜水救人，因溺水时间过长，捞到的小孩已无生命体征。

　　2019 年 3 月 3 日，一名红衣女驾着摩托车通过阳江市江城区三洲村一座小桥，桥边的一棵木棉树正开出灿烂的木棉花。

2005年5月20日，阳江市区江朗大道，大道两边绿意盎然，路上车水马龙。

2020年5月20日，阳江市区江朗大道，绿树成荫，大道两边高楼林立。15年间，一座现代化新城在南海之滨崛起。

后　记

　　小时候，我常常跟家人从乡下搭乘吹着"嘟嘟"海螺号的"街渡"经漠阳江往返阳江城。站在船头上，望着江上打鱼的渔夫，南来北往的风帆货船或汽轮，滔滔江水，群飞海鸥，两岸美景，如画江山……

　　我隐隐约约地感到，这里一定会有很多的故事。

　　多年以后，我从外地返回家乡当了记者，有机会接触到更多的人和事，有时间从事田野调查。面对着"江山秀丽，叠彩峰岭"的家乡，我投入了满怀的激情和饱满的热情，一发不可收拾地将家乡各地的社会变迁、名人故事、风土人情、乡野往事、民间传说等一一挖掘收集，弄成图文并茂的稿件，见之报端。

　　没有想到的是，这些充满着浓郁乡土气息的人文历史类文稿，比单纯的新闻稿更能吸引人，更受读者的欢迎。全市各地读者包括在外地工作生活的阳江人纷纷打来电话，希望我到当地采访，并为我找来了当地的知情人或相关的资料供我参考，让我欣喜万分。

　　随着资源资料的不断丰富，我撰写这方面的文稿越来越多，文稿内容也更有深度，更有内涵，乡土气息更浓。

　　从 2006 年开始，叶光沛、罗运兴（已故）、冯兆荣、容振标、黄正欢、李学超、冯峥、曾纪诚、陈慎光、高伟文、李代文等老同志和社会各界人士先后向我提出，希望我抽时间选择其中一些文稿编辑成书，结集出版。

一是让更多的读者看到内容更丰富的本土文化，二是为家乡保存历史文化资料。

十几年来，我撰写这类的稿子有 100 万字，要从中筛选出最有价值的十几万字文稿编辑成书，还要根据读者反馈信息和结合最新的研究成果进行充实修改，工作量很大，需要大量的时间，是其他人替代不了的。去年开始，我边完成报社每月的工作任务，边陆续操办这项工作。

我自认为这是一项很有意义的工作，它至少说明，近 20 年来，我做了不少实实在在的工作，没有虚度光阴。它同时也可以为自己的人生做一个简单的阶段性小结。

承蒙远在北京的世界著名大气科学家、国家最高科学技术奖获得者、中国科学院院士曾庆存老前辈在百忙中看了我的书稿，并欣然为我的新书亲笔题写了封面书名；他同时对进一步做好阳江历史文化挖掘采写等工作提出了殷切的期望，这令我非常感佩。

阳江市人大常委会原副主任、老社长叶光沛先生，阳江市委组织部原副部长、阳江市作家协会主席林迎先生，欣然为我的新书作了序，老朋友陈其深先生为我的新书做了封面设计。这都让我至为感奋。

这些，为本书增添了几道厚重而又亮丽夺目的色彩。

本书能够顺利出版，得到了红丰镇委镇政府、那龙镇委镇政府、刘再全先生、彭晓明先生、郑立先生等单位和个人的经费帮助。

在此，一并向他们表示诚挚的谢忱。

最后，我还要感谢我的家人，是他们做好了家里的后勤工作，让我能够全身心地投入到自己热爱的工作中去。

岁月悠长，历史久远。历史文化题材的采写，限于所了解所掌握的资料，即使很用功，也难免有误，欢迎广大读者朋友批评指正。

刘再扬

2021 年夏